Sereia

TRICIA RAYBURN

Sereia

Tradução
VALÉRIA LAMIM DELGADO FERNANDES

3ª edição
Rio de Janeiro-RJ / Campinas-SP, 2015

VERUS
EDITORA

Editora: Raïssa Castro
Coordenadora Editorial: Ana Paula Gomes
Copidesque: Anna Carolina G. de Souza
Revisão: Renata Coppola Fichtler
Projeto gráfico: André S. Tavares da Silva
Capa: Jdrift Design
Foto da capa: © Maile Roseland, 2010
(Capa publicada originalmente por Egmont USA e usada com permissão.)

Título original: *Siren*

ISBN: 978-85-7686-108-9

Copyright © Tricia Rayburn, 2010
Todos os direitos reservados.

Tradução © Verus Editora, 2011
Direitos reservados em língua portuguesa, no Brasil, por Verus Editora. Nenhuma parte desta obra pode ser reproduzida ou transmitida por qualquer forma e/ou quaisquer meios (eletrônico ou mecânico, incluindo fotocópia e gravação) ou arquivada em qualquer sistema ou banco de dados sem permissão escrita da editora.

Verus Editora Ltda.
Rua Benedicto Aristides Ribeiro, 41, Jd. Santa Genebra II, Campinas/SP, 13084-753
Fone/Fax: (19) 3249-0001 | www.veruseditora.com.br

CIP-BRASIL. CATALOGAÇÃO NA FONTE
SINDICATO NACIONAL DOS EDITORES DE LIVROS, RJ

R214s

Rayburn, Tricia
Sereia / Tricia Rayburn ; tradução Valéria Lamim Delgado Fernandes.
- 3. ed. - Campinas, SP : Verus, 2015.

Tradução de: Siren
ISBN 978-85-7686-108-9

1. Ficção americana. I. Fernandes, Valéria Lamim Delgado. II. Título.

11-0061   CDD: 813
                     CDU: 821.111(73)-3

Revisado conforme o novo acordo ortográfico

Para Michael

Agradecimentos

Agradecimentos especiais a Rebecca Sherman, pela orientação, paciência e extraordinária habilidade de tornar sonhos realidade; Regina Griffin, por me receber de forma tão generosa na família Egmont; Ty King, por ser o primeiro fã de *Sereia*; e meus amigos e familiares, porque, sem o entusiasmo e o apoio deles, minhas histórias nunca teriam sido contadas. Sou uma garota de sorte.

1

MINHA IRMÃ JUSTINE sempre acreditou que a melhor maneira de lidar com o medo do escuro é fingir que ele é passageiro.

Anos atrás, ela tentou pôr a teoria em prática enquanto estávamos deitadas, cada uma em sua cama, rodeadas pela escuridão. Protegida por uma fortaleza de travesseiros, eu tinha certeza de que o mal se escondia nas sombras, esperando minha respiração desacelerar para poder atacar. E toda noite Justine, um ano mais velha, porém décadas mais sábia, tentava pacientemente me distrair.

– Você viu o vestido lindo que a Erin Klein estava usando hoje? – ela perguntava, sempre começando com uma pergunta fácil para avaliar o tamanho do meu medo.

Eram raras as ocasiões, geralmente quando íamos tarde para a cama depois de um dia atarefado, em que eu estava cansada demais para ficar com medo. Nessas noites, eu concordava ou discordava, e tínhamos uma conversa normal até cairmos no sono.

Mas, na maioria das noites, eu sussurrava algo do tipo: "Você ouviu isso?", ou "Você acha que a mordida de um vampiro dói?", ou "Os monstros conseguem farejar o medo?" Nesse momento, Justine passava para a segunda pergunta.

– Está *tão* claro aqui! – ela dizia. – Dá para ver tudo: minha mochila, minha pulseira azul cintilante, nosso peixinho dourado no aquário. O que *você* consegue ver, Vanessa?

E então eu me forçava a imaginar nosso quarto exatamente como ele estava antes de a mamãe apagar a luz e fechar a porta. No fim das contas, eu conseguia esquecer que o mal estava à espreita e caía no sono. Toda noite eu pensava que isso nunca daria certo, mas toda noite dava.

O método de minha irmã era bom para combater meus diversos outros medos. Mas, muitos anos depois, em pé no alto de um penhasco com vista para o oceano Atlântico, eu soube que ele não era totalmente eficiente.

– Simon não parece diferente neste verão? – ela perguntou, se aproximando de mim e torcendo os cabelos. – Mais velho? Mais bonito?

Concordei sem responder. A transformação física de Simon foi a primeira coisa que notei quando ele e o irmão, Caleb, bateram à nossa porta mais cedo. Mas essa era uma discussão para outro momento, quando estivéssemos nos aquecendo em frente à antiga lareira de pedra em nossa casa do lago. Primeiro, tínhamos de fato de conseguir voltar para casa.

– Caleb também – ela tentou novamente. – O número de meninas com o coração partido em Maine deve ter, tipo, quadruplicado este ano.

Tentei concordar com a cabeça, meus olhos fixos no redemoinho na água e na espuma quinze metros abaixo.

Justine enrolou uma toalha no torso e deu um passo em minha direção. Ela ficou tão perto que pude sentir o cheiro do sal em seus cabelos e exalando de seus poros, e o frescor de sua pele úmida como se estivesse pressionada contra a minha. Gotículas de água lhe caíam da ponta dos cabelos, batiam na pedra quente e lançavam gotas ainda menores em cima dos meus pés. Uma súbita rajada de vento espalhou gotas sobre nós e ao nosso redor, transformando meu tremor em calafrio. Em algum lugar lá embaixo, Simon e Caleb riam enquanto se esforçavam para subir o caminho íngreme que os levaria à floresta e de volta a nós.

– É só uma piscina de mergulho – ela disse. – Você está em um trampolim meio metro acima dela.

Concordei com a cabeça. Foi nesse momento que fiquei pensando durante a viagem de seis horas de Boston, o momento que imaginei pelo menos uma vez por dia desde o último verão. Eu sabia que parecia mais assustador do que de fato era; nos dois anos desde que havíamos descoberto a placa da trilha antiga indicando este lugar isolado, longe de turistas e aventureiros, Justine, Simon e Caleb haviam saltado dezenas de vezes e nunca tinham ido embora com mais do que um arranhão. O mais importante era que eu sabia que sempre me sentiria inferior em nosso grupinho de verão se nunca mergulhasse.

– A piscina está aquecida – Justine continuou. – E, quando estiver dentro dela, tudo o que você tem de fazer é chutar duas vezes, e já vai estar nos degraus que levam à sua confortável cadeira de descanso.

– Será que um gatinho vai me trazer alguns drinques nesta confortável cadeira de descanso?

Ela olhou para mim e sorriu. Nós duas sabíamos como era. Se eu fosse coerente o bastante para fazer uma piada, era porque já tinha desistido.

– Desculpe, eu esqueci os abacaxis em casa – disse Caleb atrás de nós. – Mas o gatinho está aqui e pronto para o serviço.

Justine virou-se para ele.

– Até que enfim. Estou congelando!

Quando ela se afastou da beira do penhasco, eu me inclinei para frente. Todo o alívio que senti naquele momento foi temporário, e minha decepção por não ser capaz de fazer o que havia prometido durante o ano todo só aumentaria quando fôssemos embora dos penhascos de

Chione. Naquela noite eu ficaria acordada na cama, sem poder dormir por causa da dor que sentiria por ser, mais uma vez, uma banana, uma criancinha

– Sua boca está ficando roxa – disse Caleb.

Eu me virei e o vi sacudindo sua toalha de praia preferida, a única que já vi com ele, com o desenho de uma lagosta de óculos escuros e sunga, e a colocando em volta de Justine. Ele puxou minha irmã em sua direção e esfregou os braços e os ombros dela.

– Seu mentiroso! – ela sorriu para ele debaixo da capa felpuda.

– Você tem razão. Seus lábios estão mais para púrpura ou lilás, porque uma boca como essa é bonita demais para ficar com aquela cor azul cansativa e desbotada. Em todo caso, eu poderia aquecê-la.

Revirei os olhos e fui buscar meu *shorts* e minha camiseta. Justine havia feito sua própria promessa para o verão: não se prender a Caleb de novo, como havia feito no verão passado e no anterior. "Ele não passa de um *moleque*", ela dizia. "Eu já terminei o ensino médio, e ele ainda tem o ano todo pela frente. Além disso, tudo o que ele sabe é tocar aquela guitarra caindo aos pedaços quando não está jogando *videogame*. Não dá para perder nem mais um segundo com um lance que nunca vai passar de horas intermináveis de amassos... por melhores que elas sejam."

Quando perguntei por que ela não saía com Simon, que estava no segundo ano da Bates College e, consequentemente, tinha mais a ver com ela em termos de idade e mentalidade, ela franziu a testa.

– Simon? – repetiu. – O canal do tempo ambulante que fala sem parar? O gênio que está usando a faculdade como desculpa para estudar a formação das nuvens? Não, acho que não.

Justine não levou mais do que trinta minutos, tempo suficiente para tirarmos as malas do carro, fazermos um lanche e pularmos para dentro do velho Subaru de Simon, para quebrar a promessa que fez a si mesma Ela não pulou no Caleb de imediato, embora estivesse claro que era isso que queria fazer, a julgar pelo modo como seus olhos se iluminaram assim que o viu. Esperou estarmos dentro do carro e na estrada para lançar os braços em volta do pescoço dele e apertá-lo tão forte a ponto de deixar o garoto com o rosto vermelho.

Enquanto ela se aninhava no peito dele naquele momento, vesti minhas roupas e peguei uma toalha. Embora o sol tivesse saído e eu nem estivesse molhada, ainda tremia de frio. No extremo norte em Maine, as temperaturas no meio do verão não passavam muito de vinte graus, e o vento cortante sempre dava a sensação de uns cinco graus a menos.

– É melhor irmos embora – Simon disse de repente, saindo da trilha.

Ele podia ser o mais velho dos irmãos Carmichael, mais quieto, mais estudioso, características antes complementadas por um corpo magro e má postura, mas algo havia acontecido no ano passado. Seus braços, pernas e peito ganharam volume e, quando ele tirava a camiseta, eu podia de fato ver pequenos sulcos em seu abdômen. Ele até parecia mais alto, mais ereto. Parecia mais homem do que menino.

– A maré está mudando e as nuvens estão aparecendo.

Justine olhou para mim. Eu sabia no que ela estava pensando: canal diferente, mesma previsão.

– Mas a gente acabou de chegar – disse Caleb.

– E o pôr do sol? – perguntou Justine. – Todo ano a gente diz que vai ver daqui e nunca vemos.

Simon vestiu rapidamente uma camiseta que tirou da mochila, sem se preocupar em secar-se com a toalha.

– O sol ainda vai se pôr muitas vezes. Hoje vai ficar ofuscado por causa daquela tempestade que está vindo nessa direção.

Segui o sinal que ele fez com a cabeça em direção ao horizonte. Ou eu fiquei muito concentrada na água a ponto de não notar o céu ou o cobertor de nuvens escuras apareceu do nada.

– Eu vi a previsão antes de sairmos. Segundo a estação meteorológica, o céu ficaria claro até mais tarde hoje. Mas, ao que parece, temos apenas uns vinte minutos para descer a montanha antes de começar a relampejar. – Simon balançou a cabeça. – Eu queria que o professor Beakman pudesse ver isso.

Antes que eu pudesse perguntar o motivo, Caleb e Justine começaram a cochichar e Simon agachou-se ao meu lado. Eu estava sentada com os joelhos contra o peito para tentar me aquecer.

– Tudo bem? – ele perguntou.

Fiz que sim com a cabeça e tentei sorrir. Com o passar dos anos, Simon se tornou o irmão mais velho protetor não só para Caleb, mas para Justine e para mim também.

– Com um pouco de frio e desejando que a sola de borracha do meu tênis fosse mais grossa, mas, fora isso, tudo bem.

Ele me entregou uma blusa de lã marrom que tirou da mochila.

– O mundo não vai acabar por causa disso, sabe. É só um dia. A gente tem o verão todo. E o próximo verão, e o verão depois do próximo.

– Obrigada – desviei o olhar, envergonhada. Ele foi sincero, mas eu não precisava de nada para me lembrar do meu fracasso logo depois que ele aconteceu.

– É sério – ele disse com a voz baixa, porém firme. – Quando você estiver pronta, ou se nunca estiver, tudo bem.

Coloquei a blusa, feliz com a distração.

– Novo plano – Justine anunciou.

Segurei na mão que Simon havia estendido e fiquei de pé. Justine e Caleb conseguiram se desgrudar, mas só tempo suficiente para Justine deixar as toalhas caírem no chão. Os dois agora estavam de mãos dadas e de costas para a beira do penhasco.

Justine sorriu.

– Só porque o tempo é curto não significa que a gente não possa comemorar o primeiro dia oficial do que, com certeza, será o melhor verão de todos.

– Voltando para casa e tomando um belo chocolate quente? – sugeri.

– Nessa bobinha! – Justine me mandou um beijo – Caleb e eu vamos dar mais um salto.

– Com um giro – Caleb acrescentou.

Enquanto eles trocavam olhares, eu olhei para Simon. Sua boca estava aberta, como se estivesse esperando que o cérebro encontrasse as palavras que causariam o maior impacto no menor espaço de tempo. Os músculos que acabara de ganhar nas largas costas enrijeceram-se sob a fina camiseta de algodão. Suas mãos, livres ao lado do corpo depois de me ajudarem a levantar, ficaram apertadas e geladas.

– Salto para trás! – Justine exclamou.

– Não – disse Simon. – Sem chance.

Não pude deixar de sorrir. Era exatamente isso o que eu mais adorava, e invejava, em Justine. Enquanto eu ainda dormia com a luz acesa, não conseguia ler Stephen King e era fisicamente incapaz de saltar com perfeição e segurança de um penhasco, Justine vivia para a adrenalina que eu a todo custo tentava evitar. Aqui estávamos nós, a poucos minutos de ficar encharcados e exaustos, e ela queria garantir a chance de descarregar sua energia saltando de costas em direção a um redemoinho.

– Vai levar dois minutos – Caleb disse. – Vocês podem descer assim que saltarmos, e nos encontramos no caminho.

– Vocês sabem que a maré fica estranha quando o tempo está assim – Simon disse. – A água já está bem mais rasa do que estava no último salto.

Justine olhou para baixo por cima dos ombros

– Não pode ser assim tão ruim. Vamos ficar bem.

Fiquei observando minha bela irmã mais velha, com seus cabelos castanhos, agora secos o suficiente para esvoaçar em longas mechas de um lado para o outro. Não havia nada que eu pudesse dizer; uma vez decidida, Justine não dava espaço para negociação. Enquanto sorria para mim, seus olhos brilhavam em contraste com as escuras nuvens que pareciam engolir o que restava do céu.

Um raio de neon branco rasgou o céu de repente, caindo perto o suficiente para fazer o chão tremer. O vento ganhou força, arrancando folhas das árvores e levantando poeira do chão. Um longo galho veio em minha direção como uma flecha saindo de um arco. Cobri a cabeça com as mãos e ele caiu no chão. A chuva começou, caindo suavemente no início e depois mais forte, a ponto de a blusa de lã de Simon ficar grudada nas minhas costas e a água fria escorrer pelo meu rosto. Fiquei imóvel, esperando que o forte ataque cessasse da mesma forma rápida como começara, mas o ar ficava cada vez mais frio, o vento mais forte e o trovão mais alto.

A rocha estremeceu debaixo de mim, me fazendo tremer ainda mais do que eu já tremia. A vários metros de distância, Simon se curvou com a força do vento, usando todo o seu peso para permanecer de pé enquanto passava para o outro lado do penhasco, carregando as toalhas e roupas de Justine e Caleb. Gritei por ele, mas minha voz se perdeu no meio da chuva torrencial e das rajadas de vento.

Arrastando-me com dificuldade, mas permanecendo próxima ao chão, tentei olhar para a beira do penhasco em meio à escuridão e aos entulhos arrastados pelo vento. Quando outro raio dividiu o horizonte ao meio, pude ver tudo como se o sol brilhasse acima de mim.

Ela se foi.

Protegendo o rosto com os braços, corri em direção à beira do penhasco. Um terceiro raio caiu em minha frente e pude ver como estava perto de completar minha missão: sair correndo das rochas em direção ao ar rarefeito. Tentei parar, mas o chão estava escorregadio. Caí de costas, e uma perna foi para frente. O detalhe prateado do meu tênis reluziu com o clarão de outro raio, e vi meu pé voando sobre o penhasco. Aos gritos, pus as mãos para trás e agarrei-me ao chão.

Um, dois...

Trovejou e o penhasco estremeceu debaixo de mim. Contar os segundos entre os raios e suas inquietantes consequências normalmente me acalmava durante fortes tempestades, mas isso porque a maioria delas não caía diretamente na minha cabeça.

– Eles estão bem!

Simon. Ele agarrou minha cintura, me puxando para cima e para longe da queda. Em seguida, pegou minha mão e deu um passo em direção à beira do penhasco. Depois de vários longos segundos, ele apertou minha mão e apontou.

O relâmpago então veio mais rápido, fazendo com que fosse mais fácil ver a água. O mar se revolvia enquanto pequenas ondas batiam nas rochas ao redor. Árvores finas que pontilhavam a margem se inclinavam para um lado e depois cediam bruscamente, os troncos estreitos como palhas flexíveis ao vento. Balancei negativamente a cabeça, certa de que Simon estava vendo coisas – e então a avistei, uma lasquinha branca avançando em meio à escuridão. O braço de Caleb estava em torno dela enquanto eles meio que corriam, meio que se arrastavam pelas rochas em direção à trilha.

Ela estava bem. É *claro* que estava bem.

Simon olhou para mim para ter certeza de que eu os tinha visto e depois me puxou para trás. De algum modo, meus pés conseguiram se mover e eu saí correndo atrás dele pela clareira, para dentro da trilha coberta de vegetação. Os galhos e as raízes que erguemos e nos quais pisamos durante a subida agora batiam em nós e nos faziam tropeçar, mas não diminuímos o ritmo. Meu coração batia forte, e eu tentava ignorar a sensação de que, enquanto corríamos pela floresta, algo ou alguém corria ainda mais rápido atrás de nós.

Depois de descermos quase quinhentos metros, nosso caminho se juntou a outro que eu não havia notado na subida. E não teria notado agora se não fosse Simon virar para trás e à esquerda.

Parei de repente quando vi a razão para o desvio inesperado.

Justine. Ela estava nos braços de Caleb, e um espesso rastro de sangue escorria de um corte no joelho, descia lentamente pela panturrilha e parava no pé.

É só sujeira, ou uma alga...

— Nessa! — Enquanto Simon a tirava dos braços de Caleb, ela pegou minha mão e a beijou. — Estou bem, eu juro. Eu poderia ter feito o passeio sozinha, mas alguém quis bancar o herói.

— Tenho algumas coisas no carro — Simon disse, seguindo na direção da trilha principal com Justine nos braços.

Olhei para Caleb. Seu rosto estava tão tenso enquanto ele olhava os dois na trilha que era difícil imaginar o menino risonho e convencido que estava de namorico com Justine havia alguns minutos.

— Sua irmã — ele balançou a cabeça e olhou para mim.

— Eu sei.

Nós dois sabíamos. A culpa não era dele. Nem minha, nem de qualquer outra pessoa. Se Justine quisesse passar nua por um círculo em chamas, ela passaria. Você poderia esperar por perto com um roupão e um extintor de incêndio, mas isso seria o máximo que poderia fazer.

Seguimos a trilha atrás deles. Quanto mais corríamos, mais leve a chuva caía. Os trovões ficaram mais suaves, e os segundos entre os estrondos, mais longos. Até o vento diminuiu, passando de fortes rajadas para uma brisa normal de verão. Quando chegamos ao velho Subaru verde de Simon, estacionado ao lado da estrada de terra, as nuvens diminuíram o suficiente para revelar pedaços de céu azul.

— Viram? — Justine gritou enquanto corríamos na direção deles. Ela estava sentada no porta-malas aberto, balançando as pernas para frente e para trás enquanto Simon fazia um curativo na perna machucada. — Foi só um arranhão.

— Não foi só um arranhão — Simon disse —, mas não vai ser preciso ir ao pronto-socorro.

Caleb colocou a mão no pescoço dela e beijou sua testa.

– Querida, você precisa ter cuidado.

Ela abriu a boca, mas a fechou em seguida, quando Caleb pôs a mão em seu rosto. Enquanto o polegar do rapaz acariciava delicadamente sua pele, ela inclinou a cabeça e seus olhos se derreteram.

– Você sabe que eu topo uma aventurazinha, mas eu ficaria arrasado se alguma coisa acontecesse...

– Eu sei – ela tirou a mão dele do rosto e lhe beijou a palma. – Sinto muito. Eu sei.

Eu assistia a essa troca de palavras com um misto de alívio e perplexidade. Eu estava feliz de ver que ela estava bem e achei bonitinho o Caleb estar tão preocupado, mas eles não se viam desde a nossa última viagem para o norte, no Natal. Sem dúvida, para duas pessoas que saíam de vez em quando, eles pareciam muito ligados emocionalmente. Isso me fez pensar que os amassos eram excepcionalmente bons ou que emocionantes experiências de quase-morte uniam as pessoas. Eu não saberia dizer quais eram os efeitos de nenhuma das duas possibilidades.

– Você vai precisar lavar a ferida – Simon disse, fechando o curativo de Justine. – Mas isso vai ajudá-la a chegar em casa.

– Muito obrigada, dr. Carmichael – Justine pegou a mão de Caleb e saltou no chão, caindo sobre o pé bom. – Vou ganhar um pirulito?

Simon deu uma olhada para ela, o que levou Caleb a prontamente conduzi-la para a lateral do carro e colocá-la no banco de trás.

Ajudei Simon a guardar a gaze e o esparadrapo.

– As coisas realmente começaram cedo este ano, hein?

Com as mãos congeladas, ele empurrou o *kit* de primeiros socorros para baixo e fechou a caixa. Olhou para mim com os olhos fixos nos meus, como se quisesse dizer algo, mas sem saber se devia. Finalmente, estendeu a mão para apertar meu ombro.

– Se quiser se secar, tem um cobertor velho no banco da frente.

Ele fechou o porta-malas e foi para o banco do motorista. Olhei mais uma vez para o céu, que agora estava tão azul como quando havíamos chegado, depois dei a volta no carro e me sentei no banco do passageiro. Ali, tirei a blusa de lã enquanto Simon relaxava em seu banco e Caleb e Justine faziam sabe-se lá o que em silêncio no banco de trás.

– Então... – eu disse, já que ninguém se mexeu ou falou depois de alguns minutos. – O que *foi* aquilo?

Simon olhou para mim e depois para o para-brisa, na direção da trilha. Ele riu uma vez e deu um longo e profundo suspiro.

– Foram os penhascos de Chione dando boas-vindas.

Mudei de posição, sabendo o que encontraria quando olhasse por cima do ombro para o banco de trás.

Justine, encolhida debaixo do braço de Caleb e com a perna machucada escorada em um cobertor de lã dobrado, estava sorrindo de orelha a orelha.

– Que emoção! – ela disse, alegre.

∽∼

– Que fraude!

– Fraude? – Justine levantou o prato quando nosso pai apareceu com outra travessa de bife grelhado. – O que significa isso?

Ele espetou dois pedaços de carne com um garfo, depois olhou para a grade do terraço, em direção ao lago Kantaka.

– Fraude. Um ato de engano sagaz, geralmente com a intenção de não ser pego.

– Eu sei o que a palavra *significa*, pai. Mas você acha mesmo que eu arranhei a perna escalando rochas na praia para escapar de um sequestro? Será que os sequestradores perdem o interesse por causa de um pouco de sangue? E quem está fazendo os sequestros? Salva-vidas malucos? Caçadores de conchas pirados? O abominável homem das neves?

Sorri com a caneca de chá quente na boca. *Havia* uma pessoa que provavelmente sequestraria Justine se tivesse a chance e, levando em conta minhas observações anteriores, ela provavelmente iria por livre e espontânea vontade. No entanto, eu não podia fazer piadas sobre isso em voz alta, uma vez que nossos pais ainda achavam que Caleb e Simon eram os mesmos "meigos meninos Carmichael" que conheciam desde bebês. Eles sabiam que passávamos muito tempo juntos no verão, mas, definitivamente, não sabiam o que metade de nosso grupinho havia feito a maior parte do tempo nos últimos anos. E Justine havia deixado claro que queria deixar as coisas assim.

– O abominável homem das neves, hein? – papai pôs um bife no prato de Justine e colocou a travessa novamente sobre a grelha. – É disso que eles me chamam agora?

Justine e eu olhamos uma para a outra, cada uma em um lado da mesa, e rimos. Papai tinha um metro e noventa e três de altura e normalmente se inclinava para frente, algo que atribuía ao fato de ter de lidar com as portas mais baixas de "antigamente", mas que muito provavelmente era consequência de quarenta anos passados na frente do computador. Sua estrutura física desleixada, mas imponente, mais os cabelos crespos grisalhos e a barba cheia, lembravam a lendária criatura.

– O que aconteceu com o querido papai? Com o melhor pai do mundo? O superpai? – Ele se sentou e serviu-se de outro copo de vinho tinto. – E qual foi o mais recente? Enorme alguma coisa?

– Paizão – Justine disse, fingindo estar irritada, como se não pudesse acreditar que ele havia se esquecido de um dos apelidos carinhosos que ela criara para ele.

– Certo. Eu ainda não sei se deveria me sentir ofendido com esse ele esfregou a barriga redonda. – Mas pensei em outro quando estava chegando em casa que acho que deveríamos incluir o mais rápido possível em nosso bate-papo diário.

– Vamos pensar no assunto – disse Justine.

Ele pegou um pãozinho de dentro de uma cesta no centro da mesa arrancou um pedaço e o enfiou na boca.

– Rei.

– Rei? – Justine perguntou. – Rei o quê?

Ele encolheu os ombros.

– É isso. Apenas Rei.

– Nada mal... Mas isso, tecnicamente, faria da mamãe Rainha. E, falando sério, não acho que ela aceitará numa boa ser a segunda no comando, nem que seja só pelo título.

Justine olhou para nossa mãe para confirmar.

Mamãe, que estava cortando seu bife com uma faca como se ele fosse de aço e não de carne, fez uma pausa.

– Não posso acreditar que você ainda faz isso.

– As meninas estão crescendo – ele admitiu –, mas sempre serei o paizão delas, até a idade me pegar e eu começar a encolher. Aí eu vou ser... o pequeno paizão? O paizão médio? O grande paizão?

– Você pode ser o Grande Mestre do Universo para sempre. A questão não é essa.

Ele ergueu as sobrancelhas, considerando o título sugerido e não o fato de nossa mãe não ter achado graça. Não que isso fosse fora do normal, já que ela raramente se divertia. Ela sempre foi a mais séria dos dois, a disciplinadora. Ela era presidente da Franklin Capital, uma empresa de serviços financeiros em Boston, e meu pai, escritor e professor de literatura norte-americana na Newton Community College. As qualidades exigidas para as respectivas profissões normalmente expressavam a vida deles em casa.

– Então qual é o problema, querida? – Inclinando-se sobre a mesa, ele tirou com delicadeza o garfo e a faca das mãos dela e assumiu a tarefa aparentemente árdua de cortar o bife.

– Você tem 18 anos – mamãe fez cara feia para Justine. – Você é adulta. Os erros que comete agora contam de verdade.

– Então talvez eu fique com uma pequena cicatriz para o resto da vida – Justine disse. – Grande coisa!

– Você tem sorte de ter saído dessa só com isso.

Justine olhou para mim, e o sorriso que tinha no rosto desde que subiu no Subaru de Simon desapareceu.

– Mãe, uma tempestade pegou a gente, e nós escorregamos em algumas pedras. Acidentes acontecem.

– Acontecem. E se você tivesse 8 anos e estivesse mesmo na praia, eu beijaria seu joelho e tudo ficaria bem.

– Uau! – exclamei, apontando para o lago. – Os Beazley finalmente conseguiram uma canoa nova. É tão... comprida.

Ao terminar de cortar o bife da mamãe, papai colocou a faca e o garfo de volta no prato dela e se inclinou em minha direção.

– Nota dez pelo esforço, mocinha.

Justine balançou a cabeça.

– Estou confusa.

Tentei chamar a atenção da mamãe para poder pedir em silêncio que ela não dissesse o que estava prestes a dizer, mas não adiantou. Ela estava em uma missão – e prestes a me deixar em sérios apuros com a pessoa que eu sempre queria deixar feliz.

– Vocês não estavam na praia, Justine. Estavam nos penhascos de Chione.

Prendi a respiração. As palavras foram seguidas pelo silêncio.

– Impossível – Justine finalmente disse, pegando o guardanapo que estava em seu colo. – Nunca ouvi falar desse lugar.

– Sério? Então, que penhasco perigoso é esse que sua irmã mencionou?

Fechei os olhos e me recostei na cadeira. Eu não precisava olhar para Justine para saber que ela agora me encarava, com uma expressão de espanto, dúvida e mágoa.

– No último verão – mamãe continuou –, você saiu e a Vanessa ficou aqui, chateada. Perguntei qual era o problema e ela me contou como você tinha achado o penhasco, que vai lá todos os anos e que ela se sentia mal por causa do medo terrível que tem de pular.

– Falando nisso, talvez devêssemos dar um mergulho rápido no lago depois do jantar – disse o papai, despreocupado. – O que acham?

– A gente combinou que não contaria – Justine me falou, como se fôssemos as únicas à mesa. – Dissemos que era uma coisa nossa. Era isso que a tornava tão especial.

Olhei para cima.

– Eu sei, eu...

– Não culpe a Vanessa – mamãe disse.

Enquanto Justine se largava desanimada na cadeira, papai passava manteiga em um pãozinho e mamãe esvaziava sua taça de vinho, revirei meu cérebro freneticamente à procura das palavras que melhorariam a situação. Eu queria dizer a Justine que não tive a intenção de contar nada, que só estava frustrada comigo mesma depois de nossa ida ao penhasco no verão passado e que o que me deixava frustrada era o fato de ter medo de tudo nos últimos dezesseis anos. Eu queria dizer a ela que a mamãe estava no lugar errado na hora errada e que ela prometeu não dizer nada, contanto que eu fizesse o possível para impedir Justine de saltar sempre que fôssemos ao penhasco de novo – e que eu não tinha feito isso porque não gostaria de impedir minha irmã de fazer algo que a deixasse feliz. E eu queria dizer a ela que sentia muito, muito mesmo, por tudo isso.

Mas eu não podia. Eu não podia dizer nada. Talvez porque estivesse com medo de que tudo desse errado, mas as palavras simplesmente não vieram.

– E quais são seus planos com esse menino Carmichael? – mamãe perguntou.

Meus olhos se arregalaram quando deixei de olhar para a mamãe e olhei para Justine. Eu definitivamente não havia dito uma única palavra a ninguém sobre Caleb.

O rosto de Justine ficou vermelho.

– Meus *planos*?

– Entre saltar de penhascos e fazer sabe-se lá o que com um menino bonitinho que não saberia a diferença entre um *videogame* e um *laptop*, você está arriscando todo o seu futuro. Dartmouth. Faculdade de medicina. Anos de sucesso e felicidade.

– O bife não está uma delícia? – papai perguntou. – Nem muito malpassado nem muito seco.

– Não acho que um pouco de diversão vá arruinar minha vida – Justine empurrou a cadeira para trás, soltando faíscas pelos olhos azuis no cinzento anoitecer. – E, além disso, existem coisas mais importantes do que estudar em uma das melhores universidades do país e ganhar dinheiro.

– O Paizão aqui tem uma ideia – ele disse, lambendo os dedos. – Que tal deixarmos isso pra lá por enquanto e retomarmos amanhã, depois de uma boa noite de sono?

Justine se levantou, batendo com o joelho bom na mesa e balançando os pratos e copos. Ela se inclinou em minha direção quando passou por mim, com os olhos ainda mais brilhantes do que o normal, como se estivessem iluminados lá no fundo. Virou a cabeça para que a mamãe e o papai não pudessem ver o seu rosto e disse uma palavra, alto o suficiente para que eu ouvisse.

– *Buuuu*.

Lágrimas quentes brotaram em meus olhos. Atordoada, eu a vi atravessar o terraço e entrar em casa, deixando a porta de tela bater assim que passou por ela.

– Só quero que ela ande nos eixos – mamãe disse depois de uma pausa.

– E eu só quero que alguém me ajude a pintar a varanda da frente – papai disse. – Eu estava zombando do lance de ela ter usado o arranhão como um artifício para se safar, mas agora eu vou ter que fazer tudo sozinho.

Ignorando os dois, olhei para o lago.

Buuuu. Nada de "Muito obrigada", ou "Desta vez você realmente conseguiu", ou mesmo "Agora você está por sua própria conta e risco", o que provavelmente teria trazido lágrimas aos meus olhos, mas não teria feito a minha pele formigar como aquela única palavra fez.

E naquele momento eu não tinha como saber, mas aquela seria a última palavra de Justine para mim. Nos dias e semanas que se seguiram, eu ficaria repassando o momento várias vezes na cabeça, vendo seus olhos azuis, ouvindo sua voz suave e, por alguma razão, sentindo o cheiro de água salgada, como se ela ainda estivesse ao meu lado no alto do penhasco, com a pele e o cabelo molhados pelo mar.

2.

Quando ouvi a primeira sereia, eu estava de pé na areia, vendo a água bater em meus pés descalços. Um vento cortante chicoteava minha saia em volta de minhas panturrilhas e levava os sons das risadas de mamãe, papai e Justine até a praia. O suave lamento começou logo que a espuma envolveu meus tornozelos, como fazia quase todas as noites por dois anos. Só que dessa vez ele não desapareceu quando fui puxada e arrastada para baixo. Ficou mais alto. Mais próximo. E era acompanhado pelo de outra sereia, e outra, até que pude ouvi-las e ver luzes vermelhas, brancas e azuis piscando, como se carros de polícia tivessem entrado no mar.

– Você devia comer alguma coisa.

Pisquei. As luzes se foram, substituídas por canecas verdes de café. Ao meu lado, um homem de terno cinza encostou no balcão e mandou um *cannoli* para dentro da boca.

– Comida boa pode ser o melhor remédio – ele disse.

Remédio. Como se eu estivesse doente. Como se isso fosse uma alucinação que passaria assim que minha febre baixasse.

– Obrigada.

Na tentativa de apagar a imagem recorrente do acidente, a que eu estava revivendo em meus sonhos desde que os policiais nos disseram que haviam encontrado Justine, peguei uma caneca e me virei para a cafeteira.

Não era culpa dele. Ele era um dos colegas da mamãe. Ele não me conhecia e não conhecera Justine, mas se sentia obrigado a dizer *alguma coisa* enquanto apreciava massas italianas com outros colegas. O que mais havia lá? Que tragédia! A menina tinha a vida toda pela frente! O que você está achando do Red Sox nesta temporada?

– A voz de quem clama no deserto – eu disse quando me virei e ele ainda estava ali. Não saber o que dizer era uma coisa, ficar à toa esperando outra chance era um pouco demais.

– Como? – ele disse.

Levantei minha caneca.

– *Vox clamantis in deserto. Slogan* da Dartmouth. Um tanto apropriado, não acha?

– Vanessa, querida, me ajude com esses *muffins*? – mamãe me pegou pelo braço e me fez atravessar a cozinha. – Querida, eu sei que é difícil, mas temos convidados. Eu agradeceria se você pudesse ser uma anfitriã agradável.

– Desculpe – eu disse quando parei junto a um balcão forrado de bandejas de doces. – Só não sei o que dizer. Parte de mim quer se trancar no banheiro pelo resto do dia, e a outra parte quer...

– Você comeu? – ela perguntou, empurrando um bolinho. – Aqui, coma um de nozes.

Peguei o bolinho sem saber ao certo o que dizer. Mamãe havia chorado por cinco dias seguidos, desde o momento em que os policiais bateram na porta da casa do lago até quando chegamos em nossa casa em Boston, e desde então ficou sem lágrimas e planejando festas. Ela não chorou nem no enterro, quando o choro de todos os amigos e colegas de escola de Justine fez os pássaros voarem das árvores e levou o padre a gritar suas preces. Eu também não chorei no enterro, nem em momento algum antes ou desde então, mas minhas razões eram muito diferentes.

– Você pode dar uma olhada no seu pai? – mamãe disse, levantando uma bandeja do balcão. – Faz uma hora que não o vejo, e os convidados estão começando a perguntar por ele.

Eu queria dizer que, se os nossos "convidados" não entendiam que o Paizão precisava ficar um pouco sozinho, então talvez devessem procurar outra festa, mas ela se virou bruscamente e desapareceu pela porta da cozinha antes que eu pudesse falar.

Joguei o bolinho no lixo e me voltei para o armário onde estavam as xícaras de café, mantendo os olhos abaixados para evitar mais alguma dica saudável e útil dos colegas de trabalho da mamãe. As canecas de Dartmouth ainda estavam alinhadas na primeira prateleira, onde mamãe começou a exibi-las assim que recebeu a remessa da parafernália da faculdade duas semanas antes.

"*Vox clamantis in deserto*", Justine leu em voz alta na época. "Eu adoro o modo como esses lugares tentam impressionar com seu amor pelas línguas mortas. Fala sério, o que isso importa? Por que não dizer simplesmente 'Obrigado por desembolsar mais quinze dólares pela prova concreta de que você é importante o suficiente para investir duzentos mil dólares em uma oportunidade para seu filho rico ficar bêbado com outros garotos ricos no meio do nada'?"

"Bem", eu disse, "provavelmente porque isso não caberia em um chaveiro" – dos quais mamãe encomendou duas dúzias para distribuir no escritório.

Peguei a caneca do meio e a enchi de café. Ainda de olhos baixos, peguei as duas canecas e atravessei correndo a cozinha em direção à porta da escada dos fundos.

A escada dos fundos sempre foi nossa rota de fuga, minha e de Justine, em coquetéis, jantares e até nas discussões entre nossos pais. À medida que ia subindo, eu pensava na última vez em que procuramos refúgio ali, durante a festa de Natal da mamãe. Enquanto duzentos convidados viravam taças de champanhe, Justine e eu nos sentamos na escada, com seu edredom em volta de nossos ombros, chupando confeitos de Natal e nos embriagando de gemada com conhaque. Naquela noite, tentamos fingir que não estávamos nos escondendo dos colegas bêbados da mamãe em nossa casa no centro de Boston, mas nos escondendo da mamãe e do papai em nossa casa do lago, em Maine, sem fôlego e ansiosas enquanto esperávamos para ver o Papai Noel descer pela velha chaminé de pedra.

Agora eu subia os degraus devagar, consolada pela luz fraca e pelo revestimento escuro. Bloqueei o pensamento assim que ele me passou pela cabeça, mas, por um momento passageiro, me dei conta de como era estranho estar ali... sozinha. Não estive sozinha em lugar algum durante toda a semana e, com certeza, em nenhum lugar onde estivera apenas com Justine.

Chegando ao patamar, parei e esperei. Após alguns segundos, pisquei e esperei mais uma vez. Nada. Nem mesmo revisitar um dos nossos lugares preferidos trouxe lágrimas aos meus olhos.

Continuei pelo corredor, com as batidas do coração cada vez mais rápidas. Eu não havia entrado no quarto de Justine desde que estávamos nos preparando para ir a Maine, na semana anterior, quando a vi experimentar o guarda-roupa todo enquanto procurava a roupa perfeita para usar na viagem ao norte. Quando saímos, saias, vestidos e regatas forravam o chão como algas marinhas na praia após um refluxo. Naquele momento eu não sabia ao certo do que tinha mais medo: de que as roupas ainda estivessem lá, exatamente como ela as deixara... ou de que não estivessem.

Fechando os olhos, virei-me para a porta. Estiquei o braço até minha mão alcançar a maçaneta. O metal debaixo de meus dedos estava frio, e esperei minha pele se acostumar com a temperatura antes de apertar a mão.

É só a Justine. São só as coisas dela. Tudo vai ficar como ela deixou, porque ela vai voltar. Logo vamos voltar à casa do lago e tudo vai voltar a ser como deveria.

Abri a porta. Um pequeno som escapou de meus lábios entreabertos.

Não eram meus medos ancorados lá no fundo vindo à superfície. E não era o fato de que, comparado ao corredor, o quarto de Justine estava quente como um forno.

Era a água salgada. O cheiro era tão forte, o ar estava tão denso com a umidade, que, se não abrisse os olhos, eu acharia que estava na beira do mar.

– Você se acostuma.

Abri os olhos. Nosso Paizão estava sentado no chão no meio do quarto.

– Deve haver algum problema com os canos. Vou chamar o encanador amanhã – ele soou exausto e parecia exausto também. Os cantos de sua boca caíram em direção ao queixo. Seus olhos azuis estavam apagados e os ombros caídos para frente. Nosso abominável homem das neves havia perdido sua força.

– Paizão – eu disse, entrando no quarto –, sei que é difícil, mas nós temos convidados. Eu agradeceria de verdade se você pudesse ser um anfitrião agradável.

Um dos cantos de sua boca se levantou quando ele pegou a caneca de Dartmouth. Ele sabia que as palavras não eram minhas.

– Sua mãe está superando, Vanessa. Todos nós estamos.

Eu não disse nada quando me sentei ao lado dele. Até aquele momento, a única coisa que a minha mãe e eu tínhamos em comum era nossa adoração por Justine. Eu não entendia por que a mamãe trabalhava tanto, fazia compras com tanta frequência ou se esforçava tanto para impressionar estranhos. Eu não entendia por que, das cem pessoas que estavam lá embaixo, apenas dez ou algo assim seriam capazes de distinguir Justine de mim no cartão de Natal da família Sands. Grande parte do que a mamãe fazia não tinha sentido para mim. Mas o papai achava que ela era o sol, a lua e as estrelas e, por essa razão, fiquei quieta.

– Ela é linda – papai disse depois de alguns minutos.

Acompanhei seu olhar até o mural repleto de fotos que estava pendurado logo acima da escrivaninha de Justine, e desejei que meus olhos se enchessem de água. Porque lá estava ela. Fazendo *rafting* em Berkshires. Andando a cavalo em Cape. Com amigos do cursinho preparatório de Hawthorne. Fazendo caminhada no monte Washington, em New Hampshire. E, em minha fotografia favorita, a que Justine ampliara para 15x20 e que estava no centro da montagem, pescando em nosso velho barco vermelho no lago, em Maine, comigo.

– Eu me lembro de tirar essa – disse papai. – Fiquei imaginando o que ela havia dito para fazer você rir.

Ele tirou a foto do dique atrás da casa quando estávamos de costas para a câmera. A cabeça de Justine estava um pouco virada para mim, e a minha estava totalmente inclinada em direção ao céu. Meus ombros estavam levantados, quase chegando às orelhas, um reflexo físico que eu tinha sempre que algo me fazia rir até lágrimas escorrerem pelo meu rosto.

Pisquei. Nada.

– Imaginei que fosse papo de menina – ele continuou. – Maquiagem. Meninos. Coisas do maior sigilo que era melhor eu não ficar sabendo.

– Provavelmente – eu disse. – Considerando a porta giratória amorosa de Justine, o papo de menina sobre meninos normalmente durava um bom tempo.

– Eu ainda não entendo por que ela precisava de toda aquela atenção – ele disse, pensativo. – Ela era tão radiante, tão bonita e talentosa. Mas era como se não acreditasse, a menos que um menino diferente dissesse isso a ela toda semana.

Eu não disse nada. Justine não *precisava* de atenção, ela simplesmente a tinha.

Tomamos nosso café em silêncio. Depois de um instante, ele deu um longo suspiro.

– Preciso ir bancar o anfitrião por um tempo – ele disse, ficando em pé. – Você vai ficar bem?

Fiz que sim com a cabeça. Ele tocou levemente minha cabeça com uma das mãos antes de sair do quarto e fechar a porta.

Pisquei e esperei outra vez. Como as lágrimas não vieram, me virei para a fotografia do centro e pensei no que meu pai acabara de dizer. Aquilo não fazia sentido. Mas agora nada fazia muito sentido.

A polícia alegou ter sido um acidente, que Justine simplesmente pulou do penhasco na hora errada. Estava escuro. A maré estava alta. O comandante Green disse que a água estava tão funda e as correntezas tão fortes que o próprio Tritão, o deus grego do mar que fazia as ondas irem e voltarem com um sopro em seu búzio, não conseguiria resistir. O médico-legista concordou.

Eu não.

Sim, Justine era uma caçadora de emoções. E, naquela noite, talvez ela tivesse desejado provar alguma coisa. Mas ela era inteligente demais para fazer algo tão imprudente.

Enquanto meus olhos percorriam o mural, notei finas linhas escuras entre as fotos. Era como se alguém tivesse usado um marcador de texto no mural... exceto pelo fato de que a linha não estava traçada no cetim marfim que cobria o restante do quadro. O pano de fundo atrás das fotos era branco.

Eu me levantei e fui até a escrivaninha para ver melhor, e notei que as linhas eram, na verdade, palavras.

Nome. *E-mail.* Telefone. Caucasiana. Pai e mãe. Decisão precoce. Ajuda financeira. *Campus.* Escolaridade. Ensino médio. Vestibular. Teste psicotécnico. Aptidões extracurriculares. Prêmios/homenagens.

Eu estava para arrancar a primeira tachinha roxa quando me senti pouco à vontade. Até culpada. Como se estivesse bisbilhotando a escrivaninha de Justine à procura de seu diário e estivesse prestes a ler sobre beijos secretos e conversas particulares que ela gostaria de guardar para si.

– Desculpe – sussurrei antes de arrancar a primeira tachinha.

Segundos depois, as cinquenta ou mais versões do sorriso de Justine se foram. Dei uns passos para trás para dar uma olhada no mural inteiro.

Havia adesivos para carros. Sete deles coletados pela mamãe nas viagens com Justine para Harvard, Yale, Princeton, Brown, Stanford, Cornell e Dartmouth. Eles formavam um grande círculo acadêmico ao redor de uma planilha e uma cópia impressa da ficha de inscrição para a faculdade. A planilha tinha uma lista de faculdades e três colunas com os respectivos prazos, datas de apresentação de documentos e datas de resposta. A coluna com os prazos estava preenchida com números com a bela caligrafia da mamãe, as outras estavam vazias. A ficha de inscrição estava em branco, exceto pelas anotações e sugestões de resposta da mamãe. Meus olhos rapidamente se fixaram na página central: a redação. Havia no alto um adesivo verde no qual ela havia sugerido que Justine escrevesse sobre quem era e quem gostaria de ser. A resposta de Justine era curta.

"*Desculpe. eu não sei. Mas você também não.*"

Fiquei olhando para as palavras. Posso ter levado mais tempo do que deveria para encontrá-las, mas eu soube de imediato o que significavam: Justine não teria ido para Dartmouth no outono. Nem para Harvard, Yale, Princeton, Brown, Stanford ou Cornell, pois, antes de frequentar sua futura universidade, você precisa se inscrever. E, ao que parecia, Justine não havia se inscrito em nenhuma.

As pessoas lá embaixo estavam reunidas para celebrar a vida de Justine, para refletir sobre seu potencial perdido e sobre todas as coisas que ela nunca faria, os lugares aonde nunca iria. Eu estava certa sobre uma coisa: nenhum dos convidados desconhecidos se empanturrando de comida fazia a menor ideia de quem ela realmente era. Mas eu estava assustadoramente errada sobre outra coisa.

Nem eu sabia quem ela era.

Uma porta bateu no corredor, trazendo-me de volta ao presente. Tirei a redação do mural e, da escrivaninha, a fotografia de Justine comigo no barco, pendurei novamente as outras e atravessei correndo o quarto.

Eu estava para escapulir pelo corredor quando minhas mãos se moveram na direção de meu rosto, cobrindo meu nariz e minha boca.

Água salgada. Eu me acostumei com o cheiro enquanto estava no quarto, mas estava mais forte perto da porta; avassalador, como se uma onda gigante já tivesse engolido o restante da casa e esperasse do lado de fora do quarto de Justine um convite para entrar. Era tão forte que tive de olhar para baixo para minha cabeça não girar.

– Ah, não – tirei as mãos do rosto. – Ah, Justine...

Uma toalha de praia amassada estava enfiada contra a porta do armário. Era grossa e branca... com o desenho de uma lagosta sorridente coberta de pedaços de algas verdes e pretas.

A toalha de praia de Caleb, em que ele havia envolvido Justine antes de agarrá-la no alto dos penhascos na semana passada. Ela estava aqui em Boston, seca e dura de sal.

Caí de joelhos e peguei a toalha. Justine estivera em casa. Em algum momento entre o ataque durante o jantar na casa do lago e o fim da manhã seguinte, quando seu corpo foi encontrado, Justine voltou a Boston.

Tudo bem, eu disse a mim mesma, tentando não imaginar o tecido felpudo branco de um lado a outro dos ombros de Justine. *Está tudo bem*.

Só que não estava. Estava tão longe disso que nem pude fingir que a toalha de praia era outra coisa além de mais uma evidência de que, assim como eu pensava que conhecia minha irmã, outra pessoa a conhecia melhor. E, por alguma razão, ela queria que fosse assim.

3

– Vocês estão malucos?

Tirei minha mochila da calçada e a coloquei no porta-malas do Volvo do papai. – Você tem certeza de que não vai precisar dele? – perguntei, como se a mamãe não tivesse acabado de chamar da varanda da frente onde estava, descalça e com uma manta de *cashmere*, nos observando com um olhar de reprovação.

– Estou falando sério – ela tentou novamente. – Vocês perderam o juízo?

Papai pôs sua tigela de cereais no capô enferrujado do carro e ajudou a empurrar minha mochila para dentro do porta-malas.

– Não precisei dele por meses. Vou ficar bem sem ele por mais algumas semanas.

– Algumas *semanas*? – a voz de mamãe subiu uma oitava.

Pus as mãos em cima do porta-malas, ao lado das do papai, e abaixei a tampa. Quando o compartimento fez o barulho de que estava fechado, dei a volta e parei na base da escada que levava à porta da frente.

– Não sei por quanto tempo ficarei fora – eu disse. – Pode ser alguns dias, uma semana ou mais.

– Eu só não entendo por que você está indo. Depois de tudo que aconteceu...

– Você vai voltar ao trabalho. O papai vai voltar a escrever. O que eu faria se ficasse?

– Veria seus amigos – mamãe disse. – Iria ao cinema. Ler e relaxar.

– Ler e relaxar? – fiz que não com a cabeça. – Não posso.

– Jacqueline – papai disse de modo carinhoso –, Vanessa precisa fazer o que tem de fazer. Eu sei que é difícil deixar a nossa garotinha ir, mas ela tem 17 anos.

– Ela tem 17 anos, mas é uma *criança* – a mamãe declarou, como se estivesse feliz por ver que alguém, que não ela, finalmente havia levantado essa questão tão importante. – Vanessa, querida, você nunca foi sozinha a lugar nenhum. E o lugar mais longe que você já foi dirigindo foi o centro comercial de Framingham.

Subi correndo a escada, parando no degrau logo abaixo do dela.

– Vou voltar logo. Prometo.

Enquanto ela me dava um abraço apertado, me senti culpada. E nervosa. E triste, assustada e confusa. Parte de mim estava mesmo tentada a correr de volta para casa, pular na cama e dormir até que tempo suficiente tivesse passado para eu poder esquecer tudo. Talvez eu pudesse até fingir que isso era apenas mais um pesadelo que eu temia toda vez que apagava as luzes.

– Os fluidos estão bons – papai disse antes que eu pudesse mudar de ideia. – O limpador de para-brisa fica à direita do volante; os faróis, à esquerda. O carro está velho, mas vai levar você aonde for preciso.

– Você é demais, Paizão! – desci correndo a escada e entrei no carro.

– Você também, mocinha – ele fechou a porta assim que entrei e olhou pela janela aberta. – Só mais uma coisa. Como qualquer velhote com boa saúde, ele se cansa, principalmente nas subidas. Se ele começar a abrir o bico, pegue leve no acelerador. Se tentar pisar fundo, é bem provável que ele recue.

– Bem, isso é reconfortante.

Vi o papai se virar para a mamãe, que agora estava ao seu lado. Ele pôs o braço em volta da cintura dela e lhe deu um beijo na ponta do nariz.

– Você está levando seu celular? – ela perguntou. – E o mapa?

Levantei meu celular e uma pilha de folhas impressas do Google Maps que estava no banco do passageiro. – Também tenho o tanque cheio, seu cartão de crédito, dinheiro para o combustível e o cartão do seguro. E a chave de casa e as instruções para abrir o registro de água e ligar a luz.

– Por favor, ligue quando chegar lá – mamãe disse quando dei a partida. – E talvez no caminho, quando você estiver cansada ou se não houver nada no rádio, ou...

– Eu ligo antes de chegar e quando chegar.

A mamãe abriu a boca para fazer mais pedidos, mas depois fechou e a cobriu com a mão.

O que ela disse sobre eu nunca ter estado em lugar nenhum sozinha e nunca ter dirigido mais de trinta quilômetros longe de casa também me deixou nervosa. Eu não sabia como seria dirigir na I-95 sem a mamãe, o papai e a Justine. Ou passar pela placa em forma de veleiro que dizia "Bem-vindo a Winter Harbor" na entrada da cidade, ou pela sorveteria do Eddie logo depois e não parar para comer os cones de *waffle* de chocolate. Ou subir de carro até a casa do lago, toda fechada após nossa partida repentina alguns dias antes.

Quando coloquei o Volvo em movimento e comecei a me afastar lentamente dos meus pais, privando-os da segunda de suas duas filhas em menos de duas semanas, havia uma única coisa que eu sabia. E era que, se havia uma hora para endurecer, a hora era essa.

∽∽

Seis horas e quatro telefonemas para casa mais tarde, lá estava eu, sentada no Volvo, olhando para a casa do lago.

Nessa época, todo ano, a casa estava cheia de vida e barulho. Agora parecia estranhamente abandonada. A porta da frente estava fechada, assim como as janelas, as cortinas e as venezianas. Os vasos de cerâmica com plantas alinhando-se na escada da frente, que deveriam estar com os gerânios da mamãe, estavam cheios de ervas daninhas. A bandeira favorita do papai, a que tinha o par de mergulhões que marcava a chegada oficial do verão, estava jogada em uma prateleira em algum lugar na garagem.

Entretanto, apesar do triste exterior, eu podia vê-la abrindo a porta do carro e correndo pela frente da casa, lançando-se de uma ponta da varanda à outra, espiando pelas janelas. E, dessa última vez, parando em uma das pontas da varanda e se inclinando sobre a grade na direção da casa dos Carmichael. Seu vestido de verão roxo dançava com a brisa ao redor de seus tornozelos, e seus longos e escuros cabelos caíam sobre um dos ombros e um dos lados do rosto, escondendo o sorriso que eu sabia que estava ali.

Em seguida, olhei para a casa ao lado para ver se Caleb estava lá fora, esperando por ela. Não o vi, mas sabia que ele estava lá. É bem provável que estivesse agachado atrás de um arbusto – longe da vista, a pedido de Justine – havia horas, apenas esperando para vê-la de relance. Eu achava que essa sensação de saber que alguém com certeza esperava por você devia ser muito boa.

Era uma sensação que eu queria tanto ter naquele momento.

Olhei pelo retrovisor quando uma explosão de luz brilhou atrás de mim. Não vendo nada além de nossa caixa de correio em forma de pato e um monte de árvores, me virei no banco para olhar pelo vidro traseiro.

Nessa bobona! Imaginando coisas antes mesmo do pôr do sol?

Voltei-me para o som da voz de Justine passando rapidamente pela minha cabeça.

– Hora de achar Caleb – eu disse em voz alta, abrindo a porta.

Meti um dos tênis na lama quando meus olhos foram parar no jornal dobrado caído na entrada. Era o *Winter Harbor Herald*, um jornal semanal gratuito que servia, sobretudo, como guia de restaurantes e lojas para turistas. O *Herald* costumava publicar uma notícia importante a cada verão, quando a reportagem de primeira página não era sobre os pontos mais românticos para ver o pôr do sol ou os melhores lugares para se comer uma refeição típica de Winter Harbor, mas normalmente algo sobre beberrões menores de idade ou homens que roubavam caixas de lagostas. Essas histórias geralmente apareciam no fim do verão, quando todos já haviam comido e comprado e aparentemente podiam ter uma ideia dos pontos vulneráveis da região.

Neste verão, as más notícias não podiam esperar.

"Tragédia em Winter Harbor: Menina de 18 anos morre em queda no início da alta temporada."

Fiquei olhando para o título, tendo sua gravidade enfatizada pelas letras pretas e garrafais. Logo abaixo estava uma foto de Justine no último ano do ensino médio. A despeito do motivo pelo qual sua fotografia estava estampada na primeira página, ainda fiquei impressionada com sua beleza. Seus cabelos escuros caíam formando cachos soltos sobre os ombros, seus olhos brilhavam e seu sorriso era acolhedor e simpático.

Pensei em minha própria foto no último ano do ensino médio, que eu deveria ter tirado no fim do verão. Nunca seria tão impressionante como a de Justine, uma vez que tudo em minha aparência ficava no meio-termo: meu cabelo não era nem loiro nem castanho; meus olhos não eram totalmente azuis nem verdes; minha pele poderia parecer creme ou pálida, dependendo da luz. A única coisa que não era assim era meu sorriso, que, embora raramente aparecesse, sempre iluminava o restante do meu rosto. Mas, sem a minha principal fonte de felicidade, eu poderia posar para a foto de costas para a câmera, porque não faria diferença.

Peguei o jornal do chão quando saí do carro. Eu não queria ler sobre Justine, mas também não podia deixá-la ali na entrada. Dobrei o jornal e o coloquei no bolso de trás da calça.

Dei alguns passos até a casa dos Carmichael, subi correndo a escada da varanda e toquei a campainha. Quando os sons graves soaram dentro da casa, dei um passo para trás e esperei.

Caleb não respondeu. Nem a senhora Carmichael, que normalmente escancarava a porta com um sorriso e de braços abertos. Não houve nem o som de passos pela casa em direção à porta.

Esperei um minuto e toquei novamente a campainha.

Nada.

Apoiei uma das mãos no vidro e espiei a sala pela janela. Então, atravessei a varanda e tentei a janela da cozinha. Os balcões estavam limpos, a mesa não estava cheia de revistas em quadrinhos e exemplares da *Scientific American* e não havia louça suja na pia.

O interior da casa dos Carmichael sugeria o mesmo que a nossa do lado de fora: abandono.

Eles vão voltar, eu disse a mim mesma enquanto descia a escada da varanda. *Eles estão no trabalho, ou resolvendo algumas coisas. Estarão de volta, no mais tardar, na hora do jantar.*

Se fosse realmente isso, eu tinha cerca de cinco horas para matar. Completamente sozinha.

Eu não estava a fim de ficar esse tempo todo sentada em casa sozinha, então não tive pressa para voltar. Andei pelo quintal dos Carmichael, que havia se tornado tão familiar ao longo dos anos. Depois de brincar milhares de vezes de esconde-esconde, eu sabia onde o gramado era mais fundo e mais alto e quais as melhores árvores para me esconder quando não queria ser encontrada. Na verdade, na minha infância, esconde-esconde era a única brincadeira em que eu era melhor do que Justine. Na maioria das vezes porque eu preferia não ser encontrada, enquanto ela vivia para ser vista.

Andei na beira da água e fui até a doca. Quando cheguei ao fim, olhei para o outro lado do lago e depois na direção da nossa doca a alguns metros de distância. Meu peito doía com a falta de garrafas de água, protetor solar e livros abertos, todos itens necessários para uma tarde de verão preguiçosa. As cordas grossas que normalmente seguravam nosso barco vermelho ainda estavam enroladas nas estacas.

Eu me virei, tirei os tênis e as meias, enrolei a calça e me sentei. Estava quente ao sol; fiquei tentada a balançar as pernas na água fria, mas as mantive apoiadas contra o peito. Por dois anos, toda vez que Justine jurava que os peixinhos do lago Kantaka tinham mais medo de mim do que eu deles, eu lhe dizia que os peixes não me incomodavam. E o que me *incomodava*, eu guardei comigo.

– Vanessa?

Ele parece diferente neste ano, não parece?

Levantei os olhos. Simon estava sentado em seu barco a alguns metros de distância, ainda segurando os remos enquanto a correnteza o trazia em minha direção. Sorri surpresa e aliviada ao vê-lo. Ele parecia surpreso também, mas não retribuiu o sorriso. Depois de alguns segundos, levantou os remos e começou a remar de novo.

Eu queria dizer oi, perguntar como ele estava. E, se não conseguisse, queria dizer alguma coisa que pudesse quebrar o gelo, talvez perguntar sobre os cadernos, as placas de Petri e as garrafinhas de plástico espalhados pelo chão do barco. O meu barco e de Justine normalmente ficava cheio de potes de plástico com melancia e revistas de celebridades; o de Simon parecia um laboratório flutuante.

Quando o barco encostou na doca, ele pegou uma corda e a enrolou em uma das alças de metal da embarcação. Juntou os cadernos, as placas e as garrafinhas e colocou tudo em uma mochila. Parecia que ele estava enrolando, como se alguns segundos a mais fossem suficientes para descobrir a coisa certa a dizer.

Meu coração acelerou quando ele saiu do barco. Simon não olhou para mim enquanto limpava as mãos na parte da frente do *shorts*, e em seguida abaixou-se na doca ao meu lado.

– Por favor, não tenha raiva de mim – ele disse depois de um minuto.

– Raiva de você?

– Eu quis ir – ele disse, mantendo os olhos na água abaixo de nós. – Você não imagina quanto eu queria estar lá... ao lado de sua família. Eu só não sabia se devia. Não sabia se convinha.

O enterro. Fiquei surpresa com a ausência dos Carmichael. Nossos pais saíram muitas vezes para jantar durante o verão, e, como eles moravam em Winter Harbor, ficavam de olho em nossa casa do lago e apareciam de vez em quando para conversar com meus pais durante o inverno. Não perguntei à mamãe ou ao papai por que eles não apareceram no enterro, imaginando que se tratasse de um assunto delicado por causa do envolvimento de Caleb naquela noite.

– Tudo bem – eu disse, comovida com sua preocupação. – Obrigada de qualquer forma.

Seus olhos se apertaram e seus lábios se retorceram, como se tivesse mais a dizer.

– Eu pensei que você tivesse terminado os estudos.

Ele olhou para mim e depois para a sua mochila estufada quando fiz um gesto em direção a ela.

– Um projeto científico de verão para pontos extras? – tentei manter a voz baixa.

– Mais ou menos – ele tentou um sorriso. – Estou ajudando um de meus professores em sua pesquisa sobre mudanças climáticas. O clima tem estado meio estranho ultimamente, então estou de olho.

Concordei e esperei que ele falasse mais. Simon podia falar sobre formações de nuvens, piscinas naturais e espécies vegetais nativas por horas, e de modo geral era o que ele espontaneamente fazia. Mas, como ele não disse mais nada, abracei firme meus joelhos contra o peito e olhei para o lago. Na costa, veranistas nadavam, remavam e flutuavam em boias. Meu corpo desejava se juntar a eles, enquanto meu cérebro lutava por distrações. Dois anos atrás, eu teria cedido ao impulso físico de saltar da doca e mergulhar na água. Agora eu só podia esperar que ele não durasse muito.

– Estou procurando o Caleb – eu disse.

Simon olhou para outro lado, em direção a um grupo de crianças que mergulhava de jangadas no meio do lago.

– Ele estava com ela naquela noite, e eu preciso falar com ele. Preciso saber por que ela fez isso.

– Vanessa, o Caleb não está aqui.

Senti um aperto na barriga.

– Ele voltou para cá depois que falou com a polícia, então pegou um pouco de comida e algumas roupas e se mandou.

– Para onde?

– A gente não sabe. Ele não disse. E, desde então, não telefonou.

Segui o olhar de Simon em direção às crianças. Elas riam enquanto jogavam água e afundavam umas às outras. Eu queria saber se ele havia pensado a mesma coisa que eu: que, há apenas um ano, nós éramos como elas.

– Quando ele volta? – perguntei.

Ele não disse nada enquanto seus olhos encontravam os meus. Simplesmente olhou para mim como se lamentasse muito, e como se tudo que pudesse fazer fosse deixar os braços ao lado do corpo, em vez de se aproximar e me puxar em sua direção.

4

– Paizão, a casa do lago está assombrada.

Em algum lugar em nossa casa em Boston, a quase quinhentos quilômetros de distância, papai bebeu um gole de café.

– Eu não dormi ontem à noite. Não cheguei nem perto daquele estado vago em que tudo é válido.

– Você estava cansada demais da viagem. Seu corpo vai acabar se rendendo com o tempo.

– Duvido – passei o cobertor grosso de lã em volta de mim. – Pelo menos não enquanto o Gasparzinho, o Beetlejuice e todos os amigos deles que adoram se divertir estiverem por aqui, fazendo o chão e o teto rangerem a noite toda.

Fiz uma pausa, notando de repente a estranheza da conversa. Se havia fantasmas na casa do lago, eles não eram de desenhos animados.

– Bem, já é manhã – papai finalmente disse. – Você se saiu bem durante a noite.

– Sim, eu estou bem. Você poderia guardar compras de uma semana nas bolsas que se formaram debaixo dos meus olhos, mas, fora isso, estou ótima.

– Ótima, mesmo?

Concordei com a cabeça, acompanhando com os olhos os esquiadores na água lá fora.

– Talvez ótima não, mas bem. Eu com certeza, seguramente, estou bem.

– Você sabe que pode voltar para casa a qualquer hora. Sua mãe e eu estamos à sua espera.

Olhei para os meus pés enrolados no cobertor. – Como ela está?

– Sua mãe é sua mãe, mocinha. Ela está firme e forte.

– Trabalhando como uma máquina?

– Com uma bateria que não descarrega – ele fez uma pausa. – Você vai ligar mais tarde?

– Prometo.

Após desligarmos o telefone, fiquei vendo turistas felizes brincando na água até a minha barriga começar a roncar, me fazendo lembrar de que eu não vinha comendo muito há quase dois dias. Entrei, liguei a televisão na sala e o rádio na cozinha e fui para o chuveiro.

Saindo da garagem dez minutos depois, olhei para a casa ao lado. Simon havia saído na noite anterior e voltado tarde, 'mas o Subaru já não estava lá de novo. Ele disse que seus pais estavam tão chateados com o que havia acontecido que foram passar um tempo com amigos em Vermont, e, como nenhum som saía pelas janelas abertas logo cedo, imaginei que ainda estavam fora.

Minha barriga roncou durante todo o trajeto até a cidade. Na tentativa de atender aos turistas da cidade grande acostumados a comer uma boa comida com pressa, Winter Harbor oferecia várias opções convenientes e detalhadas de café da manhã. Felizmente, grandes redes como Starbucks e McDonald's ainda não tinham chegado à região, mas havia vários lugares que poderiam oferecer uma sólida concorrência se chegassem. Era possível comprar café e *donuts* na Java Shack, vitaminas e imitações de *frappuccino* na Squeezed e sanduíches de ovo na Harbor Homefries.

Tudo feito na hora e em poucos minutos, assim era possível estar no lago e nas trilhas em um piscar de olhos.

Eu queria vitamina de goiaba e melancia, ovos mexidos, queijo e salsicha em um pão repleto de calorias. Era essa a combinação que eu pedia toda vez que meus pais iam à cidade buscar o café da manhã. Mas eu definitivamente não estava com disposição para levar para viagem e também queria evitar ao máximo os amigos que tínhamos feito ao longo dos anos. Então, segui de carro pela rua principal, passei por todas as belas e convenientes lanchonetes e continuei até o asfalto acabar em um grande estacionamento de cascalho.

O terreno ficava ao lado do Betty Chowder House, uma instituição de Winter Harbor e conhecido destino turístico que me daria tudo de que eu precisava: comida, companhia e anonimato entre estranhos. Qualquer um que viesse a Winter Harbor para ficar mais do que um único verão normalmente evitava o Betty, para escapar da multidão barulhenta de recém-chegados. Eram poucas as chances de alguém aqui conhecer minha família, por isso, mesmo se as pessoas estivessem falando de Justine, pelo menos não falariam dela para mim.

Diminuí a velocidade a poucos metros da entrada do estacionamento. Um cara quase da minha idade, de *shorts* cáqui e camisa polo branca, deu um pulo de uma dessas cadeiras dobráveis.

– Bom dia! – ele sorriu e veio em direção à porta do meu lado. – Nome?

– Vanessa – eu disse enquanto ele consultava uma prancheta. – Mas eu não fiz reserva.

– Que pena! Estamos lotados hoje.

Olhei pelo para-brisa para a casa cinza de dois andares com o logotipo do Betty, uma silhueta escura de sereia nadando em cima da entrada principal. Não parecia do lado de fora, mas pude ver pelas janelas amplas que o lugar estava mesmo lotado.

– Você está aqui por causa do Bruxa do Mar?

Buuuu.

Pisquei para espantar a imagem de Justine, com seus cabelos escuros brilhantes e reluzentes olhos azuis.

– Desculpe... Bruxa do quê?

– Do mar – ele fez que sim com a cabeça. – Ovos mexidos e empada de lagosta com molho holandês envolvidos por uma panqueca e cobertos com algas e canela. Um dos favoritos do Chowder House e, com certeza, um remédio contra ressaca.

O Bruxa do Mar claramente era para esse garoto o que a vitamina de goiaba e melancia e o sanduíche de ovos eram para mim, por isso fiz o possível para esconder minha repulsa.

– É isso aí – retribuí seu aceno com a cabeça, depois me inclinei em sua direção pela janela e abaixei a voz. – Está tão óbvio assim?

– Desculpe minha indiscrição. Noite agitada?

– Você não faz ideia.

Ele deu uma olhada para os lados.

– Espere um minuto, ok?

Eu o vi se afastar e falar alguma coisa em um *walkie-talkie*. Eu poderia ter achado outro lugar para me sentar e tomar café, mas, além de querer me esconder no meio da multidão do Betty, agora eu também estava curiosa para ver o que era todo aquele alvoroço. Além disso, parecia que a minha barriga estava prestes a engolir minhas costelas se eu não a enchesse depressa.

– Boas notícias – o cara disse enquanto corria de volta. Ele se inclinou para frente, pôs as mãos no alto das coxas e olhou para mim através da janela aberta. – Meu amigo Louis é o *chef*. Ele disse que vai arrumar um lugar para você na sala de descanso e preparar o que você quiser.

– Sério? – voltei a sorrir. – Obrigada! Foi muito gentil de sua parte.

– Sem problemas. Acredite, eu já passei por isso.

Levei um segundo para lembrar que eu precisava cuidar dos efeitos desastrosos de tanta diversão noturna.

– Então, só dê a volta nos fundos, perto das latas de lixo. Você vai ver os carros dos funcionários.

– Ótimo – pus o carro em movimento.

– Aliás, meu nome é Garrett – ele acrescentou rapidamente. – Quando quiser fazer uma reserva, fale comigo. Talvez eu me junte a você.

Esperei até dar a volta nos fundos e estar fora da vista para ficar de queixo caído. Eu tive certeza de que o cara estava me paquerando, e isso me deixou mais feliz do que eu estive nos últimos dias. E não foi só isso, porque, por pior que estivesse a minha aparência a ponto de ele pensar que eu precisava do Bruxa do Mar, ela não devia estar assim *tão* ruim, já que ele queria me ver novamente.

Não, o que de fato me deixou feliz foi que, se ele estava me paquerando (e não parecendo triste ou pouco à vontade, ou dizendo que sentia muito, ou perguntando se eu estava bem), então ele não fazia a menor ideia de quem eu era. E isso significava que eu estava exatamente onde deveria estar.

Estacionei o carro e segui para a porta dos fundos.

– Posso ajudar?

Eu havia acabado de chegar aos degraus de cimento quando me virei para a voz atrás de mim.

– Você parece perdida.

Abri a boca para responder quando uma menina usando um avental preto do Betty saiu de trás da lixeira, mas, enquanto vinha em minha direção, uma nota aguda soou forte em minha cabeça. Ela foi do alto de meu nariz até o fim de meu rabo de cavalo e voltou. Quanto mais a garota se aproximava, mais forte o barulho parecia ficar, até minha cabeça parecer um sininho sendo tocado com um taco muito grande.

– Não estou perdida – consegui dizer, pressionando os dedos contra as têmporas. – Só com fome. O Garrett disse que o amigo dele estava vindo me ajudar.

Uma voz de homem disse:

– Aí está a bela moça de rabo de cavalo.

Tirei os dedos das têmporas. O som desapareceu com a mesma rapidez com que veio.

– Você está muito mal? Dor de cabeça? Náusea? Tudo à sua volta está rodando a mil por hora mesmo estando parada?

Olhei para trás e vi um cara de meia-idade de jaqueta branca e calça quadriculada branca e preta sorrindo de modo amigável. Amigo de Garrett.

– Tudo isso – eu disse calmamente.

Ele piscou. – Sem problemas. Vou fazê-la se sentir novinha em folha em um piscar de olhos.

Subi a escada atrás dele, olhando por cima do ombro a tempo de ver a menina atirar um saco de lixo na lixeira e desaparecer do lado da casa.

– Então o que vai ser? Rabanadas? Ovos? Você manda, eu faço.

– Qualquer coisa está ótimo – eu disse enquanto atravessávamos a cozinha cheia de gente.

– Você deve saber que, como *chef* renomado da revista *New England* por sete anos consecutivos, não faço isso por qualquer um – ele abriu a geladeira, pegou uma garrafa de água e me deu. – Eu faço isso pelo Garrett.

– O Garrett faz isso com frequência? – peguei a água.

– Antes de hoje, nunca – ele fez um sinal com a cabeça para o outro lado da cozinha. – Paige, querida, você poderia, por favor, acompanhar a senhorita Vanessa até os fundos do salão?

Eu me virei para ver uma bela menina com duas longas tranças escuras sorrindo e esperando por mim perto de uma porta.

– Bem-vinda ao Betty – ela disse olhando por cima do ombro enquanto eu a seguia por um estreito corredor. – É sua primeira vez aqui?

– Sim – fazia tanto tempo que parecia ser a primeira vez. – Ouvi tanta coisa legal que tive de conferir com meus próprios olhos.

– Você não vai se decepcionar – ela parou perto de uma porta ao final do corredor e, com cuidado, afastou o prato, o copo e os talheres que segurava.

Corri e agarrei o prato quando ele começou a escorregar de suas mãos.

– Obrigada! – ela disse. – Faz duas horas que estou aqui e já quebrei três xícaras e uma jarra. Não é assim que uma cobradora de ônibus vai ganhar o diploma de garçonete.

– Provavelmente não.

Ela abriu a porta com a mão livre e subiu uma escada. – Mas quem podia imaginar que trabalhar como garçonete seria tão complicado? Quero dizer, a gente carrega pratos de comida e copos de água em casa todos os dias, não é mesmo? Nada demais.

– Certo.

– Errado – ela deu um passo para o lado quando chegou ao topo da escada. – É *difícil*. Principalmente quando temos de carregar cinco pratos de uma única vez, todos cheios das famosas porções gigantescas do Betty, e seus braços são finos como cadarços.

Sorri quando ela levantou o copo de suco vazio e exibiu os músculos.

– É sério. É o máximo que consigo – ela olhou melancolicamente para o bíceps liso.

– Talvez você possa fazer flexões quando não estiver tão ocupada – propus. – Desenvolva sua força.

– Eu gostaria, mas nunca dá para ficar desocupada no Betty.

Olhei para os lados quando me juntei a ela no topo da escada. A sala de descanso era uma varanda com tela que se projetava sobre o píer e proporcionava uma vista clara do porto e das montanhas.

– O melhor lugar da casa – ela disse, levando-me a uma mesa de plástico no meio da varanda. – Os funcionários herdaram esse lugar porque é bem em cima do bar e não é lá tão romântico quando os turistas ficam violentos – ela sorriu. – Falando nisso, de onde você é?

Comecei a responder no momento em que uma porta bateu em algum lugar lá embaixo.

– Pratos sujos não ficam limpos sozinhos! – uma voz irritada subiu pela escadaria.

– Isso foi para mim – Paige atravessou correndo a varanda. – A Z diz que minha capacidade de parar de conversar é ainda pior que a minha capacidade de carregar três pratos de uma vez sem quebrar dois.

– Z?

– Zara – Paige lançou por cima do ombro. – O presente de Deus para clientes famintos de todo lugar. E minha irmã mais velha.

Enquanto Zara a repreendia do começo da escada e Paige concordava com a cabeça, pensei novamente em como ela parecia agradável, sincera. Na verdade, eu não havia notado enquanto estávamos conversando, mas minha cabeça estava mais despreocupada agora e minha fome menos dolorosa.

– Desculpe, Vanessa – ela disse do topo da escada. – Estou a um prato de descascar laranjas no Squeezed, então eu preciso descer. Mas aproveite seu primeiro café da manhã no Betty! Vou tentar voltar antes de você ir embora.

Ela lançou um sorriso para mim, e notei que seus olhos eram do tom mais interessante de azul-claro; enquanto ela falava, eles brilhavam como prata polida.

Depois que ela desceu voando a escada, fiquei observando o movimento no porto. Pescadores do comércio lançavam linhas de pesca da parte de trás de pequenos barcos a motor, e meia dúzia de iates agitavam levemente a água no outro extremo do porto. Eram tão grandes que, quem quer que fossem os donos, provavelmente poderiam navegar de ancoradouro a ancoradouro, de porto a porto, o tempo todo, pisando em terra somente quando precisassem esticar o corpo ou recarregar o estoque de papel toalha e papel higiênico.

Isso me fez pensar em Caleb. De onde ele estava ligando para casa agora? Por que estava se escondendo ou fugindo? Como é que ninguém sabia onde ele estava? Até quando ele aguentaria ficar sem o auxílio de ninguém?

Eu não sabia ao certo por que seus pais não estavam procurando saber dele, mas, já que não estavam, eu procuraria. Eu tinha de fazer isso. Não só porque ele era o único que tinha as respostas de que eu precisava, mas também porque Justine não gostaria que ele ficasse andando por aí triste e sozinho.

Mas, em primeiro lugar, meu café da manhã.

– Aqui está você, minha querida – Louis disse, chegando à varanda com uma bandeja redonda repleta de pratos e tigelas. – Rabanada com compota de frutas vermelhas, mingau de aveia com mel, ovos à florentina, tiras de *bacon* e cubinhos de melancia fresca.

Acompanhei seu dedo enquanto apontava para cada prato.

– Não sei o que dizer.

– Apenas divirta-se! – ele tirou um fino vaso com uma única margarida do bolso da jaqueta, colocou-o sobre a bandeja e seguiu em direção às escadas. – E tente não se divertir tanto assim hoje à noite.

Apesar da vontade de comer devagar para poder saborear cada mordida enquanto minha partida era adiada, a comida se foi antes mesmo de eu me dar conta de que as dores causadas pela fome começaram a diminuir. Foi só quando usei o dedo para limpar a calda extra, acumulada no meio do prato de *bacon*, que eu percebi que não estava sozinha na varanda. Três rapazes de calça preta e camiseta branca estavam sentados nas cadeiras de frente para o lado norte do porto, tomando café e conversando.

– Estou falando – disse o loiro da ponta. – É como aquela garota.

Aquela garota. Eles poderiam estar falando de qualquer um, mas eu soube no mesmo instante a quem ele estava se referindo só pelo tom de voz e a forma como disse "aquela garota", como se ela não fosse uma pessoa de verdade, mas alguma personalidade sem nome, sem rosto, regurgitada nos noticiários noturnos.

Justine.

– Sem chance – disse o cara do meio. – A situação é completamente diferente.

– Como? – perguntou o terceiro. – Como diferente?

– Para começar, ele era um velho rico, e ela fazia o tipo modelo linda e jovem.

Olhei para a poça de calda no prato, sentindo o rosto ficar quente. Ele *era*. Ela *era*.

– Além disso, o cara foi asfixiado, e a garota sofreu um trauma na cabeça.

Engoli em seco. Trauma na cabeça foi a causa oficial da morte de Justine apontada pelo médico legista.

– Mas ainda mais óbvio é que o cara foi levado para a praia depois que o barco virou, e ela pulou de um penhasco.

Fiquei na expectativa e esperei que um dos outros dois discordasse. *Ela não pulou*, eu pedia em silêncio que eles alegassem. *Ela caiu ou foi empurrada. Garotas assim não pulam sem mais nem menos.*

– E? – estimulou o terceiro.

– E aí, cara, você está mesmo precisando de outro café. No caso dele, foi um acidente. No caso dela, suicídio.

Larguei o garfo, não percebi que ainda estava segurando. Fez barulho quando bateu na porcelana. – Perdão! – eu disse quando todos olharam curiosos para mim.

– Seja como for – continuou o rapaz do meio quando eles se viraram novamente para a água –, como eu disse, é completamente diferente.

– Eu não acredito – disse o loiro. – Os dois morrem na água, são levados oitocentos metros para perto um do outro e encontrados com apenas oito dias de diferença? É muita coincidência.

– E daí? Algum pescador psicopata está usando pessoas como isca? Experimentando alguma novidade para se preparar para o Torneio Anual do Tubarão de Winter Harbor?

O loiro fez que não com a cabeça e olhou para o porto. – Sei lá, mas essa história está uma confusão e atrapalhando meu lance no surfe, o que é péssimo.

– É meio difícil ficar em pé quando você está tão duro quanto a prancha debaixo dos seus pés – concordou o cara do meio.

Foi bom que, logo em seguida, eles terminaram o intervalo e seguiram na direção da escada. Eu não sabia o que teria deixado escapar se eles não tivessem descido, mas eu poderia dizer que, pela queimação na boca do meu estômago, não teria sido agradável.

Depois que as vozes desapareceram completamente, eu me levantei e atravessei a varanda. Peguei o *Winter Harbor Herald* que eles tinham deixado no chão e me afundei em uma das cadeiras.

"Paul Carsons, 45 anos, encontrado morto na ilha Mercury; número 23 na lista da Forbes 500 deixa esposa e três filhas."

Examinei o artigo. Graças à sua invenção de uma alternativa à cafeína totalmente natural, comum em energéticos, Paul Carsons ficou muito rico. Seu barco, o *Perseverance*, que, a julgar pelas fotos dos destroços, lembrava muito os iates no extremo oposto do porto, tinha virado. O mais interessante, pelo menos para mim, era que seu corpo havia sido encontrado muito perto de onde Justine estava. E, no artigo, o comandante Green havia dito que as condições do tempo e da água eram tão extremas que "o próprio Tritão não conseguiria resistir".

Virei a página e meus olhos se voltaram para uma fotografia de Paul Carsons, a esposa e as três filhas sentados em uma canga na praia e, depois, para a legenda logo abaixo: "Carsons e sua família compraram uma casa de veraneio em Winter Harbor no ano passado. Esse seria o primeiro verão deles na cidade".

Meus olhos pararam no "seria", até que uma gota d'água caiu sobre as palavras, fazendo borrar a impressão preta. Pensei que talvez eu estivesse de fato chorando – finalmente rompendo barreiras por causa dessa nova tragédia e sofrendo fisicamente do modo como deveria ter sido havia dias –, mas depois o vento mudou. Um borrifo suave passou pela tela da janela, mandando outras gotículas para o papel e para meus braços e pernas de fora.

O céu ficou mais escuro lá fora. O porto, que estava parado e calmo como pedra de gelo, ficou agitado. As velas já estavam sendo recolhidas e os barcos de pesca atracados.

– Vanessa!

– Oi – eu disse, dobrando o jornal assim que Paige chegou ao topo da escada. – E aí?

– Nem queira saber – ela disse, revirando os olhos azul-prateados. – Como se fosse *minha* culpa o Charlie vir para cima de mim como um trator e me fazer derrubar a caixa inteira de pratos.

– Não? – arrisquei.

– Ele pode até ter chegado primeiro. Mas que seja. Eu tenho metade do tamanho dele! – ela deu risada e pulou na cadeira ao lado da minha. – E aí? Como foi seu primeiro café da manhã no Betty?

– Incrível – respondi. – Parabéns para o *chef* e para sua equipe.

– Ótimo! Eu não posso mesmo bater papo. Acho que a Z fica na escuta, eu só queria mesmo dar oi e tchau.

– Obrigada. Foi um prazer conhecer você.

– O prazer foi meu – ela deu um salto para ficar de pé.

Nós duas pulamos quando um trovão fez vibrar o chão debaixo de nossos pés.

– O tempo não está *tão* bom – ela suspirou, olhando em direção ao porto. – Todo mundo está saindo da água agora e uma fila vai se formar do lado de fora, pedindo para esperar a chuva passar aqui dentro. Contagem regressiva para o caos: faltam três minutos.

– Você precisa de ajuda? – perguntei, me pondo rapidamente em pé.

Ela olhou para mim com os olhos brilhando contra o céu que escurecia. – Tipo, para impedir a multidão de quebrar janelas e saquear as coisas?

Sorri, esperando que ela não percebesse como me senti idiota ao fazer o que provavelmente foi uma pergunta muito ridícula. – Para servir às mesas ou lavar a louça, ou o que você precisar.

Ela pareceu considerar a proposta. – Você já fez isso antes?

– Não, mas consegui fazer a minha primeira refeição no Betty sem quebrar um único prato.

Ela sorriu. – Pelo menos uma de nós está preparada.

Mais tarde, quando a tempestade tivesse passado e o sol se posto, quando eu estivesse sozinha e com medo demais para fechar os olhos, haveria muito tempo – não haveria outra coisa *a não ser* tempo – para pensar em Justine e em Paul Carsons e se eles tinham alguma relação entre si. E, já que algumas horas de tranquila distração provavelmente seriam o mais perto que eu chegaria do sono, eu as aproveitaria quando surgissem.

5

VANESSA... MINHA NESSA... *apareça, apareça, onde quer que você esteja...*
Levantei de supetão no sofá. Meu coração batia tão rápido e tão alto que levei um segundo para ouvir o desenho animado na televisão e o DJ papeando na cozinha. Meus olhos percorreram rapidamente a sala, notando a fina faixa de luz que brilhava entre as venezianas fechadas e o parapeito da janela, o recipiente plástico com salada murcha sobre a mesinha de centro e o relógio em forma de pato na prateleira logo acima da lareira: 7h20.

O Paizão estava certo. Depois de receber o sinal verde de Louis e carregar caixas de pratos por dez horas, eu estava tão cansada quando cheguei em casa que meu corpo finalmente se entregou.

Peguei o controle remoto no chão, desliguei a TV e deixei o corpo cair para trás. Agora eu via Justine toda vez que fechava os olhos. E, ao contrário de quando eu estava acordada, quando seu sorriso e olhos azuis brilhavam diante de mim toda vez que eu piscava, no sonho ela não se parecia com a Justine que eu gostaria de me lembrar. Ela estava muito magra, muito frágil. Sua pele estava cinzenta, e não marfim, além de manchada de amarelo e roxo. Os cabelos escuros caíam-lhe nas costas em forma de grossos cordões e um branco brilhava em seus olhos azuis. E, quando ela gritou por mim, uma fisgada dolorida cortou meu crânio.

Peguei o telefone sem fio na mesinha de centro, ansiosa por substituir a voz de Justine pela voz de outra pessoa. Disquei apenas o código de área de Boston quando uma batida forte soou na cozinha.

É só o amortecedor ruim de um carro que estava passando... ou um barco no lago com problemas no motor... ou o sr. Carmichael de volta de Vermont fazendo alguma coisa no quintal...

– Chega de dormir – eu disse quando ouvi o barulho novamente e percebi que alguém estava batendo à porta da cozinha. Sem saber ao certo quem estaria me visitando tão cedo, terminei de discar para casa antes de ver quem era.

– Oi, pai – eu disse em voz alta quando ele atendeu.

– Vanessa?

– Sim, sou eu – andei pela cozinha, observando a tesoura no jarro de cerâmica ao lado da geladeira, o extintor de incêndio perto do fogão, a caixa de madeira com facas no balcão. – Minha manhã está ótima. Estou usando aquelas suas facas Ginsu superafiadas para fatiar o queijo para a omelete que estou preparando.

– Que facas Ginsu? E por que você está gritando? Está tudo bem?

– Você está quase aqui? Entrando na Burton Drive agora?

Parei a alguns centímetros da porta. A julgar pelo perfil que podia ser visto através da fina cortina na janela da porta da cozinha, quem bateu definitivamente era homem.

– Vanessa, se estiver tentando me dizer alguma coisa...

– Um minuto, pai – sussurrei, segurando a maçaneta da porta. – Simon? – Meu possível ladrão estava na varanda vestindo *jeans* e blusa de lã marrom da Bates.

– Ei, desculpe. Eu sei que é cedo...

– Você e Caleb sempre usam a porta dos fundos.

– Eu tentei – ele disse. – E a porta da frente e a lateral, mas você não respondeu.

– Ah.

– E eu estava prestes a arrombar a porta, porque você não estava respondendo. E porque as luzes ficaram acesas a noite toda, e porque eu não consegui ouvir nenhum barulho aqui mais alto que o barulho aí de dentro. Eu pensei que tivesse acontecido alguma coisa.

– Ah – eu disse novamente, me sentindo ridícula. – Desculpe. Eu caí no sono.

– Você dormiu? Que bom!

Paizão. Eu esqueci que estava segurando o telefone. – Pai, desculpe... sim, eu finalmente dormi – eu me virei com a esperança de que Simon não notasse o sinal rosa que ia da minha testa até o fim de meu pescoço.

– Mas o Simon deu uma passada aqui. Vamos comer alguma coisa. Posso ligar para você mais tarde?

– Tudo bem? – Simon perguntou quando desliguei o telefone e me virei.

– Sim, obrigada – abri mais a porta e dei passagem. – Quer entrar?

– Na verdade... – ele olhou para trás, em direção à sua casa. – Eu vim aqui para ver se você gostaria de sair.

– Para onde?

Ele apertou o maxilar. – Procurar o Caleb.

Meu coração fez força contra o peito. Eu havia planejado voltar ao Betty, já que Louis havia dito que poderia usar a ajuda extra sempre que eu quisesse oferecê-la, mas encontrar Caleb vinha primeiro. – Me dê uns minutinhos.

Ele entrou enquanto corri para o banheiro para tomar um banho rápido. Eu não sabia o que tinha feito Simon decidir que hoje era o dia de tentar encontrar Caleb, mas, qualquer que fosse o motivo, eu estava feliz em saber que ele queria me incluir nessa. Não apenas seria bom ter companhia, mas também uma investigação conduzida por ele garantia que eu levaria muito menos tempo do que uma feita só por mim. Como irmão de Caleb, ele sabia melhor do que eu por onde procurar.

Linda Vanessa...

Terminei de me vestir e estava secando o cabelo quando ouvi a voz de Justine. O espelho sobre a pia estava embaçado por causa do vapor do chuveiro, mas um forte brilho atrás de mim refletiu nele, como um fósforo aceso, lançando faíscas prateadas e não douradas.

A casa do lago tinha 75 anos. Não havia nada que brilhasse nela, principalmente no banheiro, que não era reformado desde que o papai comprara a casa, no fim da década de 1980. Os azulejos nas paredes e o chão eram verde-musgo, e os armários eram de madeira escura com puxadores pretos. Qualquer coisa que normalmente fosse brilhante em um banheiro normal e moderno, como torneiras e luminárias, ali era bronze fosco.

Limpei o espelho com a mão. – Você está perdendo o controle – eu disse ao meu reflexo. – Falta uma única alucinação para atestar insanidade.

Um, dois, três...

Gelei. Outro brilho logo acima do meu ombro direito. Outro entre meu cotovelo esquerdo e o torso.

Vocês podem procurar... mas ele tem de querer ser encontrado...

A voz dela me envolveu como a fresca neblina da manhã ao se levantar do lago, cobrindo meus braços e pernas com um fino véu cinza que eu não podia esperar para enxaguar. Fechei os olhos para a voz e a imagem dela vinda do sonho que ainda persistia, a pele roxa e amarela, os cabelos caindo-lhe nas costas como pedaços de algas escuras.

– Já estou indo, Simon! – gritei na tentativa patética de afastar aquilo que estava me fazendo ver e ouvir coisas.

Bati com força no porta-toalhas enquanto disparava em direção à porta. O impacto fez com que eu deixasse cair a escova que ainda carregava, mas não me dei ao trabalho de abrir os olhos para ver onde ela havia caído. Deixei-a onde estava e fui apalpando o caminho à minha frente até alcançar a maçaneta da porta.

Meus olhos se abriram assim que meus pés pisaram no tapete do corredor. Correndo em direção à cozinha, me senti como sempre me sentia quando, por acidente, acabava sendo a última da fila durante uma caminhada com outras pessoas na floresta: como se eu não fosse *mesmo* a última da fila.

– Você está bem? – Simon perguntou quando fui escorregando até parar na cozinha.

– Ótima – respondi, tentando sorrir. – Apenas ansiosa para começar.

– Peguei minha bolsa no balcão da cozinha e saí antes que ele pudesse dizer mais alguma coisa. Quando ele não veio atrás de mim na mesma hora, espiei pela porta.

– Não tenho certeza de quando a gente vai voltar, por isso liguei a televisão – disse, vindo da sala e entrando na cozinha.

Fiquei observando Simon descer correndo os degraus. Nem me passou pela cabeça desligar o rádio e apagar as luzes antes de sair pela porta. E, em vez de desligá-los para mim, como outras pessoas talvez fizessem para alguém cuja cabeça claramente estava em outro lugar, ele ligou novamente a TV.

– Então, para onde vamos? – perguntei depois de trancar a porta e correr atrás dele. – Por onde vamos começar?

Ele apertou o passo quando nos aproximamos do Subaru e, em seguida, entrou na minha frente para abrir a porta do passageiro. – Pela marina.

Quando ele fechou a porta e deu a volta por trás do carro, olhei para os lados como se estivesse sentada ali pela primeira vez. Simon comprou o Subaru quando tirou a carteira de motorista e, por dois verões, bancou o motorista do nosso grupinho, levando-nos ao cinema, à sorveteria do Eddie, ao campinho de golfe. Mas essa era a primeira vez que éramos apenas nós dois. Parecia estranho estar sentada na frente sem o carro pulando para cima e para baixo enquanto Justine e Caleb entravam atrás. E, é claro, parecia estranho pensar que essa era a primeira vez que eu estava no Subaru desde a última vez, quando nós quatro ainda estávamos juntos.

– Você está com fome? – ele perguntou enquanto se sentava no banco do motorista e ligava o carro. – Peguei uns salgadinhos.

Eu estava prestes a dizer que estava bem quando notei dois copos plásticos no porta-copos entre nós.

– Goiaba com melancia – ele disse e, então, fez sinal com a cabeça para o embrulho da Harbor Homefries perto dos meus pés. – E ovos mexidos, salsicha e queijo no pão.

Peguei o saco, surpresa ao ver que ele sabia qual era meu café da manhã preferido. Nós quatro nunca fizemos a primeira refeição do dia juntos, o que significava que eu devia ter mencionado isso em algum momento... e ele lembrou. Fiquei tão emocionada com sua delicadeza e comovida com o gesto que não consegui olhar para ele enquanto desembrulhava o sanduíche. – Obrigada.

Além de matar a fome, comer nos deu algo para fazer em vez de conversar durante o trajeto até a cidade. Não que eu não quisesse conversar com Simon, eu só não sabia o que dizer. Era como se tivéssemos avançado algumas décadas e sofrêssemos da síndrome do ninho vazio. Depois de todo esse tempo, sobre o que os pais conversavam além do fato de os filhos não estarem mais em casa?

– Então – Simon finalmente disse quando entramos na marina de Winter Harbor vinte minutos depois –, preciso pedir um grande favor.

Eu estava olhando pela janela do passageiro, mas me virei quando ele falou.

– Sei lá onde Caleb está ou o que ele está fazendo. Nossos pais e eu queríamos dar tempo e espaço para ele lidar com as coisas do jeito dele, mas imaginamos que ele estaria de volta nesse meio-tempo. Dependendo de onde ele estiver, se a gente encontrá-lo...

– *Quando* o encontrarmos.

Ele deu um pequeno suspiro. – Quando encontrarmos Caleb, não sei em que estado ele vai estar. O trauma afeta as pessoas de forma diferente, e para ele ter ido embora do jeito que foi... Não sei como ele vai reagir depois de ter ficado tanto tempo sozinho.

– Tudo bem...

Ele olhou pelo para-brisa enquanto dois pescadores passavam carregando varas e molinetes.

– Você se importaria de não dizer nada? – ele se virou para mim, seus olhos estavam tristes. – Pelo menos não agora? Eu sei que ele foi o último a estar com a Justine e que você tem perguntas sobre aquela noite.

Olhei para baixo e brinquei com o canudo dentro do copo vazio. Simon não fazia a menor ideia de que o que eu queria perguntar a Caleb estava muito além daquela noite, mas nas semanas e meses que levaram a ela. Ele não fazia a menor ideia de que eu acreditava que Caleb tinha as respostas para tudo o que eu achava que sabia sobre Justine nos últimos dois anos (e talvez antes disso), mas não sabia.

– Eu sei que ele vai dizer o que você quiser saber – Simon continuou –, mas seria bom se nós o deixássemos se abrir no tempo dele. Quando ele vir você, vai se lembrar dela... e eu não quero que ele continue fugindo.

Concordei. – Claro. Não vou dizer nada até que você diga que está tudo bem.

Ele suspirou. – Obrigado.

Saímos do carro, e eu estava feliz por ele ter tomado a iniciativa. Ir à marina foi uma boa ideia; não creio que um de nós esperava encontrar Caleb ali naquele momento, mas ele trabalhava como atendente no estaleiro desde os 13 anos, quando finalmente ficou forte o suficiente para levantar o bico da bomba de gasolina e ajudar a ligar os barcos. Desde então, ouvíamos histórias sobre a marina quase todos os dias no verão e sabíamos que alguns colegas de trabalho dele também eram seus melhores amigos. Alguém ali tinha de saber algo sobre seu paradeiro.

Entrei atrás de Simon no escritório, que era um barracão de um único cômodo coberto de boias coloridas, como uma árvore de Natal cheia de enfeites.

– Veja só o que o anzol fisgou! Espere... é você mesmo, não é? – o capitão Monty tirou os óculos, limpou-os com uma das pontas do colete e os colocou novamente. – Você parece um pouco grande demais para ser o Carmichael mais velho, mas eu não me esqueceria desse sorriso.

– Você não está vendo coisas – Simon disse, apertando a mão do capitão. – Eu me juntei à equipe de remo da escola este ano. Acontece que remar por três horas todos os dias é mais do que simplesmente pegar um bronze.

Aquilo explicou tudo.

– A cor não está tão ruim assim, já que você mencionou – o capitão Monty cruzou os braços sobre o balcão e se inclinou para frente. – E quem temos aqui? Ela é bem bonita.

Fiz um leve não com a cabeça quando Simon olhou para mim. Encontrei o capitão Monty algumas vezes ao longo dos anos, mas claramente não causei grande impressão. Agora não era hora de ser lembrada, já que eu não queria responder a perguntas sobre Justine.

– Essa é a Vanessa. Uma amiga da escola.

– Inteligência *e* beleza, hein? Você sempre foi esperto, meu filho.

O capitão Monty mexeu as sobrancelhas de um modo que deveria ter me incomodado, mas não me incomodou, porque se tratava do capitão Monty.

– Enfim – Simon disse –, na verdade eu espero que você possa nos ajudar numa coisa.

– É só pedir que é seu. Menos a poderosa *Barbara Ann* lá fora. Ela é minha.

Olhei pela janela atrás do capitão Monty. *Barbara Ann*, o antigo barco de pesca que estava atracado no mesmo lugar havia trinta anos, ainda balançava na água, não muito longe do escritório.

– Claro que não – Simon sorriu ao olhar para o barco. – Gostaríamos de saber se você tem alguma informação sobre Caleb.

As sobrancelhas grisalhas e peludas do capitão caíram. Ele olhou para Simon, como se não acreditasse que ele havia perguntado uma coisa dessas, e depois para mim, como se eu tivesse algo a ver com isso. Tirou o lápis de trás da orelha, onde ele descansava, puxou uma pilha amarelada de papéis que estava na frente dele no balcão e os examinou.

– Eu sei que ele não aparece por aqui há uma semana ou mais, que isso não é bom para os negócios, e sinto muito por ele ter deixado você na mão bem no início da temporada. Mas ele disse para onde ia?

O capitão Monty curvou-se ainda mais sobre os papéis no balcão e fez algumas anotações. Era como se não tivesse ouvido ou fosse nos ignorar até que desistíssemos ou fôssemos embora, mas depois começou a rir. Baixinho, a princípio, e depois mais alto, até que o som vazou por seus lábios rachados e seus ombros balançaram.

Simon sorriu. – Perdi alguma coisa?

– Desculpe, de verdade. Não queria rir – o capitão Monty deu um grande suspiro. – É que seu irmão é uma figura. Eu dei um emprego, um salário decente, combustível, todas as lulas que ele podia meter em um anzol e ele simplesmente se levantou e foi embora. Eu me senti um idiota quando ele deixou de aparecer sem dizer nada a ninguém. Mas é claro que eu não fui o último a descobrir.

– Descobrir o quê? – Simon perguntou.

O capitão Monty olhou para Simon por cima dos óculos. – Que ele deixou o emprego. Que me deixou por um aumento de salário que eu não poderia dar nem em dez anos e um belo par de camisas polo. – Ele franziu a testa. – Não me dizer nada é uma coisa, mas não dizer nada ao próprio irmão? Isso seria um belo sinal de que há algo errado com a decisão que está tomando.

– Capitão, me desculpe, mas você está me dizendo que o Caleb deixou o emprego? Por alguns dólares a mais?

– E umas belas camisas polo. Você pode comprar uma se quiser. Ouvi dizer que são vendidas na loja de lembranças – ele se afastou de nós e puxou uma caixa amarela de ferramentas da prateleira acima da mesinha de metal. – O belo Lighthouse tem tudo que é de bom gosto: loja de lembranças, restaurante, manicure, massagem.

– Caleb saiu daqui para trabalhar no Lighthouse Marina Resort e Spa? – perguntei. O Lighthouse havia sido inaugurado no ano anterior e rapidamente ganhou fama como o destino mais exclusivo e caro em um raio de 160 quilômetros de Winter Harbor. Foi alvo da resistência dos moradores, mas ganhou um empurrão de vários turistas poderosos, que conseguiram aprovação, em grande parte, porque o projeto gerou centenas de novos empregos.

– Isso não faz sentido – Simon disse. – Ele adorava trabalhar aqui. Ficava contando os dias quando você fechava o último barco da temporada após o Dia do Descobrimento da América até abrir novamente perto do Memorial Day.

O capitão Monty remexeu os compartimentos da caixa. – E eu adorava ter aquele menino aqui. Seu irmão era um bom rapaz, um bom trabalhador. Mas, ouça bem, as coisas mudam. Os meninos crescem. Ele fez o que fez por seus motivos, e não o culpo por isso. Eu só queria que ele tivesse sentido que poderia ter me contado.

– Se você não se importar com a minha pergunta, se não foi o Caleb que lhe disse, quem foi?

O capitão ergueu os olhos para Simon. – Sabe o Carsons? Aquele cara que acabaram de encontrar na praia da ilha Mercury?

– Sim – dissemos ao mesmo tempo.

O capitão Monty fez que sim com a cabeça. – Foi ele. Ele era um dos principais patrocinadores do Lighthouse, e veio aqui no fim do verão, fazia três dias que Cal não aparecia sem ter dado um único telefonema. Ele veio se apresentar e me agradecer pelo ótimo estivador que eu tinha mandado como presente de boas-vindas à cidade. Vocês acreditam numa coisa dessas? – ele suspirou, irritado. – Enfim, aparentemente foi o que Cal disse a eles. Era nisso que ele queria que acreditassem. Então, eu deixei que pensassem assim.

– Sinto muito.

Fiquei apreensiva.

– Carsons veio agradecer no fim do *último* verão?

– No dia 20 de agosto – disse o capitão Monty. – No dia do torneio do tubarão. Eu lembro porque seu irmão adorava medir as presas.

Esperançoso, Simon olhava para o capitão Monty, como se esperasse o ápice da história, a "pegadinha". Mas não aconteceu. E eu sabia o que Simon estava pensando. *Como?* Como ele não sabia? Como é que Caleb não lhe contou? Como um ano inteiro havia se passado sem que ninguém desse uma única dica?

Esses eram os tipos de perguntas que eu conhecia muito bem.

O capitão olhou para Simon. – Tudo bem? Quero dizer, tirando o fato de que você não tinha a menor ideia do que seu irmão estava fazendo nas horas vagas durante o ano todo?

Olhei para baixo. Eu sabia que agora ele estava se perguntando se Caleb estava mesmo desaparecido ou simplesmente por aí, fazendo outra coisa que não se preocupou em contar a ninguém.

– Tudo bem – Simon respondeu. – Foi só uma pequena falha de comunicação, eu acho.

– Acontece nas melhores famílias. Espere só para ver quando as coisas ficarem sérias com essa aí. Então, haverá falhas de comunicação o tempo todo.

Sorri educadamente quando ele piscou para mim.

– Cuidem-se – o capitão Monty disse depois que abrimos a porta do escritório. – E cuidado com os tubarões!

Gelei com o aviso do capitão. – Tubarões?

– Eles estão ocupados este verão – ele disse. – Carcaças de peixe estão aparecendo nas praias, e os barqueiros disseram ter visto tubarões. Algumas pessoas acham até que foi isso que aconteceu com Carsons. Ele não estava muito machucado, mas acham que um tubarão pode ter arrastado seu corpo antes de perdê-lo na correnteza. Se ele estivesse em águas profundas, teria sido impossível nadar de volta à praia naquela tempestade.

Balancei a cabeça ao ouvir o alarme soar lá dentro quando saímos e começamos a atravessar o estacionamento. Quando chegamos ao Subaru, consegui me desligar o suficiente dele para me concentrar em nossa tarefa atual.

– Eu não entendo – Simon disse logo que entramos no carro. – Esse não era apenas um trabalho de verão para o Caleb. Ele nunca trabalhou aqui pelo dinheiro. Se esse fosse o problema, ele teria arranjado alguma coisa em um dos restaurantes, estacionando carros ou servindo mesas.

– Você tem alguma ideia do motivo por que ele não disse nada a você? – perguntei delicadamente.

Ele olhou através do para-brisa.

– Não – finalmente respondeu. – A gente não conversava tanto assim quando eu estava na escola, mas, se ele abandonou o emprego no dia 20 de agosto, eu ainda estava por aqui. Só fui para a minha orientação na semana seguinte. A gente pescou muito naqueles últimos dias e ele não disse nada.

– Talvez ele não quisesse preocupá-lo. Ou que você pensasse que havia algo errado, já que você estava prestes a ir embora e tinha muita coisa na cabeça.

– Talvez – ele disse, com a voz vacilante.

– Quer dar uma olhada em outro lugar? Ver se alguma outra pessoa sabe de alguma coisa?

Ele fez que não com a cabeça e ligou o carro. – Você viu o santuário a Monty no quarto de Caleb. Todas aquelas fotos e mapas. Ele não teria dito nada a ninguém que não tivesse dito primeiro ao capitão.

Fiz uma pausa. – Exceto a Carsons.

– Exceto a Carsons – suspirando, ele pôs o carro na estrada.

Quinze minutos depois, a visão pelo para-brisa do Subaru mudou de barcos de pesca comerciais e modestos barcos a motor para iates marfins de dois andares, tão parados na água que poderiam estar em terra. Mulheres tomavam banho de sol e homens jogavam cartas nos espaçosos conveses, enquanto crianças não eram vistas em lugar algum, muito provavelmente porque estavam lá dentro, em meio a filmes ou *videogames* no que deviam ser salas de projeção de alta tecnologia.

Ao que parece, os membros do Lighthouse não se reuniam para ter onde atracar depois de um dia na água, mas para ter um lugar para atracar em vez de ir para a água.

– Isso não é Winter Harbor – Simon disse, observando um funcionário do Lighthouse puxar uma caixa de Perrier por uma rampa que levava ao *The Excursion*. – Não é o Caleb.

Enquanto um homem mais velho de cabelos grisalhos, vestindo *shorts* cáqui e camisa polo cor-de-rosa, cumprimentava uma criança no alto da rampa, imaginei o mural de Justine. Eu podia ver a ficha de inscrição, os bilhetes da mamãe, o logotipo da faculdade em destaque, como se estivessem pregados no para-brisa à minha frente, e não presos no mural de cortiça a quilômetros de distância. E, em meio a tudo isso, a redação em branco. Eu já não sabia quem era Justine, então não podia adivinhar quem ela não era.

Vocês podem procurar quanto quiserem... mas ele tem de querer ser encontrado...

– Justine não ia para Dartmouth – eu disse com a voz controlada. – No ano passado, ela dormia com o moletom de Dartmouth, carregava um chaveiro e usava uma sombrinha de lá quando chovia. Ela convenceu todo mundo que a conhecia, inclusive a mim, que era para lá que iria no fim do verão. Quando meus pais perguntaram sobre contas e documentos, ela disse que estava cuidando de tudo – eu me virei para Simon quando percebi seus olhos em mim. – Mas ela mentiu. Ela nem fez a inscrição. Eu tive de descobrir sozinha, porque ela não me disse nada. E agora ela nem está aqui para eu perguntar por quê.

Eu me senti melhor, mais leve, assim que as palavras saíram. A culpa por não saber ainda estava ali; aquilo não iria embora quando eu dissesse a verdade em voz alta.

Mas, pelo menos, agora havia alguém que poderia entender. Porque a cabeça de Simon caiu levemente sobre o encosto enquanto ele olhava para mim, e eu sabia que ele também se sentia culpado. Eu não queria que ele se sentisse assim, nem acho que deveria... mas eu também sabia que ele não seria capaz de evitar.

– A gente vai encontrar o Caleb, Vanessa – ele disse, passando a mão por cima dos copos vazios da Squeezed e tirando alguns fios de cabelo da minha testa. – Não posso prometer muita coisa, mas isso eu prometo a você.

6

– Quando você vem para casa?

– Oi, mãe – eu disse.

– Seu pai disse que você não está dormindo – a voz dela estava tensa. Eu era capaz de imaginá-la com seu inconfundível terninho preto e o *laptop* aberto na mesa da cozinha.

– Eu estou dormindo.

– Seu pai disse que não.

– Quando? – era inútil ficar irritada, mas eu não estava com disposição para sermão. – Quando ele disse isso?

– Hoje de manhã.

– São 7h30. Papai se virou na cama e disse "A Vanessa não está dormindo" antes de você pular da cama e cair na esteira?

Mamãe fez uma pausa. – Vanessa, eu não vou pedir desculpas por me preocupar.

– Ótimo – peguei mais leve. – *Eu* peço.

– Obrigada. Agora, como você está, de verdade?

– Eu estou bem, de verdade.

– Você está fazendo o que se propôs a fazer aí? Vai começar uma exposição maravilhosa no Museu de Belas Artes neste fim de semana e eu consegui ingressos para a recepção VIP. Será uma festa no jardim. Eu vi um vestido maravilhoso na Saks que ficaria deslumbrante em você.

– Acho que não vou voltar a tempo. Mas obrigada por se lembrar de mim.

– Querida, sei que isso é difícil e não a culpo por querer se esconder. Você acha que não preciso dizer a mim mesma que tenho de sair da cama todos os dias?

Na verdade, eu sabia disso, mas sabia que não deveria dizê-lo em voz alta.

– Mas as pessoas precisam de outras pessoas, principalmente em momentos como este. Foi por isso que voltei a trabalhar.

– Tem pessoas aqui comigo – eu disse.

– Tem? – sua voz se levantou. – Quem?

Olhei para a porta da cozinha em direção ao Betty. Talvez fosse melhor deixar aquilo quieto por enquanto. – Simon. Ele está por aqui.

– Vanessa – ela disse, parecendo mais preocupada agora, como se eu tivesse dito que Simon e eu tínhamos acabado de nos casar em Vegas. – Não sei se isso é uma boa ideia.

– Por que não? Você adora o Simon. Ele era o único em quem vocês sempre confiavam toda vez que você, o papai, o senhor e a senhora Carmichael saíam.

– Sim, eu sei, mas agora as coisas são diferentes.

– As coisas sim, mas o Simon não – fiz uma pausa. – Ele está cuidando de mim. Achei que isso deixaria você feliz.

– O que me deixaria feliz seria você voltar para casa. A festa será sábado à noite. Por que você não relaxa hoje, pensa no assunto e me liga de manhã?

Eu não mudaria de opinião, mas disse a ela que parecia uma boa ideia e desliguei.

Mamãe tinha razão em uma coisa: estar perto de pessoas ajudava. Isso se confirmou quando voltei para a casa do lago vazia na noite anterior. Eu havia deixado as luzes acesas, a televisão e o rádio ligados naquela manhã, mas, depois de passar o dia todo com Simon, eles só serviam como lembretes patentes de que eu estava sozinha mais uma vez. Pensei em convidar Simon para ver um filme (cheguei a pegar o telefone e discar o número), mas desisti da ideia. Já tínhamos passado tanto tempo juntos, e o dia havia sido cansativo; ele provavelmente precisava de um tempo.

O que explica por que eu já estava no Betty Chowder House às 7h30 da manhã seguinte.

– De volta tão cedo?

– Bom dia – eu disse, saindo do carro. Louis estava em pé fumando um cigarro na escada que levava à porta da cozinha. Garrett estava ao seu lado tomando café.

– Excelência – Louis disse, dando uma longa tragada no cigarro e deixando a fumaça sair lentamente –, você não vai encontrar ninguém que goste mais de diversão do que eu, mas o verão mal começou. Talvez você deva ir com mais calma.

– Talvez deva considerar a possibilidade de um acompanhante – Garrett disse com um sorriso. – Costumo trabalhar durante o dia, por isso ficaria feliz em ajudá-la a se manter longe de problemas durante a noite.

– Obrigada pela oferta – eu disse, começando a subir os degraus. – Mas eu estou bem. Meu café da manhã no Betty não só teve um efeito curativo, mas foi preventivo. Talvez eu nunca fique doente de novo.

Segurando o cigarro entre os lábios, Louis abriu a porta para mim. – Paige está mexendo com a prataria. Talvez ela aceite sua ajuda.

– Eu saio às sete! – Garrett disse depois que passei.

Corri para dentro e logo encontrei Paige. Ela estava debruçada sobre uma grande caixa vermelha de plástico nos fundos do salão principal, atirando facas e garfos em uma bandeja com divisórias.

– Duas vezes em três dias?

Eu me virei em direção à voz logo atrás de mim e apertei a ponta dos dedos contra as têmporas. Talvez eu tenha me precipitado quando disse que o café da manhã de Louis tivera poderes preventivos, porque aquela rápida enxaqueca que tive dois dias antes, quando estava me dirigindo à cozinha do Betty pela primeira vez, estava de volta.

– Há outros vinte restaurantes na cidade.

Meus olhos estavam apertados por causa da dor, mas o olhar zangado da garçonete diante de mim era bastante visível.

– Deixe-me adivinhar... não tem reserva?

– Não – reconheci que era a garçonete que tinha falado comigo perto da lixeira dois dias atrás. – Mas...

– Vanessa!

Sorri quando um punhado de utensílios caiu fazendo barulho na caixa.

– Paige, você está vendo escorregadores? Gangorras? Uma caixa de areia?

– Calma, Z – disse Paige, aparecendo atrás de mim. – Vanessa não está aqui para brincar. Ela está aqui para trabalhar.

Z. Abreviação de Zara, garçonete extraordinária, a que havia gritado com a Paige do pé da escada que leva à varanda dois dias atrás. Eu podia ver a semelhança, ambas tinham o mesmo cabelo escuro e olhos azul-prateados, embora os traços de Paige fossem mais suaves, mais singelos, mas, considerando a personalidade das duas, ainda era difícil acreditar que fossem parentes.

– Só estou aqui para ajudar – expliquei, não querendo causar problemas a Paige. – Temporariamente.

Zara apertou os olhos. – O Betty Chowder House é um estabelecimento de cinquenta anos. Pessoas de toda a Nova Inglaterra vêm para cá por causa da nossa famosa sopa de lagosta. Temos excelente reputação e não vamos correr o risco de manchá-la só porque a minha brilhante irmãzinha achou que uma aliada no trabalho poderia deixar a seleção da prataria mais interessante. – Ela puxou um bloco e uma caneta do bolso do avental. – Você já trabalhou em um restaurante?

Dei uma olhada para a Paige. – Não exatamente, mas...

– Z, Louis disse que tudo bem. Eu acho que você estava ocupada demais cortejando seus clientes e não percebeu, mas ele deixou a Vanessa ajudar na cozinha outro dia, e ela não quebrou nada. Isso já deve servir como algum tipo de credencial.

Esperei, me sentindo envergonhada, desajeitada e também impressionada. Era evidente que Zara estava acostumada a estar no controle de tudo, e Paige a colocá-la em seu devido lugar quando necessário.

– Vocês vão trabalhar em equipe – Zara finalmente disse. – Paige vai estar à frente, e, Vanessa, você vai ser as mãos extras. Assim que um prato, uma tigela, um copo, um vidro de *ketchup*, um saco de açúcar ou qualquer outra coisa escorregar por entre os dedos dela e for em direção ao chão, pegue.

– Fico longe da prataria? – Paige perguntou.

Zara olhou para ela. – Você deixa uma única coisinha bater no chão e sua amiguinha está fora, e você volta para a Spoon Central.

Paige deu um gritinho assim que Zara saiu, então pegou a minha mão e me fez passar com ela pela porta da cozinha.

– Paige – eu disse quando chegamos a um armário nos fundos da cozinha –, não me leve a mal, mas, se você é uma ameaça física assim para o Betty, como é que ainda está aqui? Quer dizer, a Zara meio que parece implicar com você... E se o Betty é tão movimentado e a reputação tão importante assim, então você não acha que eles estão um pouco apreensivos por manter alguém que, na opinião deles, precisa de...

– Uma babá? – sorrindo, ela pegou um avental em uma prateleira e o ergueu para minha aprovação. – A Z é a única que acha que preciso ser monitorada como uma criancinha em uma sala cheia de tomadas. E, já que ela é minha irmã mais velha com um jeito esquisito de controlar, eu a perdoo.

Tirei o avental das mãos dela. – Mas você quebra um monte de coisas, não quebra?

– Com certeza! – ela me entregou um bloco e uma caneta. – E seria melhor se minhas mãos não fossem tão escorregadias? Talvez... Pouparíamos algum dinheiro, isso é certo, mas também haveria um enorme buraco entre os funcionários em se tratando de diversão.

Amarrei o avental em volta da cintura e peguei o bloco e a caneta.

– Mas o que importa para a maioria das pessoas é o fato de eu estar aqui. E, quando digo "a maioria", me refiro a todos, menos Z – ela se inclinou em minha direção. – Não sei se você percebeu, mas a minha irmã não é a pessoa mais fácil de lidar do mundo.

– Sério? – brinquei.

Ela puxou a parte de baixo do meu avental até ficar uniforme. – O pessoal não gosta muito da Zara, mas os clientes, principalmente os homens, a adoram. Graças à genética e a certo charme, ela consegue persuadir o cliente a comprar bebidas mais caras em vez de refrigerante, convencer os pais a pedirem algo além de queijo quente para os filhos enjoados e levar o marido a incentivar a esposa preocupada com o peso a aceitar um *sundae* ou *brownie*. Isso tudo sem fazê-los acreditar que não pensaram em nada disso – seus olhos se encontraram com os meus. – Se a Zara não fizesse entrar pelo menos mil dólares em gorjetas por noite, estaríamos fechados.

– E vocês nunca estão fechados.

– E a gente divide as gorjetas.

Assenti com a cabeça. – Então o pessoal tem de lidar com ela.

– Por meu intermédio. Eu amenizo as coisas, filtro, traduzo, não importa. Se a Z correr para cá gritando que um prato está demorando, eu venho correndo atrás para acalmá-la – ela fez uma pausa com a mão na porta vai e vem. – Sou ótima no meu trabalho, pelo menos nessa parte com a Z, mas, mesmo que não fosse, eles ainda assim teriam de aguentar.

– Por quê?

Ela deu uma risadinha. – Nossa família é dona do restaurante. Betty é minha avó.

Antes que eu pudesse fazer mais perguntas, ela passou pela porta da cozinha.

Felizmente a manhã passou rápido. Segui as ordens de Paige o tempo todo, observando como ela se movia de maneira eficiente, apesar das mãos escorregadias. Houve apenas dois quase-acidentes: uma xícara de café e um prato de pão, mas eu disparei na direção dos dois e evitei que quebrassem.

– Como já é meio-dia? – perguntei quatro horas depois, enquanto dobrávamos guardanapos atrás do balcão do bar.

– Você poderia, *por favor*, ir cuidar de seu velho amigo?

Zara veio voando para o nosso lado. Minha cabeça latejou no mesmo instante, e fiquei imaginando se eu poderia ficar tão ansiosa perto de uma pessoa a ponto de meus nervos esgotados causarem uma reação física tão imediata e dolorosa assim.

– Hum, Z, estou meio enrolada – Paige disse.

– Hum, P, ninguém está mais enrolada do que *eu*. E eu não tenho tempo nem paciência para as brincadeiras idiotas daquele cara.

– Você nunca tem paciência. Você só precisa saber como falar com Oliver.

Dava para ver que a Zara não sabia o que mais a incomodava: um cliente cuja simpatia ela não conseguia conquistar ou o fato de haver algo que Paige sabia fazer melhor que ela.

Zara franziu a testa. – Vou tentar mais uma vez. Se ele não morder a isca, eu desisto. Para sempre.

Paige abriu o guardanapo que estava dobrando sobre o balcão, apoiou os cotovelos nele e sorriu. – Pronta para uma pausa?

Eu me encostei ao seu lado no balcão. – Quem é Oliver?

– O arqui-inimigo de Zara – ela se virou para mim. – Desculpe. Pareci feliz demais com isso, não pareci?

– Radiante, na verdade.

– Não dá para *evitar* – ela disse, observando a Zara zigue-zaguear pela sala em direção a um homem mais velho, de cabelos mais brancos e mais crespos que os do papai. Ela olhou para o relógio. – Meio-dia e dois. Bem na hora.

Zara parou a poucos metros da mesa. Esticou o rabo de cavalo e ajeitou o avental. Seus ombros subiram e desceram quando respirou fundo.

– Oliver é o *único* cliente que ela não consegue entender – Paige disse. – Ele chega exatamente no mesmo horário todos os dias e sempre se senta na parte que ela atende. Ela já fez de tudo, ofereceu pratos por conta da casa, descontos, uma mesa maior, apesar de espaço significar dinheiro e ele estar sempre sozinho. Sério, ela já usou todas as cartas que tem na manga.

– Por que ele não se senta na parte de outra pessoa?

Ela balançou a cabeça negativamente. – Não faço ideia. A gente oferece, mas ele não aceita. Mas a melhor parte é a reação dele. Veja só o que ele faz quando ela tenta falar com ele. É clássico!

Estávamos bem distante e o lugar estava muito barulhento, mas não houve dúvida quanto à reação de Oliver, que foi ignorá-la completamente. Ela falou e esperou. Falou de novo e esperou outra vez. Na terceira tentativa, ela parecia indicar algumas sugestões de café da manhã no cardápio em cima da mesa, e, quando isso não inspirou uma conversa, ela olhou com cara feia para Paige por cima do ombro.

– É como se ela nem estivesse lá – Paige suspirou, feliz.

Era verdade. Oliver não apenas não disse nada, mas também ficou olhando pela janela como se a Zara fosse uma das plantas altas nos vasos espalhados pelo salão.

Peguei outro guardanapo e comecei a dobrá-lo enquanto Zara caminhava em nossa direção cuspindo fogo.

– Ah, não! – Paige disse.

Zara parou no meio do salão. Ela se inclinou para ouvir um de seus clientes, cuja cara fechada e o prato cheio indicavam um problema.

– Isso não vai dar certo. Ela já está uma pilha! – Paige se virou em minha direção. – Parabéns, Vanessa! Você vai ser promovida.

Minhas mãos meio dobradas gelaram. Eu não queria ser promovida. Eu nem queria trabalhar ali. Eu só não queria ser eu mesma por algumas horas.

– Preciso que pegue o pedido de Oliver. Ele vai querer duas fatias de torrada de trigo integral com geleia de uva, um ovo cozido, meia toranja e uma xícara de chá preto. Moleza. Basta sorrir e deixar que ele mesmo diga.

– Louis! – Zara gritou. – Hoje você acordou, sorriu em frente ao espelho e pensou como era bom trabalhar no McDonald's?

– Paige – eu disse enquanto ela andava de costas em direção à porta da cozinha, que ainda balançava depois de Zara disparar por ela. – Eu não acho que...

– Tenho que ir! – ela disse indo atrás de Z enquanto os gritos na cozinha ficavam cada vez mais altos.

Meus olhos ficaram pregados na porta vai e vem até que ela desacelerou e parou. Ciente de que não tinha escolha, principalmente porque gostava de Paige e não queria desapontá-la, me virei e atravessei o salão. Em pouco tempo cheguei onde Zara havia estado momentos antes, segurando um bloco de notas e uma caneta.

– Oliver? – perguntei tão baixinho que ele provavelmente não teria ouvido nem se eu tivesse me inclinado e perguntado a dois centímetros de sua orelha. E, mesmo assim, eu ainda teria minhas dúvidas, já que pude ver a ponta de um pequeno aparelho auditivo marrom em meio à penugem branca.

Seus olhos levaram cerca de dez segundos para me encontrar. Primeiro aterrissaram no logo da sereia nadando em meu avental e ficaram ali, sem expressão, antes de subirem lentamente.

Ele não parecia feliz, mas pelo menos tinha me notado. Animada com o progresso, dei um sorriso mais largo.

– Oi – tentei novamente, orgulhosa quando pude realmente me ouvir.

Ele espremeu os olhos e parecia pensar em como responder.

Olhei mais uma vez em direção à porta da cozinha. Meu coração disparou quando ela se abriu, mas se acalmou quando outra garçonete que parecia irritada apareceu. Virei-me outra vez para Oliver no momento em que ele terminava de brincar com o aparelho auditivo. Eu estava para me apresentar como amiga de Paige, mas parei quando seus olhos passaram de fendas suspeitas para discos atordoados.

– Torrada de trigo integral, certo? Com geleia de uva? E um ovo cozido e uma xícara de chá? – fui em frente, determinada a sair dali. – O que vai ser mesmo? Camomila? Limão? E se eu trouxer todos os sabores que temos para que você possa escolher?

Ele olhou para mim e eu quis que seus olhos piscassem. Como isso não aconteceu, fitei seu olhar e, lentamente, estendi a mão para pegar o cardápio. Meus dedos pairavam um centímetro acima dos lanches especiais do Betty quando ele bateu a mão na mesa.

Dei um pulo para trás. O burburinho no salão diminuiu, e quem comia perto de nós ficou olhando com curiosidade.

Seus olhos estavam maiores do que dois pires quando ele levantou o cardápio da mesa. Ele o segurou em minha direção e apontou para as letrinhas no fim da página. Hesitei antes de me inclinar para ler o que ele queria, tentando não notar que seu indicador estava cinza, descamando na junta e tremendo.

– Chá preto?

Seu dedo tremeu intensamente e bateu no cardápio uma vez.

— Chá preto — repeti, me afastando. — Ótimo. Vou levar o pedido agora mesmo.

Virei-me e corri para a porta da cozinha.

— Parece que você não entende o que os seus *erros* podem *fazer* com a gente.

Pus a mão na cabeça enquanto passava pela porta vai e vem.

— A mulher é alérgica a queijo! — Zara gritou. — Desmaia, cai no chão, me faz chamar uma ambulância às pressas e *morre* de alergia. E o que você faz? Enche a omelete dela de queijo prato e *cheddar*.

— *Essa* é a omelete especial de hoje — Louis gritou. — Se a mulher não *queria* queijo, ela que não pedisse. Ou talvez a garçonete não tenha explicado direito a ela o que tinha na omelete especial de hoje.

— Tudo bem, gente — Paige gritou mais alto que todos eles, batendo uma colher de pau em uma panela vazia. — Não temos tempo nem pessoal para continuar essa estimulante discussão. A mulher viu o queijo antes de comer. Não houve nenhum dano, nenhum vacilo. O Louis vai preparar a omelete que ela escolher e a Zara vai pedir desculpas e oferecer o prato por conta da casa.

Corri para trás do balcão enquanto Zara dava ordens na cozinha, com seu escuro rabo de cavalo balançando de um lado para o outro.

— Peguei o pedido de Oliver — eu disse quando Paige se virou para mim. — Onde eu...

— Você pegou o pedido do Oliver?

Fiz uma pausa. — Peguei!

— *Você* é uma estrela — ela pegou uma bandeja da mesa atrás dela. — Outros já tentaram, mas ninguém conseguiu, a não ser eu. E agora você.

Olhei para a bandeja quando ela a pôs no balcão diante de mim. Ali estava o pedido de Oliver, até com a xícara de chá saindo fumaça.

— Eu não tinha certeza se ele falaria com você, o que não diz nada sobre você, mas muita coisa sobre ele, por isso preparei o pedido assim que voltei para cá.

– Ótimo! – eu disse. – Mas tem certeza de que não quer levar?

– Tenho de ficar por aqui até a Z voltar. Às vezes, o que vem depois faz mais estrago do que a coisa em si. – Ela saiu à procura de Louis, que estava batendo panelas em cima do fogão. – Ah, você pode perguntar como é que andam os textos dele ou elogiar seus desenhos.

Eu estava prestes a perguntar o que ela queria dizer com aquilo quando a Zara irrompeu pela porta novamente.

– Tudo bem, vamos tentar isso aqui. É *muito* complicado – Zara gritou do outro lado da cozinha. – Ela quer uma omelete com cogumelos e espinafre. Eu não sou *chef*, mas tenho certeza de que significa ovos, cogumelos e espinafre *sem* queijo prato, *cheddar* ou suíço.

Enquanto Louis batia ainda mais alto nas panelas, levantei a bandeja do balcão e fui em direção à porta. Com os olhos voltados para a água que espirrava da xícara, consegui de alguma maneira atravessar o salão sem esbarrar em ninguém e sem deixar cair nada. Fiquei tão aliviada quando vi que estava quase completando a tarefa que só notei o caderno e os lápis de carvão espalhados pela mesa de Oliver depois que pus ali o prato de torradas.

– Como anda a escrita? – olhei para o caderno aberto. As páginas estavam cheias de letras pequenas e confusas, mas consegui decifrar as palavras maiores no alto. – *A história completa de Winter Harbor, volume 5*? Eu não sabia que havia tanta coisa assim para saber sobre uma cidade tão pequena.

Oliver levou bruscamente o caderno contra o peito, revelando um bloco de desenho por baixo. Seu dedo indicador cinza e trêmulo batia no bloco, e meu braço sacudiu inesperadamente, fazendo algumas gotas de água quente caírem pela borda da xícara de chá. Quando meus olhos se voltaram para o desenho, ficaram tão grandes quanto os de Oliver, porque a figura claramente representava um lugar muito específico, impossível de imaginar, a menos que você tivesse estado lá

Os penhascos de Chione.

7

– Não entendo – eu disse a Simon na praia no dia seguinte. – Quer dizer, não consigo entender o fato de alguém ir tão fundo na água a ponto de seus pés não poderem tocar o chão sem a cabeça afundar, mas o que eu *realmente* não entendo é entrar por livre e espontânea vontade em uma água que pode arrastar e puxar a gente para baixo assim que bate nos tornozelos.

– Isso significa que você não vai querer ir à aula de surfe que marquei para você hoje? – Simon pareceu desapontado.

Olhei para ele. – Você marcou uma aula de surfe para mim? – Ele não sabia tudo sobre o acidente de dois anos atrás, mas sabia o bastante para não me inscrever em algo para repetir o feito.

Ele sorriu. – Sim. E depois vamos saltar de paraquedas e *bungee-jump*. E, se der tempo, podemos tentar atravessar o fogo.

– Que bom que estou usando meus tênis à prova de fogo.

Ele deu um sorrisinho e começou a andar em direção a um aglomerado de carros estacionados ao longo da praia.

Fui atrás dele, imaginando mais uma vez como eu estava feliz por ter ouvido sua batida na porta dos fundos duas horas antes. O Subaru não estava na garagem quando voltei do Betty no começo da noite do dia anterior e só apareceu quando já era quase meia-noite. Assim que vi o carro, consegui relaxar o suficiente para me deitar no sofá e tentar dormir. Meus olhos se abriram às cinco horas e, por volta das seis, tomei banho e abaixei o volume da TV e do rádio, para poder ouvir o Simon, caso ele batesse à porta. Ele apareceu às oito, trazendo mais vitamina e sanduíches de ovo. Por volta das 8h30, estávamos no Subaru indo para Beacon Beach, o lugar preferido dos amigos de Caleb para surfar.

E agora descobriríamos se os amigos sabiam alguma coisa que nós não sabíamos.

– Maior confusão! – um rapaz vestindo roupa de mergulho estava dizendo quando me aproximei do meio círculo de jipes e picapes velhos. – Ele sumiu. O Zack passou para pegá-lo para o churrasco que estávamos fazendo, mas o cara não estava lá.

– E não aconteceu nada desde então? – Simon perguntou. – Nenhuma ligação? Nenhum *e-mail*?

O rapaz (seu nome era Mark, me lembrei dele de uma foto de Caleb com os amigos que Justine havia tirado no verão passado) fez que não com a cabeça. – Nada. Nem uma única palavra. A gente achou que fosse demais para ele.

– Demais? – Simon perguntou.

Notando a minha presença, Mark fez um sinal com a cabeça em minha direção. – Essa gatinha é sua namorada?

– Na verdade... – comecei, sentindo as bochechas queimarem.

– Então você está, tipo, apaixonado – ele continuou antes que eu fosse capaz de esclarecer nosso relacionamento. – Você abre os olhos de manhã e a primeira coisa que pensa é na garota. Quer saber como ela está, o que está fazendo, quando vai vê-la de novo. Fica pensando nisso o dia todo. Você fala disso com quem estiver a fim de ouvir, incluindo seus melhores amigos que, obviamente, *respeitam* você, mas, depois de um tempo, por causa do tipo de preocupação que só os amigos de verdade têm, questionam seriamente sua sanidade. E você faz todo tipo de plano, planos legais, tipo faculdade, quando mal entra na cabeça do restante da galera o fato de que só temos dois anos para ter uma ideia do que fazer.

– Pareço obcecado – Simon disse, estendendo a mão para puxar de leve meu rabo de cavalo.

– Você não faz ideia – Mark se curvou e pegou a prancha na areia. – Você vive e respira essa garota. Fala dela o tempo todo, sai cada vez menos com os amigos, está cego para as outras garotas por mais gostosas e a fim que elas estejam, e algumas são muito gostosas e estão mesmo a fim de você, e, no final, você amolece e diz que na verdade ama aquela garota.

Simon olhou para baixo, de repente interessado nas pedras de várias cores a seus pés.

– Não é só isso. Você diz aos amigos que ama a garota. Que, como você sabe, é muita areia para o seu caminhãozinho.

– Estou obcecado *e* bobo – Simon concordou.

– Não pegue tão pesado consigo mesmo – Mark disse, dando de ombros. – Seus amigos não pegam. A galera pode pensar que você está pouco na área, mas sabe que você não estaria assim por causa de qualquer garota. É só porque é ela. Ela é diferente.

Senti meu rosto corar e, em silêncio, lembrei que Simon e eu não éramos, de fato, o casal em questão.

– Seja como for, a garota é para você. Comida, água, ar, sono são detalhes. Tudo sem importância – Mark suspirou e olhou em direção à água. – E daí a garota morre. Acaba. Vai embora. É levada como um peixe.

Senti meus joelhos um pouco fracos. É claro que era para esse caminho que a bela história estava se dirigindo, mas, como aconteceu com Caleb e Justine, a trágica reviravolta ainda parecia vir do nada.

– E depois? – perguntei, principalmente porque Simon estava me observando com atenção, e eu queria que ele soubesse que eu estava bem.

Mark virou-se para nós. – E depois você foge, porque a única coisa pior do que a garota ter ido embora é você ainda estar aqui.

Simon fez uma pausa, aparentemente tentando entender a perspectiva de alguém que tinha passado muito mais tempo com seu irmão no último ano do que ele próprio. — Mas por que não ficar perto dos amigos? E da família? E de todo mundo que se preocupa comigo? Por que simplesmente desaparecer sem dizer para onde estou indo?

— Se ela se fosse — ele disse, fazendo um sinal com a cabeça em minha direção novamente — você ia mesmo querer todos aqueles olhares voltados para você? As perguntas? As boas, porém inúteis, tentativas da galera de mostrar compaixão? Principalmente das pessoas que não sabiam mais como você era sem ela?

Tentei processar isso tudo. Caleb amava Justine. Não gostava dela simplesmente. Não gostava só de ter uma parceira leal na cama. Justine sentia o mesmo? E se ele era tão importante para ela, se eram tão importantes um para o outro, por que ela fez o possível para convencer a todos que o relacionamento deles não passava de uma aventura casual de verão? Ela até saiu com vários garotos do cursinho de Hawthorne durante o ano letivo. Se ela sentia algo tão forte por Caleb, por que perder tempo com outra pessoa?

— Não, acho que não — Simon finalmente respondeu, me puxando de volta para a conversa.

— Cara, *o que* você está esperando?

Três rapazes vestindo roupa de mergulho, aparentemente empolgados e exaustos ao mesmo tempo, vieram em nossa direção arrastando a prancha na areia.

— Se você não cair nessa logo, vai ser tarde demais — um dos surfistas advertiu Mark.

Simon olhou para a água, o meteorologista interno nele deu o alerta.

— Ei — disse o surfista, notando Simon e dando tapinhas no ombro dele —, jogando conversa fora sobre a garota do Caleb, cara? Ele vai voltar quando o nevoeiro aparecer.

– Tá irado lá – continuou outro surfista. – As ondas estão com o dobro do tamanho de vinte minutos atrás e continuam vindo mais rápidas, mais fortes e mais altas.

– Isso é normal? – perguntei.

– Nem sonhando – disse Mark.

– Estão grandes até para ondas de inverno, quando a colisão com a costa realmente agita as coisas – Simon olhou para a água com cautela.

– Bom – Mark disse, prendendo o *leash* da prancha ao tornozelo –, a gente tira o chapéu para o aquecimento global. Ruim para a humanidade, mas ótimo para a galera de Maine.

– Só mais uma coisa – disse Simon assim que Mark foi em direção à água. – Você sabia que o Caleb saiu da marina no ano passado e estava trabalhando no Lighthouse?

Mark parou de repente. – O quê?

– A gente conversou com Monty alguns dias atrás. Ele disse que o Caleb deixou de aparecer sem avisar no verão passado. Ele descobriu onde meu irmão estava por meio de um dos patrocinadores do Lighthouse.

Mark trocou olhares com os outros surfistas, que estavam caídos na areia para se recuperar.

– Vocês não sabiam? – Simon insistiu, uma vez que não disseram nada.

– Não – Mark disse, continuando em direção à água. – E estou surpreso com a notícia, levando em conta como Caleb deu duro para manter o Lighthouse longe daqui.

– Ele foi a todas as reuniões do conselho na cidade por um *ano* – um dos surfistas explicou. – Ele panfletou, conversou com os jornais. Fez até um abaixo-assinado e saiu de porta em porta, recolhendo centenas de assinaturas. Ele era contra a chegada do Lighthouse. Achava que o empreendimento acabaria com a cidade e quebraria o negócio de gente como o Monty. Até se encontrou, sozinho, com os caras do dinheiro. Ele os encostou na parede em uma das reuniões e só os deixou sair quando concordaram com um almoço.

Era como se Simon tivesse ouvido que o céu estava verde e que a chuva, na verdade, saía do chão. Entendi o sentimento. Todo mundo sabia que Caleb era preguiçoso; esse era o principal motivo pelo qual minha mãe não achava que ele era bom o suficiente para Justine. Era difícil imaginá-lo não só se preocupando tanto assim com a cidade, mas também fazendo todo esse esforço para preservá-la.

– Eles almoçaram? – eu perguntei.

– Almoçaram. No Betty, por insistência do Caleb, o que, na verdade, acabou sendo uma péssima ideia. Ele queria que os caras sentissem o verdadeiro sabor de Winter Harbor, para que percebessem o que já existia ali e deixassem a cidade em paz, mas isso só fez com que desejassem o empreendimento ainda mais.

Tentei imaginar Caleb e um par de ternos sentados em uma mesa no Betty. Fiquei imaginando se foi a Zara que os atendeu, se o jeito encantador dela com clientes do sexo masculino tinha levado os homens de terno a ultrapassar os limites.

– Olhem – outro surfista disse, fazendo força para ficar em pé.

Olhamos para a água no momento em que Mark ficou bem agachado na prancha. Ele tentou se levantar duas vezes, mas colocou as mãos para trás perto dos pés quando a onda quebrou e se levantou, fazendo-o perder o equilíbrio. Ele tentou mais uma vez, balançando de um lado para o outro enquanto suas pernas se endireitavam. A onda veio ainda mais alta, com a crista chegando na frente. Olhei para Simon que, ao que parecia, estava registrando mentalmente a altura e o comportamento estranho da onda.

Os rapazes vibraram quando Mark surfou por três segundos antes de mergulhar na água. Fiquei sem respirar até a cabeça dele surgir na superfície. Quando ele sorriu em nossa direção e deu um soco no ar com a mão fechada, eu finalmente respirei.

– Obrigado pelas informações, galera – Simon disse enquanto Mark corria em nossa direção. – Foi bom ver vocês.

– Se cuida, cara – Mark disse, apertando a mão de Simon. – Se ficarmos sabendo de alguma coisa, com certeza entraremos em contato.

– Obrigado! E é melhor pararem logo. Pelo visto, vocês têm cerca de quinze minutos antes de tudo isso aqui ficar debaixo d'água.

Eles olharam para as coisas espalhadas pela areia, evidentemente pensando, como eu, como isso era possível. A beira da praia estava a pelo menos quinze metros de distância.

– Você se incomoda se eu tirar algumas medidas? – Simon perguntou depois de andarmos em silêncio até o carro. – Não vai demorar muito.

– Tudo bem. Precisa de ajuda? – Vi quando ele pegou uma mochila e uma caixa de plástico no banco de trás.

Ele olhou para o céu e depois em direção à água. Examinou o horizonte antes de se virar e olhar para meus pés. – Você está de tênis.

– À prova de fogo – eu o lembrei.

– Tudo bem então – ele me deu um sorrisinho. – Eu poderia usar um par extra de mãos.

Ficou evidente quase no mesmo instante por que meu calçado era uma preocupação; a água estava subindo mais rápido do que ele havia previsto. Olhei para a esquerda quando nos desviamos para a direita e vi os amigos de Caleb recolhendo pranchas e equipamentos enquanto a espuma das ondas que quebravam na praia chegava aos carros. Levando em conta o movimento da água, tínhamos de agir rápido.

Chegando a uma fileira alta de pedras a quatrocentos metros do começo da praia, Simon abriu a mochila, me entregou uma fita métrica e tirou dela uma pilha de cadernos. Ele pôs um caderno e três frascos plásticos no bolso da jaqueta.

Escalou a pedra menor, ficou de joelhos e estendeu uma das mãos em minha direção. Ele me puxou facilmente, como se eu fosse um travesseiro, e não uma pessoa com quase cinquenta quilos.

– Segure uma das pontas da fita e fique de olho na lateral da pedra – ele disse. – Se a água começar a chegar mais para trás de onde você está, acompanhe. Você deve estar no mesmo nível da quebra o tempo todo. A fita precisa ficar o máximo possível no mesmo nível. Vou puxar quando chegar ao fim da fileira, e depois vamos estender na lateral para que eu possa ter uma medida mais precisa.

– Entendi – eu o observei subir e passar por cima das pedras como o Homem-Aranha com uma blusa de lã marrom.

Fiquei de joelhos e me arrastei até a beira da pedra. Olhando de cima, vi uma fina camada de espuma se dissolvendo na areia. A água estava quebrando a alguns metros de distância, por isso me arrastei para a direita até que uma onda se quebrasse logo abaixo de mim. Minha cabeça respondeu bruscamente quando respingos dispararam para todos os lados, cobrindo a rocha e meu rosto.

A água subiu rapidamente. Simon mal teve tempo de se levantar da última rocha, fazer anotações e descer novamente antes de eu ser levada pela água e correr para a esquerda. As ondas eram tão grandes que era difícil medir o intervalo, mas julguei o movimento de acordo com o lugar onde o repuxo parecia mais concentrado.

Dez minutos depois, finas linhas de água salgada escorriam pelo meu rosto e pelos cabelos molhados grudados na testa. Simon puxou a fita métrica pela última vez. Ele fez sinal de positivo com o polegar, e eu soltei a minha ponta.

– Impressionante – ele disse, saltando para a minha pedra. – Quer dizer, maluco, estranho e nada natural, mas... impressionante. A maré está se movendo mais de dois centímetros por minuto – ele abriu o zíper da blusa de lã e segurou o colarinho.

– Isso não é normal? – imaginei, levantando-me para ajudá-lo a tirar a blusa molhada, que ficou presa em seus ombros.

– Nem um pouco.

Olhei para o lado enquanto ele arrumava a camiseta. As circunstâncias estressantes estavam claramente mexendo com as minhas emoções.

Eu havia visto Simon sem camisa várias vezes, mas, agora, dar uma simples olhada para seu abdômen nu deixava meu rosto corado.

– As marés se movem cerca de três metros a cada seis horas, cu quase trinta centímetros a cada trinta minutos. Rápido o suficiente para se perceber depois de um tempo, mas não rápido o bastante para se notar enquanto está acontecendo. Nesse ritmo, as marés estão subindo trinta centímetros a cada doze minutos.

– Isso é mais que o dobro da velocidade normal – calculei rapidamente.

– Exatamente – ele balançou a cabeça. – Loucura.

– Loucura também é você não notar que está tremendo e ficando com a boca roxa – peguei sua mochila e a caixa de plástico no lugar onde ele as jogara. – Temos de voltar para o carro.

– Você tem razão – ele juntou as mãos na boca e soprou nelas. – Ainda temos muita coisa a fazer.

Ele pulou na areia, e eu lhe joguei suas coisas. Ele enfiou a caixa de plástico na mochila, a colocou nas costas e ficou na base da rocha. – Essa é a parte mais fácil – ele disse, quando não me mexi imediatamente. – É só fazer de conta que está descendo uma escada.

– As escadas não costumam ficar em ângulo de noventa graus – eu disse, olhando para o chão lá embaixo.

Ele esperou que eu olhasse para ele. Quando olhei, sua expressão estava séria. Sua preocupação comigo conseguiu, por um instante, ocupar o lugar de seu entusiasmo com a surpreendente descoberta científica que havíamos acabado de fazer. – Venha devagar – ele disse. – Eu pego você.

Ele me tinha nas mãos. Eu sabia o que ele queria dizer – que, como sempre, ele não me deixaria cair –, mas não pude deixar de me perguntar se não havia algo a mais em suas palavras.

A água espirrou lá de baixo e eu balancei a cabeça para tirá-la do rosto. Eu me virei, ajoelhei e pus um pé, depois o outro, na beirada. Mantendo todo o peso do tronco em cima da pedra, escorreguei os dedos do pé na lateral até se encaixarem em pequenas fendas no granito. Quando meus pés estavam firmes, levantei um pouco o tronco que estava em cima da rocha e me desloquei lentamente para trás.

Buuuu.

Os olhos azuis de Justine brilharam diante de mim. Suas mãos cinzentas estavam em minha cintura, os braços machucados me puxavam para baixo, para fora da pedra. Em pânico, eu me soltei da parte de cima da rocha e meus pés escorregaram. Caí no chão, e meus tênis, de alguma forma, bateram na areia molhada primeiro. Arrastei-me para trás antes que eles afundassem e a água chegasse até mim, envolvendo meus tornozelos.

– Está tudo bem.

Olhei para o oceano logo atrás de Simon, que ainda estava de braços estendidos em minha direção, pronto para me pegar se eu precisasse.

– Vanessa – ele disse delicadamente, vindo em minha direção.

Uma onda quebrou. Prendi a respiração enquanto ela recuava, meio que esperando que Justine se levantasse da areia, assim como a onda estava fazendo. Mas ela não estava ali. É claro que não estava. A areia estava limpa, exceto por alguns pedaços de algas e uma casca quebrada de caranguejo.

Meus olhos se moveram para as mãos de Simon, bronzeadas, fortes e cheias de vida, e eu as agarrei. Estavam frias e molhadas, mas finalmente pude respirar quando elas começaram a sentir o calor das minhas. Enquanto estávamos ali, lutei para resistir à súbita e irresistível vontade de soltar as mãos e lançar meus braços ao redor do corpo dele.

– Está tudo bem – ele disse, dando um passo mais para perto. – Você está bem.

Eu realmente não queria soltar as mãos de Simon, mas sabia que tinha de fazer isso, principalmente se quiséssemos voltar para o carro sem ter de nadar em parte do trajeto.

Relutante, soltei as mãos dele, tomando cuidado para não olhar para ele ou para trás dele, em direção à água. Quando começamos a voltar pela praia, tentei ignorar a sereia que gemia baixinho em algum lugar distante.

∽∼

Vinte minutos depois estávamos no Subaru, com as janelas abertas e o aquecedor ligado, seguindo em direção a Winter Harbor. Fiquei olhando para as árvores que passavam sem vê-las de fato, me perguntando o que eu estava fazendo ali e por que tinha envolvido o coitado do Simon nisso tudo.

Justine se foi. Acabou. Foi levada como um peixe. Que diferença fazia por que ou como? Ou o que realmente tinha acontecido antes? A verdade era que ela não voltaria. Por mais difícil que fosse aceitar isso, era a única verdade que havia, e tinha de ser mais fácil lidar com isso do que tentar desenterrar o que minha irmã não queria que eu soubesse. E, quando eu aceitasse o fato, tudo poderia voltar ao normal. Não ao jeito normal de antes, mas ao modo como seria dali em diante.

— Simon — comecei com um suspiro, pronta para me desculpar e dizer exatamente isso. Eu me virei para ele, já triste por me imaginar sozinha no carro voltando para Boston e os longos dias de verão sem ele.

Mas ele não me ouviu. Simon olhava para frente, com os olhos arregalados e a boca formando uma fina linha. Segui seu olhar enquanto o carro foi ficando mais lento até que parou.

A estrada estava bloqueada por três viaturas da polícia, um caminhão do corpo de bombeiros e uma ambulância. Sinalizadores formavam um círculo em volta deles como diamantes, e luzes piscando lançavam um estranho brilho vermelho nas árvores ao redor. Doze funcionários do serviço de emergência corriam de um lado para o outro — policiais falando pelo rádio, bombeiros usando machados na floresta e paramédicos preparando a ambulância.

Outros dois paramédicos surgiram por entre as árvores iluminadas carregando uma maca coberta. Eles a levantaram para colocá-la na ambulância, e a mão cinzenta e pesada de alguém que estava debaixo do lençol branco caiu.

As marcas roxas e amarelas eram visíveis a seis metros de distância.

Ao me virar, concentrei-me nas luzes vermelhas que iluminavam a mata e nos bombeiros carregando machados. Em pouco tempo, os funcionários do serviço de emergência se reuniram na estrada, e pude ver claramente por entre as árvores.

– Simon – eu disse baixinho, esquecendo de imediato tudo o que havia pensado sobre ir embora de Winter Harbor e voltar para Boston. – Eles abriram um caminho até a praia.

8

– O VESTIDO É MARAVILHOSO, VANESSA. *Maravilhoso!* E você vai ficar linda nele.

– Obrigada – eu disse, olhando a água da chuva bater no para-brisa e desejando não ter atendido ao telefone. – Mas posso ficar linda nele em uma outra ocasião, depois deste fim de semana.

– Claro que sim! Você sabe que eu não compraria um vestido ridículo de dama de honra que só se usa uma vez. Você, com certeza, poderá usá-lo depois do feriado. Talvez até o fim de outubro, se o tempo ajudar.

Se o tempo ajudar.

– Ótimo, mãe. Por acaso, o papai está por aí?

– Está sim, mas ainda temos muita coisa para conversar. Não se esqueça de falar comigo de novo antes de desligar.

Enquanto ela instruía meu pai a passar-lhe o telefone depois de falar comigo, eu me inclinei para frente para dar uma olhada no céu. Paige e eu ficamos sentadas no carro na entrada da casa dela, esperando a chuva passar para correr para dentro.

Mas, pelas nuvens densas, a chuva não pararia tão cedo.

– Paizão – eu disse, quando minha mãe largou o aparelho. – Preciso de um favor.

– É só falar, mocinha.

– Eu disse à mamãe que não voltaria para casa neste fim de semana, mas ela parece não ouvir nada além da própria voz. Eu não posso mesmo voltar – imaginei a ambulância do dia anterior, a maca, a descrença no rosto de Simon, que havia ficado lá à noite, depois de finalmente conseguirmos voltar para Winter Harbor. – Ainda não. Você pode, por favor, dizer isso a ela de um jeito que só você sabe?

– Nem pense mais nisso – ele disse. – Vou fazer minha mágica especial.

– Obrigada! Preciso desligar. Por favor, diga a ela que ligo amanhã.

– Pais! – Paige disse quando pus o celular no suporte.

– São todos iguais! Meu pai é um santo, mas minha mãe é um pouco difícil.

– Eu percebi. Espere até conhecer Raina. O King Kong não seria capaz de detê-la – ela se inclinou para frente e limpou o para-brisa embaçado com o avental.

– Desculpe – abaixei a cabeça para tentar ver pela parte inferior do vidro que voltou a embaçar no mesmo instante em que Paige o limpou. – Esse carro funciona melhor do que parece. O desembaçador é a única coisa que não funciona. E o ar-condicionado. Ah, e a tampa de combustível emperra, e uma das janelas de trás não abre.

– Quem precisa da janela de trás? E, mesmo assim, você está *de brincadeira*? Você foi muito gentil por ter me dado uma carona.

– Fico feliz em ajudar.

– Eu só não sei o que a Zara está pensando. Olhe lá fora! – ela balançou a cabeça. – Daqui a pouco vai ter uma fila em volta do prédio, e ela simplesmente vai embora e me deixa aqui? Acho que temos uns vinte minutos para encontrá-la, colocá-la no carro e voltar para a cidade antes que a loucura toda comece.

– Ela disse que estava indo para casa? – eu não estava a fim de admitir, já que a Paige estava tão decidida a encontrá-la, mas eu esperava que nossa busca não desse em nada. Eu sabia que o Betty sofreria sem a Zara ali para servir os clientes, mas eu também suspeitava de que veria faíscas voarem entre as duas. Além disso, se não a achássemos naquele instante, talvez pudéssemos procurá-la o dia todo. Isso com certeza me ajudaria a não pensar em Justine.

– Ela disse que tinha algumas coisas para resolver e que voltaria logo. *Logo*. E já se passaram duas horas. Você acha que dá para considerar duas horas como "logo"?

– Não.

– Eu também não – ela se inclinou para frente e olhou pelo para-brisa embaçado. – Está ventando muito lá fora.

Abri a janela do lado do motorista para enxergar melhor. Depois de dirigir por quilômetros em estradas estreitas e sinuosas, finalmente chegamos a uma grande clareira que começava no nível da base da árvore e subia até formar um pico arredondado. No centro havia uma casa azul-turquesa de dois andares cercada por roseiras com flores de todas as cores. Havia tantas que eu podia sentir o perfume doce de onde estávamos.

– Isso é ridículo. Vou correr até lá – Paige puxou com força o capuz da jaqueta para cobrir a cabeça, lançando alguns pingos de chuva no painel do carro. Segurou a maçaneta da porta e olhou para mim. – Você tem irmã?

Abri a boca para dizer que sim... e então fechei, porque não tinha certeza. Eu *tinha* irmã? Ou me tornei filha única no segundo em que Justine caiu na água aos pés dos penhascos de Chione?

Felizmente, a chuva deu uma rápida trégua, e Paige correu para a casa. Fechei a janela, desliguei o carro e corri atrás dela, diminuindo só um pouco os passos quando alcancei a primeira roseira. As flores eram roxas bem escuras, com um amarelo percorrendo a borda das pétalas. Olhei para os lados enquanto continuava a subir o morro em direção à casa, notando que todas as rosas eram, pelo menos, de duas cores, e às vezes de três ou quatro. Eu teria pensado que eram falsas se minha calça *jeans* não tivesse enroscado em um caule cheio de espinhos pouco antes da escada da varanda.

– Cão que ladra não morde – Paige disse quando a alcancei. – Fique atrás de mim e você vai ficar bem.

Imaginando que ela estava se referindo a Zara, fiquei tentada a fazer todo o caminho de volta até o carro, mas ela já estava dentro da casa antes que eu pudesse sugerir a ideia.

Entrei atrás dela na sala, que era de tons de azul e creme. O sofá e as poltronas estavam cobertos por mantas azul-marinho e azul-claro. Suspensa sobre a lareira, que ficava onde em casa estava nossa TV, havia um espelho grande com uma moldura marfim antiga. Os detalhes decorativos da sala eram almofadas azul-turquesa, luminárias imitando rendas postas em suportes de cristal e um carpete peludo marfim que ocupava quase a sala toda.

– São as coisas da minha avó – Paige disse, percebendo que eu estava olhando para os lados. – Esta é a casa dela. Zara, minha mãe e eu sempre moramos aqui. Três gerações de Marchand sob o mesmo teto, o que, quando você conhecer Raina, será realmente difícil de imaginar.

Conforme atravessávamos a sala, eu observava a vista através das altas janelas enfileiradas na parede oposta. A vista não mudou. A casa ficava em um lugar tão alto que, pelo menos da sala, a única coisa que dava para ver era o céu.

– Vanessa – Paige disse drasticamente, virando-se para mim pouco antes de passar por uma porta larga –, esta é Raina, rainha do castelo e do meu coração.

Parei do lado de fora da cozinha. Minha cabeça latejou uma vez, a dor era tão intensa que me agarrei à porta para não me curvar.

– Olá, Vanessa.

Pisquei. A dor havia desaparecido.

– Eu não sabia que teríamos companhia hoje.

Pisquei mais uma vez, pensando que o ataque passageiro tivesse afetado minha visão. A maioria das mães que eu conhecia parecia a minha, que tinha dois figurinos: o profissional e o casual. Quando não estava usando terninho preto, minha mãe vestia camisas cáqui. Quando não estava usando um coque apertado, usava um belo rabo de cavalo. Estava sempre preparada, elegante. Mas ao lado de Raina, vestida com seu melhor terninho e sapatos de salto, ela seria outra coisa.

Invisível. Era exatamente como eu me sentia agora.

– A gente não teria companhia hoje se a Z tivesse aparecido para trabalhar – Paige disse do outro lado do balcão de onde estava sua mãe. – Vanessa me deu uma carona.

– Prazer em conhecê-la – eu disse, tentando sorrir.

Raina segurava uma colher de pau sobre um recipiente de plástico rosa e ficou olhando para mim com os olhos azuis prateados piscando. Enquanto me media de cima a baixo, tentei parecer melhor sem ser óbvia. Raina tinha um pouco menos de um metro e oitenta de altura e cabelos escuros ondulados que chegavam à cintura. Usava um vestido leve branco e sem mangas e uma dezena de braceletes de prata que tiniam quando voltou a usar a colher de pau. Ela não usava maquiagem, mas também não precisava; sua cor era clara e a pele macia. Ela chamava atenção e mais parecia irmã mais velha de Paige do que sua mãe.

– Sua irmã está lá em cima – Raina finalmente disse. – Mas ela não está se sentindo bem.

Paige fez um sinal com a cabeça em direção à janela da cozinha. – Você já olhou lá fora hoje? Sabe o que vai acontecer a apenas alguns quilômetros daqui?

– Ela vai voltar assim que tiver condições – disse Raina, calma.

— Ninguém vai se sentir bem se estivermos com o pessoal reduzido — Paige chamou a atenção. — Nossos clientes vão estar com fome, Louis vai ficar mal-humorado. E tudo por causa da TPM da Z? Eu não acho que as coisas sejam assim.

Raina ligou o *mixer* e o pôs dentro do recipiente rosa. — Você pode tentar conversar com ela — ela falou mais alto que o barulho. — Mas não espere que ela fique feliz com isso.

— Eu nunca espero — Paige se virou. Ela me pegou de leve pelo braço quando chegou à porta e me puxou para fora da cozinha.

— Prazer em conhecê-la, Vanessa — Raina disse assim que saímos, parecendo, na melhor das hipóteses, indiferente.

— Viu? — Paige perguntou assim que atravessamos a sala e chegamos a uma estreita escadaria. — Eu adoraria se meu maior problema com a minha mãe fosse o fato de ela ter me comprado um vestido que eu não queria usar para ir a uma festa que eu não estava a fim de ir.

— É por isso que você a chama pelo primeiro nome? — perguntei, ignorando as batidas em meu peito. — Porque ela não é tão meiga e amorosa como as outras mães?

— Sim, e também porque ela quis assim. Ela diz que não se sente velha o bastante para ter duas filhas adolescentes — ela chegou ao topo da escada e se virou para mim. — Por falar nisso, eu queria perguntar... Por que os seus pais não estão aqui? Você disse que sua mãe queria que você voltasse para casa?

— Isso mesmo — eu me concentrei em um candelabro aceso na parede. — Minha mãe é viciada em trabalho e meu pai é viciado nela, por isso eles voltaram para passar alguns dias em Boston.

— Demais! — Paige disse, entrando no corredor. — Eu faria qualquer coisa para ter meu espaço de vez em quando. Quer trocar?

Eu ri, mas o engraçado era que, mesmo se a troca incluísse a Zara, eu meio que aceitaria.

Segui Paige por um longo corredor iluminado por dois pequenos lustres de cristal. – Você tem certeza de que não é melhor eu esperar lá embaixo? – perguntei quando paramos em frente a uma porta fechada. – Sua irmã não parece gostar tanto assim de mim.

– A Z não gosta tanto assim de ninguém – Paige sorriu de modo reconfortante e bateu à porta com a mão fechada. – Você devia ouvi-la falar de Jonathan.

Ela bateu de novo antes que eu pudesse perguntar quem era ele. Apertei uma das mãos na testa quando ouvi a música do outro lado da porta ficar mais alta. Parecia *jazz*, mas com bateria e uma batida rápida e forte.

– Eu não vou a lugar nenhum, Z – Paige gritou. Ela bateu de novo, e a dor ecoava por entre meus ouvidos toda vez que a mão fechada encostava na porta.

Ela começou a bater e a mexer a cabeça no ritmo da música. Foi assim por pelo menos um minuto, e eu me afastei e fiquei perto de uma janela alta, massageando minhas têmporas enquanto via a forte chuva cair do céu cinza direto no mar lá embaixo. Minha cabeça começou a rodar e, com a sensação de que desmaiaria, voltei até onde Paige estava para me desculpar e esperar no carro.

Eu estava para dar um tapinha em seu ombro quando o *jazz* parou e a porta se abriu violentamente. Assim que Zara me viu, seus olhos brilharam surpresos, depois confusos e, por fim, com raiva.

– Você não está se sentindo bem? – Paige perguntou.

Era uma pergunta válida. Eu tinha visto Zara somente no Betty, de *shorts* cáqui, camiseta preta e avental. O uniforme padrão era muito diferente do visual que ela exibia no momento: uma saia preta justa que era cerca de quinze centímetros mais curta que o *shorts* cáqui, uma blusa tomara que caía justa preta e sandálias de salto alto cintilantes. Seus cabelos, que eu só tinha visto presos em um longo rabo de cavalo, caíam perfeitamente nas costas, e a maquiagem fazia seus olhos prateados brilharem como enfeites de Natal.

– Se estiver com dificuldades para respirar, talvez queira soltar alguns pontinhos – Paige sugeriu, olhando para a protuberância de Zara na parte de cima.

– E, a menos que você queira não respirar nunca mais, diga à sua amiguinha para ir embora – a voz de Zara estava calma.

Paige concordou. – Tudo bem, então – ela olhou para mim. – Encontro você lá embaixo?

Fiquei grata por poder sair e comecei a atravessar o corredor antes de Paige fechar a porta depois de entrar no quarto. Eu esperava que qualquer problema que houvesse entre as duas pudesse ser resolvido rapidamente, porque naquele momento eu não queria mais nada além de sair dali antes que as estradas sinuosas que levavam à cidade estivessem inundadas.

Vanessa...

Apertei o passo.

Minha querida, doce Nessa...

Justine estava fora da minha cabeça mais uma vez, chamando-me dos lustres de cristal, das fotografias que cobriam as paredes, do tapete debaixo de meus pés.

Você veio até aqui... Por favor, não vá...

Andei mais rápido, sacudindo violentamente a cabeça contra as sereias chorosas e as luzes vermelhas que piscavam, os hematomas roxos e amarelos e Justine em pé na água, com os braços esqueléticos estendidos em minha direção.

Eu estava com um dos pés no primeiro degrau para descer a escada quando a casa ficou em silêncio. Parei e prendi a respiração. Nada. Nenhuma batida forte de *jazz*. Nenhum grito vindo do fim do corredor. Nem mesmo o barulho da chuva batendo no teto.

– Vanessa?

No espelho na parede à minha frente, meus olhos se arregalaram e meu rosto empalideceu. A voz não era de Paige nem de Zara. E não havia ninguém atrás de mim. O corredor estava vazio.

– Você perdeu o controle – eu disse a meu reflexo antes de começar a descer a escada. – Oficialmente.

– Vanessa? – a voz perguntou novamente.

Gelei, com o coração pulsando nos ouvidos.

– É você...?

A voz vinha do outro lado do corredor, longe do quarto de Zara. Olhei para o pé da escada e desejei que meus pés se movessem.

E eles finalmente se mexeram, para cima e pelo corredor.

Minha pulsação ameaçou romper minhas veias, e meus dedos formigavam. Minha tímida voz interior me avisou, me pediu para virar e dar o fora dali, mas eu ignorei. Cada músculo e nervo lutava para me puxar na outra direção, mas eu tinha de ver quem estava ali.

Porque e se? E se fosse ela? E se, de alguma forma, apesar de toda a lógica e do relatório do legista, do velório, do enterro, Justine ainda estivesse aqui? Eu sabia que era loucura... Mas como era mais difícil acreditar nisso do que em tudo o que já havia acontecido?

A porta estava entreaberta, revelando uma fina linha de luz vertical. Sem respirar, coloquei uma palma na porta e empurrei.

Levei um segundo para vê-la. Quando isso aconteceu, senti um misto de frustração e alívio por ver que não se tratava de Justine.

Uma mulher estava sentada em frente a uma lareira em uma cadeira reclinável lilás, usando um manto púrpura e bordando um fino pedaço de tecido. Seu cabelo era longo e ondulado como o de Raina; provavelmente também fora tão negro como piche no passado, embora o tempo o tenha transformado em carvão em pó, como as cinzas debaixo da lenha que queimava em sua lareira. Quando sorriu para mim, seus olhos estavam mais cinza do que prata e eram vagos. Eles não se focaram nos meus, mas acima de minha cabeça.

De alguma forma, a mulher soube que eu estava ali sem me ver, pois ela não conseguia enxergar.

Eu queria dar a volta e retornar pelo corredor na ponta dos pés, mas não fiz isso. Talvez porque não parecesse correto ignorá-la e fazê-la pensar que os sentidos que lhe restaram estavam começando a falhar. Talvez porque as paredes púrpuras estivessem cobertas de dezenas de tapeçarias representando diferentes visões dos penhascos de Chione, no inverno, na primavera, no verão e no outono. Ou talvez tenha sido porque eu estava esperando Justine dizer alguma coisa, qualquer coisa, dentro da minha cabeça ou por perto... e ela não disse.

– Sou Bettina – a mulher falou baixinho, a voz suave como veludo.

– Mas pode me chamar de Betty.

9

– Sua avó é cega – eu disse quando a multidão no Betty finalmente diminuiu, algumas horas depois.

– É – Paige disse, enquanto secava uma taça de vinho.

– Ela não pode ver – eu disse. – Nada.

– Isso mesmo.

– Tudo bem. Então como ela sabia quem eu era?

Paige olhou para os lados e depois me puxou para um canto vazio atrás do bar. – A vovó Betty se envolveu em um terrível acidente há dois anos – sussurrou. – Ela não é a mesma desde então.

– Que tipo de acidente? – perguntei.

– Boas notícias – disse uma voz masculina antes que ela pudesse responder.

Olhamos para o outro lado do bar, onde estava Garrett com dois bilhetes na mão.

– Dave Matthews. Portland. Hoje à noite.

– Pensei que os ingressos para o *show* estivessem esgotados há meses – eu disse, já que ele estava olhando para mim.

– Mexi alguns pauzinhos e garanti uns trocados para um vendedor *online* – ele começou a recuar. – Sei que você anda ocupada, por isso não diga não ainda. Pense um pouco primeiro.

– Hmm, alguém aqui tem uma paixão de verão – Paige disse quando ele saiu. – Ele é um doce. Você deveria ir.

A ideia de sair e me divertir era estranha demais para eu levar em conta. – O que você ia dizer... sobre sua avó?

– Certo – Paige voltou a secar a louça. – Ela, tipo, foi nadar durante uma tempestade.

– Ai!

– É sério – Paige balançou a cabeça. – Antes do acidente, minha avó passava mais tempo dentro do que fora da água. Não fazia diferença em que época do ano estávamos, ou a temperatura da água, desde que não estivesse congelada, ela estava lá. Na verdade, foi assim que ela veio parar aqui em Winter Harbor. Ela cresceu no Canadá e desceu o litoral em uma viagem com amigos. Ficou tão feliz em ver que a água por aqui não tinha uma camada de gelo, como todos os outros lugares no extremo norte ficam no meio do inverno, que nunca mais voltou para o Canadá.

– Isso é que é se dedicar ao esporte.

– Ou o tipo de dependência que pode nos meter em apuros – ela olhou para mim. – Sabe quando éramos pequenas e contávamos os segundos entre trovoadas e rajadas de luz? E, quanto maior o tempo entre elas, mais longe estava a tempestade?

Concordei sem dizer que, na verdade, havia feito isso recentemente.

– Bem, no dia em que a vovó decidiu saltar do nosso quintal para o mar lá embaixo, as trovoadas e rajadas de luz estavam acontecendo *ao mesmo tempo*. A tempestade estava bem em cima de nós. Minha avó disse que era algo que ela precisava fazer, o que, sem dúvida, não explica bulhufas. E, desde então, ela não falou mais nada sobre isso.

Paige ergueu os olhos quando quatro homens em uma mesa do outro lado da sala caíram na gargalhada. Foi preciso prometer uma folga no próximo fim de semana para tirar Zara da minissaia e colocá-la de novo no uniforme do Betty, mas, no fim, ela cedeu. No momento em que fez isso, eu estava esperando no carro. Apertei a mão de Betty e elogiei o bordado, e então dei um jeito de sair logo dali. Paige e Zara surgiram dez minutos depois e foram juntas no Mini Cooper vermelho de Zara para que Paige pudesse ter certeza de que ela não daria uma volta inesperada. Naquele momento tudo estava como sempre fora.

– Minha avó não voltou a ser a mesma depois disso – Paige continuou. – Ela perdeu a visão, e os outros sentidos também foram afetados. Ela pensou que estivesse morrendo quando ainda estava na água, porque não conseguia enxergar nada, mas podia ouvir a chuva, as ondas, os caranguejos se arrastando, as baleias cantando. No hospital, não pôde ver a cara chocada do médico, mas ouviu quando ele disse que ela sobreviveria... e também ouviu um paciente respirando por aparelhos no quarto ao lado, e o coração de outro parar de bater no andar de baixo.

– Uau!

– Pois é. A gente pensou que as afirmações malucas acabariam quando ela voltasse para casa e o trauma passasse, mas ela insistia que podia ouvir peixes borbulhando no mar, rosas florescendo no jardim, o carteiro a quilômetros de distância. Então, começou a farejar e sentir coisas, como uma espécie de superidosa. A gente brincava dizendo que éramos capazes de vê-la cruzando o céu um dia, usando seu maiô roxo e uma toalha amarrada ao pescoço como capa.

– Foi assim que ela soube quem eu era sem me ver? – perguntei. – Será que seus supersentidos deram a dica?

– Imagino que sim – ela pôs um copo sobre a mesa e se inclinou em minha direção. – Ninguém além de nossa família sabe que minha avó saiu de si e nunca mais voltou completamente depois do acidente. Raina diz às pessoas que ela sofre apenas com os problemas normais da velhice e está fraca demais para sair de casa. Ela acha que assim é mais fácil do que lidar com perguntas que não saberemos responder... E eu sei que ela gostaria que nosso segredinho de família permanecesse assim.

– Entendido – concordei. – Sem problemas.

– Obrigada – Paige sorriu, depois olhou para a TV no alto do bar. – Olá, notícias deprimentes do dia.

Segui seu olhar e esperei que ela não notasse meu rosto pálido. Era fácil ouvir a âncora do noticiário, pois todo mundo com uma visão clara da TV parou de falar para ouvir o que ela dizia.

"A polícia de Winter Harbor está tendo um verão mais ocupado que o habitual", disse a mulher para a câmera. "Em vez de lidar com os problemas comuns de menores embriagados e festas não autorizadas na praia de madrugada, autoridades locais enfrentam uma série de mortes aparentemente não relacionadas."

Ao meu lado, Paige balançou a cabeça.

"A primeira vítima, Justine Sands, de 18 anos, que seria caloura de Dartmouth em setembro, saltou para a morte de um penhasco. Paul Carsons, empresário e pai de três filhas, morreu quando seu barco virou durante uma forte tempestade. Charles Spinnaker, advogado e pai de cinco filhos, se afogou enquanto pescava a quinze metros da praia."

Enquanto as imagens apareciam na tela, eu me concentrei em respirar.

"A quarta vítima, Aaron Newberg, CEO da indústria farmacêutica ImEx Inc., foi encontrado no início desta manhã na base do Winter Harbor Lighthouse. Acredita-se que ele também tenha se afogado, embora as autoridades ainda estejam investigando."

A notícia terminou abruptamente com uma lista de telefones para os quais as testemunhas deveriam ligar com mais informações. Parecia algo tão rotineiro quanto informações sobre o trânsito e o clima.

– Ei – Paige disse, pondo no balcão um engradado de copos de água e tirando minha atenção da TV. – Que horas são?

Olhei para o relógio pendurado acima da pia atrás de mim. – Quase dez.

Ela cruzou os braços e os descansou sobre o engradado. – Que estranho.

Segui seu olhar até o outro lado do salão. Meu coração pulou uma vez, depois pareceu parar.

Ele pulou de novo quando vi Oliver sentado na parte de Zara, duas horas antes do previsto, e olhando ao redor do salão, em vez de olhar pela janela. Foi isso que, obviamente, chamou a atenção de Paige.

E meu coração pareceu parar quando vi Simon em pé também olhando ao redor do salão.

– Aquele é Simon Carmichael? – Paige perguntou quando ele acenou para mim.

– É – fiquei feliz em saber que os superpoderes da vovó Betty não eram hereditários, porque assim Paige não conseguiria ouvir minha súbita arritmia.

– Uau. E dizem que a faculdade faz bem para a mente. Ele parece outra pessoa.

– Você se importaria de ajudar Oliver só por um instante? – perguntei.

– Fique à vontade – ela tirou um bloquinho e uma caneta do avental e sorriu. – É bem provável que o dia em que Jonathan aparecer por aqui atrás de mim seja o último em que você vai me ver na semana.

Fiz uma anotação mental para me lembrar de perguntar sobre Jonathan mais tarde. Minha lista de perguntas para Paige estava ficando longa e incluía outras, como: O que acontecera com seu avô? O que seu pai pensava sobre tudo isso? O que eram todos aqueles desenhos dos penhascos de Chione? Como a vovó Betty sabia meu nome? E por que Justine parecia querer que eu a encontrasse?

As respostas teriam de esperar.

– O que aconteceu? – perguntei quando me aproximei de Simon. Ele sorriu quando me viu, mas agora parecia sério.

– Oi – ele disse. – Desculpe por aparecer assim, mas eu não podia esperar para ver você.

Era óbvio, por sua expressão, que ele não quis dizer isso no sentido romântico, como se estivesse sentado em casa querendo estar comigo, e me surpreendi ao perceber que as palavras ainda fizeram meus braços formigarem, como se alguém passasse levemente uma pena sobre a minha pele. – Tudo bem. O que está acontecendo?

Ele olhou para os lados, como se alguém realmente pudesse nos ouvir desconsiderando a voz das centenas de outras pessoas no salão e deu um passo em minha direção. Ele estava tão perto que eu era capaz de enxergar as manchas em seus óculos e a minúscula penugem em seu queixo. – Caleb ligou.

O murmúrio à nossa volta pareceu ficar mais baixo. – Onde ele está? Está tudo bem?

– Eu não sei, ele não disse nada. Não reconheci o número e, quando atendi, alguém ficou respirando de maneira suave e irregular por alguns segundos, como se estivesse se mexendo. E, em seguida, no momento em que parecia que ele falaria alguma coisa, uma outra voz apareceu. Era de uma mulher. Ela disse o nome de Caleb e depois o telefone ficou mudo.

Uma família de cinco pessoas entrou no restaurante, empurrando-nos delicadamente para trás. Enquanto andávamos, meus olhos foram parar no espelho atrás da recepcionista. Fiquei na expectativa, certa de que veria Justine olhando para mim, rodeada de um borrifo prata cintilante.

– Chequei o número na internet.

Tirei os olhos do espelho vazio.

– Não encontrei nada, então tentei ligar. Ninguém atendeu nas primeiras tentativas, mas um guarda florestal finalmente atendeu.

– Um guarda florestal? Onde?

Os olhos de Simon grudaram nos meus. – Acampamento Heroine.

Eu já não conseguia mais ouvir a conversa e as risadas dos clientes no salão. Era como se Simon e eu fôssemos as únicas pessoas em todo o restaurante.

– Eu não pensaria em ir até lá sob qualquer outra circunstância – ele disse. – E pode ser que ele já esteja longe de lá agora. Mas essa é a nossa primeira pista. Eu não posso simplesmente deixar pra lá.

Consegui concordar com a cabeça. Ele estava tão perto agora que eu podia sentir o cheiro da pasta de dente de menta em seu hálito.

– Você vem comigo? – ele perguntou baixinho.

Meu coração acelerou. Além dos penhascos de Chione, o Heroine era o último lugar aonde eu gostaria de ir. Mas, se isso significasse a possibilidade de encontrar Caleb e passar o dia com Simon, então não havia outro lugar onde eu deveria estar. – Volto já – eu disse desamarrando o avental.

Passei voando pelo saguão e fui para o bar. Paige não estava ali. Uma rápida passada de olho pelo salão revelou que ela estava conversando com Oliver. Eu não podia desaparecer sem falar com ela, mas também não podia ir até lá e enfrentar mais uma situação estranha. Esperei que ela se afastasse dele antes de acenar.

– Está tudo bem? – ela perguntou quando se aproximou de mim.

– Está – respondi. – Ou vai ficar, desde que você não passe a me odiar.

– Impossível.

– Mesmo se eu sair agora? Pelo resto do dia?

Ela olhou por cima do ombro, em direção ao saguão. Quando se virou novamente para mim, seus olhos brilharam. – Você vai sair com Simon?

Fiz uma pausa e depois confirmei com a cabeça.

– Garota de sorte – ela apertou meus braços. – Se o Lighthouse desse ao Jonathan alguns minutos para pensar nesses gestos de amor...

– Você tem certeza de que não se importa? – perguntei, anotando a relação de Jonathan com o Lighthouse em minha lista mental de perguntas, cada vez maior.

– Eu ligaria se você *não* fosse. Obviamente, tem uma pessoa que talvez se importe um pouco mais...

Olhei atrás dela e vi Oliver com o olhar fixo em nós.

– Ele quase fez o mesmo que faz com Zara quando viu que eu não era você.

Aquilo não fazia o menor sentido. Eu disse dez palavras a ele, e ele parecia cada vez mais estranho com cada uma delas.

– Mas se você não for agora, eu demito você.

Sorri. – Volto assim que puder.

– Estamos aqui há cinquenta anos – ela disse baixinho, apressando-se em direção à cozinha. – Estaremos aqui quando você voltar.

Mantive o olhar baixo enquanto atravessava o salão e seguia para o saguão, e estava a poucos metros de distância de Simon quando tive de parar. Apoiei-me na beirada da mesa mais próxima e fechei os olhos. A dor era tão forte, tão intensa, que era como se alguém tivesse jogado querosene em meus cabelos antes de acender um fósforo.

– Está tudo bem? Você precisa se sentar?

Abri um dos olhos o suficiente para ver um jovem pai com um boné de beisebol azul olhando para mim. Suas sobrancelhas estavam curvadas em sinal de preocupação, o que era muito gentil de sua parte, pensei, considerando que por um centímetro meu polegar não acertou seu prato de panquecas de mirtilo.

– Ela está bem.

Soltei a mesa para segurar a cabeça com as mãos.

– Não está, Vanessa?

Para todos os demais que podiam nos ouvir a distância, era provável que a voz de Zara soasse perfeitamente normal, até doce. Era como se fôssemos aquelas amigas que se conhecem tão bem a ponto de ela saber que minhas dores de cabeça eram passageiras e não justificavam preocupação. Mas, para mim, sua voz soava como pregos sendo martelados em meus ouvidos, atingindo o centro de meu crânio.

– Ei – Simon disse baixinho. Pude sentir o hálito quente em meu rosto assim que ele pôs a mão em minha cintura. – Peguei você.

Minha cabeça latejava cada vez menos a cada passo que dávamos. Quando chegamos à porta da frente, pude ficar de olhos abertos. Eu me virei e vi Zara nos observando. Seus braços estavam cruzados sobre o peito e seus olhos estavam quase fechados, formando longas fendas prateadas.

– Você a conhece? – perguntei a Simon. Ele nunca a mencionara, mas os dois haviam crescido em Winter Harbor e era provável que tivessem frequentado a mesma escola.

Ele deu uma rápida olhada para trás e suspirou. – É meio difícil *não* conhecer Zara Marchand.

10

Passei dez minutos do trajeto até o acampamento Heroine me perguntando o que havia em Zara que tornava difícil não conhecê-la. Foi difícil para *mim* não conhecê-la, já que ela pareceu não gostar de mim assim que me viu, e a ansiedade resultante disso me causava enxaquecas que me deixavam cega toda vez que ela estava por perto. Mas claramente ela não exercia o mesmo efeito sobre homens – ou meninos. Então o que era? A aparência? O charme que ela acendia como luz quando queria? Ou alguma poção do amor especial que ela colocava na bebida dos clientes quando estavam distraídos? Porque tinha de haver algo a mais além de seus olhos prateados e do carisma passageiro.

Passei cinco minutos no carro me perguntando por que me incomodava tanto o fato de os efeitos de Zara sobre os outros não terem sido esquecidos por Simon.

Felizmente, o trajeto levou apenas quinze minutos. Paramos no portão torto e enferrujado do acampamento Heroine antes que eu pudesse fazer qualquer coisa da qual me arrependeria mais tarde, como perguntar a Simon o que exatamente ele quis dizer com aquilo que dissera antes de sair do Betty.

– Por quê? – ele perguntou quando nos sentamos diante do portão.
– Por que ele estava aqui?

Fiz força para tirar Zara da cabeça quando saímos do carro. Até onde eu sabia, não havia razão alguma para Caleb estar ali. Não havia razão alguma para pessoa alguma estar ali. Na década de 1940, o Heroine era uma base militar ultrassecreta camuflada como uma pitoresca vila de pescadores da Nova Inglaterra, para enganar navios e aviões inimigos que se aproximassem. Com o passar dos anos, deixou de ser uma base militar para se tornar um parque e depois um lugar para crianças em busca de emoção para brincar de verdade ou desafio. Na década de 1990, depois de vários corpos terem sido encontrados na praia e nas trilhas do acampamento, as autoridades chegaram à conclusão de que as condições básicas do local (nevoeiro denso, ondas fortes, formações rochosas) eram muito perigosas para excursionistas e banhistas e fecharam o Heroine para sempre. Ultimamente só se ouviu falar desse lugar quando o último grupo de turistas curiosos tentou descobrir se o local era tão ruim quanto sua reputação, e o *Herald* noticiou a conduta ilegal do grupo.

– Teremos de pular – Simon disse depois de rapidamente puxar o cadeado e as correntes do portão. Ele se virou para mim. – A menos que você queira esperar no carro.

Fiz que não com a cabeça. Não havia a menor possibilidade de eu esperar sozinha no Subaru ou deixar Simon andar sozinho pelo Heroine.

Ele subiu até o alto do portão de ferro. Quando chegou ao topo e pulou no chão do outro lado, segurei as barras enferrujadas e pus o tênis entre elas. Subi puxando com os braços e deslizando os pés.

– Não é como descer uma escada – eu disse quando cheguei ao topo. As barras terminavam com lanças afiadas, então, a menos que eu quisesse andar pelo Heroine com o abdômen perfurado, não podia me virar e usar a mesma técnica para descer do outro lado. Para piorar, começou a chover, e o ferro começou a ficar escorregadio.

– Não é uma queda tão grande assim – Simon prometeu. – Eu vou pegar você.

Dois metros e meio pareciam uma queda bem considerável para mim, mas eu realmente não tinha escolha. Usando todas as minhas forças para manter o corpo um centímetro acima das lanças afiadas, passei os pés por cima do portão e, em seguida, pulei.

– Você é forte para uma menina da cidade – Simon disse quando aterrissei do outro lado.

Tentei sorrir, mas estava ciente demais de que seus braços estavam sob os meus, suas mãos em minha cintura, seu peito pressionando o meu, além de ter consciência de que ele não me soltou automaticamente, mesmo eu estando com os pés firmes no chão.

– Tem um telefone público ali – eu finalmente disse.

Suas mãos se demoraram por mais um segundo antes de ele soltar a minha cintura e se virar. O telefone estava próximo do que havia sido uma central de informações durante os dias de acampamento no parque estadual. Era difícil imaginar visitantes parando no prédio destruído e sem telhado para pegar panfletos e mapas de caminhada. Era ainda mais difícil imaginar Caleb parado ali algumas horas antes.

– Está mudo – Simon disse depois de correr e segurar o telefone. Ele pôs o telefone no gancho e tentou novamente. – Sem sinal de linha. Sem som. Nada.

– Parece que alguém queria que ficasse assim. – Indo ao encontro dele, levantei a ponta cortada do fio do telefone.

– Que estranho. Vi na internet que estava funcionando. O parque tinha um único telefone, que foi mantido em serviço, caso o tempo atrapalhasse os sinais de rádio durante as visitas mensais dos guardas florestais.

– Pelo visto, quem estava com Caleb queria toda a atenção dele.

Os lábios de Simon formaram uma linha reta enquanto ele colocava o telefone no gancho. Ele deu a volta no pequeno prédio e então arrombou a porta.

Segui em sua direção quando ele desapareceu pela entrada. E se quem quis toda a atenção de Caleb ainda estivesse por ali? Escondendo-se no posto de informação, esperando a próxima vítima? Não deveríamos pedir ajuda? Ou pegar a tesourinha do *kit* de primeiros socorros de Simon? Ou...

– Vazio.

Respirei quando ele reapareceu.

– Nada além de folhas e jornais velhos.

Ele acelerou o passo em direção a um caminho de terra, e eu corri para acompanhá-lo. Meus olhos se moviam de um lado para o outro. Lembranças evidentes do passado dividido do Heroine estavam em toda parte. Abrigos de concreto para a artilharia cobertos por videiras rastejantes ficavam a alguns metros do caminho. Mesas de piquenique caindo aos pedaços e lixeiras de metal estavam espalhadas pelo alto matagal. Pichações pretas decoravam as laterais dos prédios longos e retangulares. Se Caleb estivesse tentando se esconder, aquele seria um bom lugar.

– Os prédios principais ficam no penhasco – Simon disse por cima do ombro quando virou à direita, na direção de outro caminho de terra, que subia e levava para longe daquele em que estávamos.

Eu me esforçava para ouvi-lo com a chuva. Ela estava caindo mais rápido e mais forte agora. O céu estava claro enquanto estávamos no carro, mas logo ficou escuro. Olhando através da copa das árvores frondosas, logo acima de nós, pude ver nuvens carregadas vindas do mar. Dez minutos depois, quando chegamos ao fim do caminho no alto do penhasco, as nuvens estavam mais baixas, a chuva fria caía torrencialmente, e os primeiros relâmpagos se lançavam em direção ao solo.

– Como não sabíamos que isso estava vindo? – gritei, juntando-me a Simon na beira do penhasco. A chuva era tão forte que era difícil dizer onde exatamente acabava o céu e começava o mar. Eu não conseguia enxergar a praia abaixo de nós.

– Dei uma olhada na previsão antes de sairmos – Simon respondeu. – Dizia que havia *possibilidade* de temporal com trovões.

Eu o segui até um prédio escondido na mata a vários metros da beira do penhasco. Visto de fora, parecia uma igrejinha com imitações de vitrais e uma torre. Simon tirou uma lanterna do bolso e iluminou a sala. O feixe de luz revelou beliches de madeira presos às paredes, vazios, exceto pelas folhas, galhos e um saco de dormir esquecido.

Era o cenário perfeito para um filme de terror, mas, estranhamente, achei o lugar aconchegante. Convidativo. Um lugar onde duas pessoas poderiam acampar e se concentrar apenas uma na outra por dias, se quisessem.

– Não é o Lighthouse Marina Resort – Simon disse, olhando para a chuva –, mas vai nos manter secos.

Meu coração disparava quando eu estava ao lado dele, e eu não tinha certeza se era porque estávamos temporariamente presos no Heroine no meio de um temporal ou porque o simples fato de estar perto dele era diferente agora.

– Isso não estava na previsão – os olhos de Simon encontraram os meus. – O radar não deu nenhum sinal disso, aqui ou em qualquer lugar próximo.

– As tempestades não se movem tão rápido assim, não é?

– Normalmente não – ele se virou para olhar novamente para a chuva. – Mas a frequência e a força delas está aumentando. E os meteorologistas sempre ficam espantados, porque não há nada que indique que essas tempestades estão se aproximando.

– Como quando fomos aos penhascos de Chione? Você viu a previsão, ela dizia que não haveria nuvens?

– Como naquela vez. E hoje, e todas as outras vezes em que o céu passou do azul para o preto sem avisar, como se a Mãe Natureza apertasse o interruptor para que ninguém pudesse ver o estrago que está para fazer. É o que estou pesquisando. Porque os meteorologistas não entendem.

O Centro Nacional de Meteorologia não entende. Meus professores também não. E, até entenderem, milhões de dólares não poderão pagar os danos. Cidades podem ser devastadas. Mais vidas podem se perder. Mais vidas.

– Não se trata só de uma chuva de verão? – perguntei. – Outro exemplo de mudança climática que está transformando o planeta em um caos?

– Eu queria que pudesse ser explicado com essa facilidade. Mas essas tempestades, por mais terríveis que sejam, estão confinadas a uma área bastante específica. O Noroeste Pacífico fica quase na mesma latitude que a região mais alta do Nordeste, e seus padrões climáticos são totalmente normais comparados a outros verões. – Ele olhou para mim. – Lembra como as ondas estavam estranhas quando vimos Mark e seus amigos surfando? E o modo como a maré mudou?

Concordei com a cabeça.

– Acho que as coisas estão relacionadas, o mar hiperativo e os sistemas de tempestade. Não sei como nem por que, mas estou tentando descobrir. Viajei para cima e para baixo pela costa de Maine, registrando marés altas e baixas, teor de sal, pH, as condições meteorológicas de hora em hora, qualquer coisa que pudesse ajudar a juntar as peças que explicassem por que isso está acontecendo, onde e quando.

– É um grande projeto para uma pessoa só.

Ele olhou para baixo. – Só que eu não estou sozinho. Não mais.

Meu rosto ficou quente, como se o sol de verão tivesse rompido o manto de nuvens.

– E, além do mais, eu tenho de fazer isso. Não posso *deixar* pra lá – ele fez uma pausa e, quando falou novamente, sua voz estava mais suave. – Se esse fosse outro verão qualquer, Justine ainda estaria viva. Se esse fosse outro verão qualquer, Caleb não estaria fugindo.

É claro que esse não era outro verão qualquer. E, enquanto as paredes de madeira fina balançavam e a chuva rugia ainda mais alto sobre nós, comecei a pensar que Simon talvez tivesse razão.

– Você ouviu isso? – perguntei um segundo depois.

Prendi a respiração e ouvi. Lá fora, o vento e a chuva diminuíam, e o ar ficava parado. O vento recomeçou primeiro. Enquanto passava assobiando pelas paredes e balançava o que restava da porta, o clima ficou mais frio, como se a temperatura tivesse caído trinta graus de repente.

A chuva continuou por alguns segundos. No começo, era difícil ouvi-la mais alto que as batidas fortes do meu coração, mas, depois, passou a cair mais rápido, mais forte, sacudindo o teto, como se houvesse uma manada de alces correndo de um lado para o outro no telhado. Logo o barulho era tão alto que me preparei para o momento em que uma fenda se abriria no alicerce da igreja e ela subiria em espiral e acabaria longe com nós dois dentro.

– Será que é granizo? – gritei quando Simon agarrou minha mão e me afastou da porta.

Ele não respondeu. Chegando ao canto esquerdo no fundo da sala, ele caiu no chão e me puxou com ele. O ar ficou tão frio que eu podia enxergar minha respiração, e Simon tirou sua blusa de lã, enrolou-a em mim e me segurou firme. Era o tipo de proteção que qualquer irmão mais velho carinhoso teria oferecido na mesma situação... Mas eu não me sentia como a irmãzinha de Simon. Na verdade, achei que se ele mexesse só um centímetro o rosto para mais perto do meu e se nossos lábios por acaso se tocassem, eu provavelmente nem perceberia a igreja voando pelos ares.

– Acho que essa foi a pior – ele sussurrou alguns minutos depois.

Abri os olhos e levantei a cabeça de seu peito. A igreja ainda estava em pé. Através da porta em pedaços, pude ver água pingando das árvores, e não do céu. O ar ia ficando mais claro e quente enquanto o sol brilhava pelas nuvens escassas.

– Você está bem?

– Eu não sei – respondi com sinceridade. Mesmo tendo acabado de sobreviver a um estranho ataque da Mãe Natureza, ainda tínhamos de encontrar Caleb... E a única coisa em que eu podia pensar era que não queria me mexer.

– Está com frio? Dor? Alguma coisa caiu em você?

– Não – eu me afastei e fiquei de pé. – Só estou um pouco desnorteada.

– Bem – disse Simon, em pé –, aquela nuvem escura acabou trazendo uma luz. Se Caleb estava por aqui antes da tempestade, ainda está aqui agora. Ele não poderia ter ido longe com aquela chuva toda.

Fui para o lado de fora atrás dele. Os militares aparentemente acertaram em alguma coisa quando construíram o Heroine. Não havia evidência física do que acabara de acontecer além de uma fresca camada de folhas e galhos cobrindo o caminho de terra. A torre falsa ainda estava no alto da igreja falsa, e os demais prédios também continuavam de pé.

– Você se importa se eu tirar algumas medidas antes de continuarmos procurando Caleb? – Simon perguntou. – Vai levar no máximo três minutos.

– Claro que não.

Ele parecia querer dizer mais alguma coisa, mas então se virou e começou a descer o penhasco. Fui logo atrás. O penhasco era íngreme, mas de areia, em vez de pedras, o que tornava a caminhada bem mais fácil. Quando chegamos à praia, ele tirou um pequeno caderno e uma caixa de plástico da mochila e correu para a água. O mar não havia se recuperado da tempestade tão rapidamente quanto o céu, e as ondas ainda golpeavam a encosta. De olho em Simon, fiquei perto do penhasco para a água não espirrar em mim.

Ele pegava várias amostras e rabiscava o caderno. Três minutos se transformaram em cinco, depois em sete e, em seguida, em nove. Depois de dez minutos, andei alguns metros pela praia, virando-me para trás de vez em quando para ter certeza de que ele ainda estava ali e bem. Ao alcançar um monte baixo de pedras que me daria uma vista perfeita dele e da água, eu o atravessei com cuidado e me sentei.

Fechei os olhos e inclinei a cabeça para o sol. Eu tinha de manter os pés no chão. Muita coisa havia acontecido e ainda estava acontecendo, mas isso não significava que eu poderia simplesmente deixar que isso tudo me arrastasse e me puxasse para baixo. O que eu estava sentindo por Simon era natural, considerando o tempo que estávamos passando juntos em circunstâncias estranhas. Eu sentiria o mesmo por um bombeiro que me tirasse de uma casa em chamas ou por um policial que recuperasse minha bolsa de um ladrão. No fim das contas, os sentimentos voltariam ao normal.

Abri os olhos quando a água fria do mar bateu na ponta do meu tênis, e manter os pés juntos não era mais uma opção.

– Simon – sussurrei.

Eu queria gritar, dizer seu nome com toda a força de meus pulmões. Eu queria pular das pedras, subir o penhasco correndo e me afastar o máximo possível do Heroine.

Mas eu não podia fazer isso. Eu não podia fazer nada. Meu corpo inteiro estava congelado, como se estivesse envolto por um grosso bloco de granizo.

– Simon – tentei de novo, mas meus lábios mal se moviam. – *Simon*.

Não sei como ele me ouviu, mas em questão de segundos ele estava ao meu lado.

– Vanessa? O que...

E então ele também ficou paralisado.

Um braço inerte, em um corpo sem vida, estava esticado na água em direção às pedras. O corpo estava de bruços, mas era claro por sua estrutura física que era de um homem.

– Simon... – sussurrei com os olhos cheios marejados. – Não é...

– Não – ele disse com a voz amarga. – É grande demais. E o Caleb não usa relógio.

Meus olhos conseguiram passar da mão roxa para o pulso inchado, no qual uma grossa faixa prateada brilhava ao sol como cristal. Um segundo depois, uma onda alta bateu na praia, fazendo a água correr pelas rochas e virando a vítima de barriga para cima.

Eu me afastei, e Simon me envolveu em seus braços, me tirando das pedras e me levando para longe do homem. – O que há de errado com ele? – sussurrei em seu ombro enquanto lágrimas me escorriam pelo rosto. – O que há de errado com o rosto dele?

Ele me apertou em seus braços e colocou uma das mãos na parte de trás de minha cabeça, me impedindo de me virar novamente e ver algo mais. – Vamos. Ligaremos para a polícia do carro.

Simon não precisava se preocupar com o fato de eu ver algo mais. Eu já tinha visto demais. Enquanto as sirenes da polícia e da ambulância uivavam pelo Heroine, abaixei o banco do passageiro do Subaru, fechei os olhos e pensei em minha mãe, em meu pai, em Justine, Paige, Zara, no Betty e na casa do lago, ou seja, em qualquer pessoa ou coisa que me impedisse de ver a cena novamente.

O homem, quem quer que fosse, estava morto. Acabado. Ele se fora. Levado como um peixe.

E, quando ele virou, seus olhos estavam arregalados e sua boca esticada esboçando um largo sorriso, como se estivesse feliz com isso.

11

— Não dá para acreditar que você consegue ficar aí deitada assim.

Levantei a cabeça e vi Paige correndo em minha direção pela costa rochosa. — Está quase 28 graus. *Vinte e oito*. Seis a mais do que o último dia mais quente que tivemos. Razão pela qual deveríamos nadar – ela estendeu uma toalha ao lado da minha e se esticou no chão. — Dá até para se secar fora da água sem congelar.

Deixei a cabeça cair para trás e fechei os olhos. — Não sei nadar.

— Como assim? Sua família tem uma casa de veraneio em um dos mais belos destinos turísticos do litoral da Costa Leste. Como é que você não aproveita o melhor recurso natural de Winter Harbor? A única coisa, além do Betty Chowder House, é claro, que atrai visitantes para cá há décadas? — Paige conseguiu zombar dos *slogans* publicitários do Lighthouse e de mim de uma única vez.

Minha bochecha direita ficou mais quente quando me virei para ela. — De verdade?

— Por favor — ela disse, torcendo os cabelos. — Em um dia como hoje, vai ser difícil acreditar no motivo, seja qual for.

Fiz uma pausa. Hoje, como nos últimos dias, a verdade incluía muitas coisas sobre as quais eu não queria falar. E não que eu tivesse vontade de qualquer forma, mas, depois de minha descoberta no Heroine três dias antes, eu definitivamente não pularia no mar tão cedo. Provavelmente fosse melhor dizer *alguma coisa* a Paige do que deixar que ela tirasse suas próprias conclusões.

Além disso, era a Paige. Eu confiava nela.

– Tenho medo de água – eu finalmente disse. – Nem sempre tive. Até poucos anos atrás, a única coisa que eu não tinha medo era da água, fosse do mar, do lago Kantaka, da piscina da escola, de qualquer lugar. Eu sempre me senti à vontade e até segura.

Ela se esticou na toalha e virou a cabeça em minha direção. – E aí, o que aconteceu?

– Em um dia frio de junho, há dois anos, minha família e eu decidimos fazer um piquenique em Beacon Beach. Uma tempestade terrível havia caído no dia anterior, e as ondas estavam enormes – fechei os olhos rapidamente, imaginando o céu azul, a água verde, o cabelo do meu pai cada vez mais encaracolado por causa do mormaço salgado. – E, depois do almoço, minha irmã me desafiou a entrar na água.

– Eu não sabia que você tinha irmã.

Desviei o olhar. Em meu momento de parcial honestidade, quase me esqueci das coisas que queria manter em segredo. – Mais tarde – continuei, esperando que Paige não me pressionasse –, ela disse que estava brincando. Mas, na hora, eu pensei que ela estivesse falando sério. E não havia, não há, muitas coisas que eu odeie mais do que decepcionar minha irmã.

– Sei bem o que quer dizer – Paige disse com um suspiro.

– Então, já que meus pais ficariam bravos, eu disse que daria uma caminhada. Andei cerca de oitocentos metros, perto o suficiente para que eles pudessem me ver, mas longe o bastante para que pudessem me confundir com outra pessoa se não estivessem realmente olhando. – Levantei o tronco e me encolhi quando a água fria alcançou meus pés. – Foi uma péssima ideia. Assim que a água bateu nos meus tornozelos, eu soube que tinha sido uma ideia terrível. Mas, mesmo assim, eu fui.

– *Irmãs* – Paige lamentou. – Uma bênção e uma maldição ao mesmo tempo.

– Sério – eu disse depois de uma pausa. Eu confiava em Paige, mas ela não precisava saber que agradar a Justine não era o principal motivo pelo qual deixei a água me levar.

– Não tem salva-vidas lá – ela disse um minuto depois. – Você conseguiu sair sozinha?

Eu me concentrei na água enquanto minhas bochechas queimavam. – Os paramédicos são excelentes nadadores.

Ela estremeceu. – Ah, Vanessa. Sinto muito por você ter passado por isso.

Eu esbocei um sorrisinho. – Enfim, desde então eu não nado. Eu ainda amo o mar, mas ele é tão grande, sabe? E pode mudar de direção, ganhar força e arrastar a gente para o horizonte sem avisar.

– Além disso, tem o lance de todas as criaturas assustadoras que ficam à espreita lá embaixo – ela inclinou o rosto para o sol. – Antes do acidente, a vovó sempre dizia ficar mais à vontade na água do que em terra e que, se não entrasse pelo menos uma hora por dia, ela não se sentia bem mental e fisicamente. Raina e Z não são tão dependentes assim, mas nadam ao menos algumas vezes por semana, e Z passou a se dedicar mais desde que se formou. Eu gosto de nadar, mas também gosto de dançar. E ir ao cinema. E comer cereal no jantar. É divertido fazer isso de vez em quando, mas não é algo que eu *precise* fazer.

– Você fica nervosa quando está no mar?

– Na verdade, não. Talvez porque eu passe muito tempo perto dele, quando não dentro dele. Mas dá para notar por que ele pode deixar outras pessoas nervosas, principalmente aqui e agora, com corpos sendo levados à praia dia sim, dia não.

Prendi a respiração.

– Mas, voltando aos assuntos mais interessantes – ela disse após um momento com a voz mais radiante. – Sua irmã. Onde ela está? Quando vou conhecê-la? Ela pode dar alguma dica para Zara?

Abri a boca, pronta para dizer que Justine estava em um programa escolar de verão na Suíça, ou trabalhando como babá em Paris, ou alguma outra mentirinha inocente que pudesse explicar sua ausência pelo resto do verão. Antes que eu pudesse escolher uma das opções, vi Raina em pé com um braço em volta de um belo rapaz no alto da escadaria que levava à praia.

– Uau. Sua mãe é a própria Demi Moore de Maine.

Paige seguiu meu olhar, depois deu um pulo para ficar de pé e acenou. – Aquele não é Ashton. É Jonathan.

Enquanto ela atravessava a areia correndo, subia a escadaria íngreme e seguia em direção aos braços do rapaz, corri atrás dela e pensei em Simon. Ele saiu no dia seguinte à nossa ida ao Heroine para fazer mais pesquisas e, desde então, não tive mais notícias dele. Eu não sabia quando ele voltaria, por isso estava fazendo o possível para não pensar nele, mas isso só me fazia pensar por que tinha se tornado tão difícil não pensar nele. No entanto, era melhor *isso* do que pensar em como eu sentia falta dele. E eu sentia. Muita.

– Olá, sra. Marchand – eu disse, sentindo-me cada vez mais transparente enquanto me aproximava do topo da escadaria. Raina estava usando um vestido vermelho curto que exibia suas longas pernas e a pele dourada, e os cabelos escuros caíam sobre as costas em uma trança frouxa. Se Jonathan fosse seu namorado, eu não teria me surpreendido.

– Vanessa – ela disse calmamente –, por favor, me chame de *senhorita* Marchand. "Senhora" é para a pobre mulher que acredita que o casamento é uma boa ideia.

– Como eu – Paige disse, pendurada no pescoço de Jonathan. – Vanessa, por favor, conheça o melhor namorado do mundo.

Sorri e estendi a mão para apertar a dele, mas logo a encolhi quando o casal feliz se beijou como se estivesse sozinho em uma sala escura. Olhei para Raina, esperando ver um sinal de desaprovação, e então segurei no corrimão quando ela sorriu orgulhosa.

– Jonathan – Paige disse, tentando tomar fôlego –, gostaria que você conhecesse Vanessa, minha nova melhor amiga e irmã de alma. Ela está dando uma canseira na Zara.

– É muito bom conhecê-la – ele sorriu para mim enquanto passava os braços ao redor da cintura de Paige e a levantava do chão. – Ouvi falar muito de você.

Dada a obsessão mútua do casal naquele momento, eu não sabia como ainda restava tempo para eles falarem sobre qualquer outra coisa, mas, mesmo assim, a ideia me fez sorrir. Não sabíamos tudo uma da outra, mas Paige e eu éramos muito próximas, considerando que nos conhecíamos não havia muito tempo. E eu estava feliz em ver que ela parecia se sentir da mesma maneira.

– Jonathan – Raina disse, enganchando o braço no dele e o puxando para longe de Paige –, fiquei sabendo que você está treinando para uma maratona no outono? Conte-me mais sobre isso. É óbvio que você é um atleta e tanto...

– Ele não é o melhor? – Paige suspirou enquanto eles continuavam a caminhada e nós os seguíamos a vários metros de distância. – E não é bonitinho o jeito como ele e Raina são, tipo, melhores amigos?

– Muito – respondi, observando Raina colocar um braço em volta da cintura do rapaz.

– E, por falar em namorados – Paige disse quando chegamos à varanda e Raina e Jonathan desapareceram dentro da casa –, a Z está com outro. Ao contrário de mim, que só namorei um cara, ela passa pelas mãos dos garotos como um tornado passa por um milharal.

– Quem foi o último? – considerando o temperamento de Zara, eu não sabia ao certo se imaginava um turista bem-apessoado ou um motociclista tatuado com roupa de couro.

– Vou lhe mostrar, mas temos de nos apressar. A Z trabalhou no turno do almoço hoje.

Entrei na casa logo atrás dela. Enquanto seguíamos para a escada, dei uma olhada rápida para Raina e Jonathan na cozinha. Ela lhe serviu um copo de suco de laranja, em seguida apoiou-se no balcão e inclinou a cabeça em direção a ele, como se o que ele dizia fosse a coisa mais fascinante que ela já ouvira. Ela riu suavemente, e minha cabeça latejou em resposta. A sensação melhorou quando subi a escada correndo atrás de Paige.

– Ela mataria a gente se soubesse o que vamos fazer agora.

Parei do lado de fora da porta aberta do quarto de Zara. – Acho que não devíamos fazer isso.

Mas Paige já estava dentro do quarto, abrindo as gavetas da escrivaninha de Zara. – Ela vai vir atrás de mim primeiro, assim você já sai com vantagem.

– Hum, Paige... – vi enquanto ela revirava papéis e mexia em pastas. – É sério, não quero sair com vantagem. Faço o possível para evitar qualquer situação que possa ameaçar a minha vida.

Ela olhou para o relógio. – Se ela saiu agora, temos ainda pelo menos sete minutos.

Nessa...

Minha cabeça rapidamente virou para a esquerda. Parecia que Justine estava bem ao meu lado, mas o corredor estava vazio.

Minha querida e doce Nessa...

Fazia alguns dias que não a ouvia, e eu não podia dizer ao certo se estava assustada ou aliviada ao escutar sua voz agora.

Está tudo bem...

– Achei!

Eu fazia força para tirar os olhos do corredor e olhar para o quarto de Zara. Paige sentou-se na cama, segurando dois livros com a alegria de uma vitória.

Você vai ficar bem...

Eu sabia que era loucura me acalmar com suas palavras, mas, mesmo assim, fiquei calma e passei lentamente pela porta, com o coração batendo mais rápido a cada passo. Eu me preparei para a dolorosa e instantânea dor de cabeça que sempre parecia surgir quando Zara estava por perto, mas dessa vez ela não apareceu. Já que eu estava sem dor, olhei ao redor do quarto, hesitante, notando o acolchoado branco, o fino tecido branco que caía do alto das quatro colunas da cama, a cômoda cheia de frascos de perfume de cristal. Uma mesa branca ficava de frente para a parede com janelas com vista para o mar, e havia ali um vaso cheio de rosas.

Paige deu alguns tapinhas na cama para que eu me sentasse perto dela.

– Então a Z gosta de pensar que é linda, sofisticada, misteriosa... Mas, fala sério? Ela é uma completa idiota. Uma verdadeira exibida.

Sentei-me e peguei o menor dos dois livros. – *La vie en rose?* – esfreguei o polegar nas letras impressas na capa de couro branco.

– A vida em cor-de-rosa – Paige disse. – Abra.

Algo brilhou de repente no espelho da cômoda à nossa frente. – Acho melhor não – eu disse, devolvendo o livro.

– Você sabe que estamos em terra firme – ela disse, segurando o livro. – Não há criaturas das profundezas a temer aqui.

– Você acabou de dizer que a Zara mataria a gente.

– Está certo – ela segurou o livro para que eu pudesse ver e foi folheando as páginas.

– Parece um diário.

– Exatamente. Exceto pelo fato de que... – ela apontou para o canto superior direito da página no meio do livro.

– *Avril?*

– Abril – ela disse com os olhos prateados brilhando. – Está tudo escrito em francês.

Ela parecia eufórica com isso, mas eu não entendi. – E daí?

– E *daí* que a Z aprendeu espanhol na escola. Nós duas aprendemos.

Eu ainda não estava entendendo, e nós estávamos correndo contra o tempo. – E daí que ela escolheu outro idioma? Talvez tenha comprado alguns livros ou feito um curso *online*.

– Claro. Mas a questão é que ela escreve todos os seus pensamentos mais íntimos na língua mais linda, sofisticada e romântica do mundo. Porque ela é assim, ou quer ser assim: bonita, sofisticada, desejada por todos.

– Tudo bem – eu disse, embora achasse que talvez a verdadeira razão para ela ter escrito seus pensamentos mais íntimos na língua mais linda, sofisticada e romântica do mundo fosse para que sua irmãzinha não pudesse lê-los quando estivesse tentando bisbilhotar seus segredos.

– Infelizmente, não tenho tido tempo suficiente para traduzir nenhuma das anotações, mas, quando descobri *isso aqui*, não precisei.

O segundo livro era maior que o primeiro, e a capa rosa, forrada, estava enfeitada com uma delicada renda branca. No centro havia um pequeno bolso com uma janela e, dentro dele, uma foto de Zara em pé no penhasco atrás da casa com o mar ao fundo. Ela usava um longo vestido branco, e os cabelos negros flutuavam ao seu redor com o vento.

– Ela *é* linda – eu disse. Mesmo sendo mesquinha e estranha e tendo ódio de mim sem nenhum motivo, não havia como negar.

– Veja – disse Paige, ansiosa, virando a capa.

– Um *scrapbook*?

– Você tem um?

Fiz que não com a cabeça. Fazia anos que minha mãe vinha tentando me convencer a começar um, mas eu não achava que já havia feito ou experimentado algo que merecesse ser lembrado. Ao contrário de Justine

– o *scrapbook* dela era composto de dois álbuns grossos, cheios de bilhetes de teleférico, cartões de embarque, certificados e fitas azuis.

– Eles são meio ridículos, mas também meio divertidos – Paige continuou. – Os meus têm coisas comuns, como ingressos de cinema, cartões de aniversário, bilhetes dos amigos. Mas a Z tem uma visão totalmente diferente.

A primeira página do *scrapbook* da irmã de Paige era uma colagem de fotos dela mesma. O de Justine tinha algo parecido, embora as fotografias também incluíssem outras pessoas. Mas era na segunda página que a visão de Zara do que é fazer um *scrapbook* assumia uma postura diferente.

– Quanto cabelo!

– Xavier Cooper – Paige disse. – E pessoalmente ele não tinha todo esse cabelo. Parece que ele tem muito porque a fotografia está enorme.

– Por que tão grande? – a cabeça ocupava a página toda e quase me deixou sem graça, como se Xavier estivesse ali de verdade, com a cabeça no colo de Paige.

– *Porque*, Vanessa, quando alguém namora Zara Marchand, quando alguém chega tão perto assim da grandeza e talvez até diga que ela é sua por um curto espaço de tempo, a cara dessa pessoa merece uma página inteira.

– Uau!

– Sim. Xavier e Zara namoraram há dois anos, por um tempo que eu e todo mundo achamos ter sido de mais ou menos três semanas. Ele começou a segui-la por aí entre os turnos do Betty e, quando parecia que eles poderiam formar um casal de verdade, ela terminou com ele. Ela o ignorou totalmente. O pobre coitado andava atrás dela, perguntando como ela estava e se queria sair depois do trabalho, e ela não dizia uma única palavra. Felizmente, a família dele só apareceu por aqui naquele verão. Ir embora rápido e para sempre é o melhor que se pode esperar quando se está com o coração partido em um bilhão de pedaços.

– E o garoto ainda tem uma página inteira? Obviamente ela não achou que o que eles tiveram foi grande coisa.

– Foi o que a gente pensou – ela virou a página. – Mas estávamos errados.

– A sorveteria do Eddie? – estava amarelada por causa do tempo, mas reconheci a casquinha de sorvete na mesma hora.

– Onde tudo começou – Paige leu o bilhete escrito à mão logo abaixo da foto. – "20 de maio. Vi Xavier hoje. Ele estava trabalhando. Pedi um *milk shake* de chocolate e cheguei à conclusão de que ele era o cara certo."

– O cara certo?

– Brega, não? Mas 20 de maio foi quase dois meses antes de alguém notar que alguma coisa estava acontecendo. E, veja, uma folha de grama de quando eles andaram no parque. O recibo do café onde eles deram as mãos pela primeira vez. A caixinha vazia do Tic Tac da qual ela comeu uma bala de hortelã antes de dar o primeiro beijo nele. Tem algum objeto estranho de quase todos os dias entre 20 de maio e o dia quando percebemos que eles estavam saindo – ela avançou algumas páginas. – E olhe isto aqui. Um cartão em que ele escreveu...

– "Eu te amo para sempre..."

– *Eu te amo*. Ele amava Zara. Para sempre. E, então, uma semana depois que ele disse isso para ela, ela não se importou em dar um minuto de atenção para ele.

– Cruel.

– E, além desse maravilhoso exemplo de indiferença... – ela apontou para as letrinhas logo abaixo do cartão.

"Começo: 20 de maio. Fim: 12 de agosto. Tempo total: 84 dias."

– Ela contou os dias entre a embalagem da casquinha de sorvete e o cartão e registrou como uma espécie de inscrição de lápide. *Quem* faz isso? – ela avançou algumas páginas. – E acontece o mesmo com cada garoto. Fotografia da cabeça, lembranças estranhas, alguma declaração de amor e... bomba. Data do fim. O jogo acabou.

Na verdade, era mesmo como um jogo e parecia muito cruel, até para Zara.

– As únicas coisas que mudam são o cara e o tempo do relacionamento. E as escolhas que ela faz não fazem o menor sentido depois de um tempo. Xavier foi uma escolha um tanto lógica, porque ele era mais velho, muito popular entre os que passam o verão aqui e uma graça. Mas e esse cara? – ela apontou para Max Hawkins, no fim do livro. Ele parecia muitos anos mais velho do que Xavier, tinha três argolas no lábio inferior e suas pálpebras eram tão caídas que ele parecia estar meio dormindo. – Ele não só não faz o tipo da Z, mas é o tipo de cara que normalmente faz piadas de meninas como ela. No fim das contas, ele escreveu que a amava na capa de um CD, mas o relacionamento dos dois, ou seja lá o que isso tenha sido, começou em 25 de agosto e terminou em 12 de setembro. Durou dezenove dias.

Fiquei pensando que foi um relacionamento dezenove dias mais longo do que qualquer relacionamento que eu já tive, quando comecei a sentir uma pressão chata perto da têmpora esquerda. – Eu acho que a Zara está em casa.

– Sério? – ela olhou para o relógio.

– Acho que ouvi a porta do carro bater. – Resistindo à vontade de pressionar os dedos contra a pressão cada vez maior, fiquei aliviada quando Paige fechou o livro e correu para uma janela do corredor.

– Acabou a brincadeira! – ela gritou. E então voltou voando para o quarto com os olhos prateados brilhando por ter chegado tão perto de ser pega. Colocou novamente o diário na escrivaninha e o *scrapbook* em cima de uma estante branca alta. – Ela estava saindo do carro.

Paige segurou minha mão e me arrastou em direção à porta. Não consegui sair do quarto rápido o suficiente, mas parei de repente quando ela correu para o corredor.

– O que foi? – ela olhou para mim. – O que aconteceu?

Fiquei parada no quarto de Zara. Prendi a respiração e olhei lentamente por cima do ombro. As três paredes que não tinham janelas do chão ao teto com vista para o mar estavam forradas de espelhos. Eu não tinha percebido antes porque os reflexos haviam sido suavizados pelas finas cortinas brancas. As janelas estavam fechadas, mas as cortinas, que caíam sem movimento enquanto Paige e eu estávamos sentadas na cama, agora se mexiam, flutuando para longe dos espelhos. Eles revelavam explosões de luz prateada, como se milhares de *paparazzi* estivessem diante de cada parede espelhada, registrando com a câmera ao mesmo tempo tudo o que se passava por ali.

– Paige!

A pressão explodiu em minha cabeça ao som da voz de Zara lá embaixo, mas eu quase não senti.

– Quando você encontrar o Louis hoje à noite, tenho algumas palavrinhas que quero que você diga a ele!

Paige apertou minha mão antes de soltá-la. Se viu as luzes, não disse. – Vou domar a fera. Encontre-me no meu quarto.

Fui atrás enquanto ela descia correndo as escadas, mas, quando ela estava na metade do caminho, eu me virei. Paige havia fechado a porta do quarto de Zara quando saímos, e o tapete cor de lavanda refletia uma luz branca por baixo da porta.

Ele tem de querer ser encontrado...

Fiquei parada em frente à porta fechada, com o coração batendo forte contra o peito. A última coisa que eu queria era voltar ao quarto de Zara, mas era como se meu corpo estivesse se movendo sem consultar primeiro meu cérebro. Alguma coisa estava me puxando para trás. Algo forte, algo que não dava a mínima para a possibilidade de Zara me descobrir ali.

– É só um globo de espelhos – sussurrei, colocando a mão na maçaneta. – É só um globo de espelhos refletindo a luz do sol.

Protegi os olhos fechados com os braços e me afastei assim que abri a porta. O quarto inteiro estava imerso em uma ofuscante nuvem prateada. Esperei, meu coração ameaçava atravessar o peito. A nuvem se dissipou depois de alguns segundos, e lentamente abri os olhos. Quando pude olhar para dentro do quarto sem me encolher, cruzei a porta.

As cortinas chegavam a mim enquanto eu andava pela névoa reluzente. As explosões de luz ainda passeavam pelos espelhos, mas agora eram menores, mais suaves, como se um milhão de minúsculos vaga-lumes tivessem expulsado os *paparazzi*.

Um foco de luz não desapareceu. Ele brilhava intensamente, como um farol cortando a névoa, e vinha do topo da estante branca.

Tudo bem, Nessa... Você está bem... Eu estou aqui...

– Não faço a menor ideia do que estou fazendo – sussurrei de novo com a voz falhando. – Não sei o que você quer que eu faça.

Aproximei-me da estante, e meu cérebro gritou para eu voltar, deixar aquilo para lá e sair às pressas do quarto, da casa. Mas meus pés continuaram se movendo. Só pararam quando fiquei de frente para a estante, envolta pelo ar prateado.

Ele quer ser encontrado... Ele só não consegue ver além da luz...

Minhas mãos tremiam enquanto eu esticava os braços para cima. Eu me preparei para algo quando meus dedos tocaram a renda – uma dor lancinante, as palmas da mão queimando, meu corpo inteiro se desmanchando em água –, mas, na verdade, minhas mãos ficaram mais firmes. Deslizei o *scrapbook* pela prateleira, coloquei-o em um braço e virei as páginas. Passei por Xavier Cooper, Alex Smith, John Martinson, Trevor Klemp, Zach Holbrook, Eric Parks, Max Hawkins. E pelo menos por outros dez que Zara havia induzido a amá-la e, depois, abandonado. Virei as páginas até chegar à última foto de cabeça e, então, com a luz, caí de joelhos.

– Caleb Carmichael – eu disse baixinho.

Ele parecia mais novo do que da última vez que o vi no alto dos penhascos, por isso imaginei que a fotografia do colégio fosse do ano anterior. Ele estava sorrindo. Parecia feliz. Meu estômago embrulhou diante dele, desse Caleb mais novo, mais feliz, que não fazia ideia do que teria de passar vários meses depois.

Continue, Nessa... Você tem que continuar...

Eu me forcei a virar a página, não querendo ver o que vinha em seguida. Naquela coleção de alvos românticos, Zara uma hora havia acertado o alvo, todas as vezes. Se concentrou sua atenção em Caleb, mesmo se fez isso antes de as coisas com Justine avançarem, eu não queria saber. Não queria saber o que haviam feito juntos ou quanto tempo ela levou para conquistá-lo. Eu não queria saber se ele ligava para qualquer outra pessoa do mesmo jeito que ligava para Justine.

– "1º de maio" – li em voz alta. A data do início estava escrita com caneta cor-de-rosa em um guardanapo de papel com uma âncora azul-marinho no meio e o nome "Lighthouse Marina Resort e Spa" na parte de cima. Abaixo da data havia apenas uma palavra.

Bingo.

– Não me interessa como você vai fazer isso, apenas *faça*!

A voz de Zara estava mais próxima. Folheei o que restava, aliviada e confusa quando páginas em branco apareceram. Caleb era o último alvo, e o guardanapo era a única lembrança que indicava sua ligação com Zara.

Vá, Nessa... Agora...

Fechei o *scrapbook*, fiquei em pé e o coloquei novamente no alto da estante. A luz prateada se fora, as cortinas brancas finas agora caíam planas e sem movimento do alto da parede oposta às paredes espelhadas vazias. Parecia que cada parte de meu corpo estava trabalhando em conjunto novamente e, quando meu cérebro gritou para eu correr, meus pés ouviram. Saí voando do quarto, fechei a porta assim que passei por ela e estava na outra ponta do corredor quando Zara começou a subir a escada pisando forte.

Eu não sabia ao certo qual era o quarto de Paige. Não querendo errar, fiquei parada atrás de uma pequena árvore em um vaso. Não respirei quando Zara chegou ao topo da escada e um novo golpe de dor se lançou em meus ouvidos. Ela parou de repente e curvou a cabeça para um lado, como se estivesse ouvindo alguma coisa. Ela estava de costas para mim, mas, quando andou para a direita em vez de seguir em frente, em direção a seu quarto, entrei no quarto mais próximo e delicadamente fechei a porta.

– Você ouviu isso?

Eu me virei devagar. Vovó Betty estava sentada em sua espreguiçadeira, de frente para mim. Ela segurava uma agulha em uma das mãos e um bordado quase pronto na outra, mas as mãos estavam paradas. Ela sorriu quando seus olhos pousaram no espaço vazio acima de minha cabeça.

– Ela está falando com você.

Engoli em seco. – Quem? – perguntei com tanta calma que quase fiquei na dúvida se havia dito aquilo em voz alta. Eu me afastei da porta, como se Zara não fosse capaz de me machucar quanto mais perto eu estivesse de sua avó, pois os velhos poderes supersônicos e supersensíveis da vovó Betty estavam, obviamente, captando Zara pronunciando meu nome enquanto cruzava o corredor. Ela ouvia a respiração de Zara, os passos abafados vindo em nossa direção. Ela podia sentir a raiva de Zara quando eu estava por perto e sabia que algo muito, muito ruim estava prestes a acontecer.

Os olhos vagos da vovó Betty lentamente deixaram o espaço acima de minha cabeça, parando quando encontraram os meus.

– Ela está falando com você, Vanessa – ela disse. – Sua irmã. Justine.

12.

"William O'Dell e Donald Jeffries foram encontrados ontem de madrugada nas pedras de Beacon Beach, um local conhecido para prática de surfe, dezesseis quilômetros ao norte de Winter Harbor. Acredita-se que os corpos estavam ali há vários dias, antes de serem encontrados pelas autoridades de Winter Harbor."

Eu estava sentada no Volvo, observando duas meninas correndo em direção a um carro com a mãe.

– Está no *Globe*, Vanessa. No *Globe*! Pessoas estão morrendo praticamente todos os dias aí, e eu precisei ler um jornal de Boston para saber? Por que você não me disse nada?

As meninas usavam vestidos amarelos idênticos e carregavam livros ilustrados. Dez anos atrás, elas poderiam ter sido Justine e eu. Meu estômago embrulhou com a ideia.

– Espero que você não esteja passando tempo demais com o Simon a ponto de ficar cega para o mundo à sua volta. Não vou deixar que outro Carmichael coloque uma de minhas filhas em perigo, você entendeu?

– Mãe, eu estou bem – desviei o olhar das meninas e segurei a maçaneta da porta. – São todos acidentes relacionados com água. Você sabe que eu não entro na água.

– Sua irmã nunca havia pulado de penhascos antes de começar a andar com Caleb.

– O papai está por aí? Eu queria perguntar uma coisa para ele a respeito da torneira da cozinha.

– A última vez que passei o telefone para o seu pai, você o usou para fazer seu joguinho sujo. Você pode falar com ele quando terminarmos nossa conversa.

Fiz uma careta. Eu realmente queria falar com o meu pai para contar tudo o que estava acontecendo, para confessar que eu estava mais assustada do que nunca, porque não havia mais ninguém a quem contar... Mas eu não sabia se conseguiria aguentar mais vinte minutos com a mamãe. Além disso, Simon estava me esperando.

– Não faz mal, tenho que ir. Eu ligo para você mais tarde – desliguei antes que ela pudesse argumentar, coloquei o celular no silencioso e corri para a biblioteca de Winter Harbor.

– Vanessa, me desculpe – Simon disse quando cheguei ao porão. Ele se levantou e me deu um rápido abraço. – Eu não sabia que ficaria fora esse tempo todo. Como você está? Tudo bem?

– Estou bem – respondi, ciente de que meus braços continuavam formigando mesmo depois de ele ter me soltado. – As coisas estão melhores agora.

Algo brilhou em seu rosto quando ele olhou para baixo, mas eu não conseguia decifrar sua expressão na penumbra do porão.

– Como foi a pesquisa? – perguntei. – Conseguiu alguma resposta?

– Consegui sim – ele puxou uma cadeira dobrável de metal para mim antes de se sentar. – Quantas tempestades caíram enquanto eu estive fora?

– Quatro – não precisei nem pensar. O céu agora ficava tão escuro quanto à noite uma vez ao dia, pelo menos.

– Você sabe quantas caíram em Ashville? E em Gouldsboro e Corea?

– Quatro? – arrisquei.

Ele olhou para mim. – Nenhuma.

– Mas essas cidades ficam a apenas alguns quilômetros daqui.

– Fez 21 graus e sol todos os dias em todas as cidades em um raio de 160 quilômetros de Winter Harbor.

Meus olhos percorreram as dezenas de temperaturas e condições climáticas listadas no caderno que ele segurava em minha direção. – Eu não entendo. As tempestades nem sempre duram muito tempo, mas são muito fortes. Como não caem em outro lugar?

– Sei lá – ele fechou o caderno. – O que eu sei é que elas se formam e se dissipam sobre Winter Harbor, e só sobre Winter Harbor.

– Isso não é meio que impossível cientificamente?

– Não é impossível, mas muito improvável. E, infelizmente, o tempo não é a única coisa que precisamos desvendar – ele deslizou sobre a mesa uma pasta preta de capa dura, a abriu e folheou. – Eu não comentei nada porque pensei que já tivéssemos passado por coisa suficiente em um único dia, mas, quando os policiais estavam inspecionando a praia no acampamento Heroine, eles mencionaram "os outros".

Franzi a testa. Para que eu não voltasse a ver a cena do acidente, Simon insistiu que eu permanecesse no Subaru enquanto levava a polícia até a praia. Seja lá o que for que ele tenha ouvido, ficou processando tudo sozinho por quatro dias.

– No começo, pensei que estivessem falando das vítimas das semanas anteriores – Simon continuou –, mas então começaram a mencionar datas. Junho de 1970. Agosto de 1975. Setembro de 1983. Maio de 1987. Agosto de 1989. Quando perguntei sobre o que estavam falando, tudo que disseram foi que nunca se depararam com uma situação dessa mesma magnitude, mas que incidentes similares aconteceram ao longo dos anos.

– Não me lembro de ter ouvido nada sobre isso antes.

– Nem eu. E não há nada sobre mortes relacionadas ao clima nas edições anteriores do *Winter Harbor Herald* – ele girou a pasta e a deslizou em minha direção. – Mas tem isso aqui.

– Orin Wilkinson, 25 anos, filho e irmão querido, morreu em seu barco perto da marina de Winter Harbor. Os pais disseram que ele nunca ficava mais feliz do que quando estava pescando e que ele estava sorrindo na água, mesmo depois de morto.

– Isso é de maio de 1987 – ele balançou outra pasta na minha frente. – Essa é de junho de 1992.

– Jack Fleischman, 29 anos, foi encontrado em Long Wharf, deitado em sua prancha, sorrindo de orelha a orelha.

– Maio de 1998.

– Vincent Crew, 22, foi encontrado próximo a Beacon Beach com os esquis aquáticos ainda presos aos pés e um sorriso congelado no rosto.

– Julho de 2003.

– Lucas Fink, 31, praticava mergulho livre longe do píer Ashawagh no dia em que a guarda costeira o encontrou boiando de costas, ao que consta ainda sorrindo do que vira no que seria seu último passeio debaixo d'água.

Olhei para Simon e ele já estava olhando para mim.

– Todas as vítimas estavam sorrindo.

– Assim como Tom Connelly – eu disse, mencionando o nome do homem que havíamos encontrado. Eu não tinha lido o artigo do *Herald*, mas não pude deixar de ver seu nome estampado em letras garrafais na primeira página.

Simon tirou outra pasta de uma pilha no chão. – Este aconteceu no ano passado e, provavelmente, é o que mais me incomoda.

Reconheci as três argolas no lábio inferior imediatamente.

– Max Hawkins, 23, amava música, filmes e andar de bicicleta. Seu corpo foi encontrado nas docas perto do Betty Chowder House, sorrindo como se houvesse acabado de saborear o famoso prato que leva o nome do restaurante – ele olhou para mim. – Caleb e eu o conhecemos quando estávamos pescando no píer e conversamos bastante com ele. Particularmente, ele não era um cara feliz, e *nunca*␣sorria. Nunca.

– Simon... – meu coração batia em meus ouvidos enquanto eu olhava para a mesma fotografia que tinha visto pela primeira vez dois dias atrás. – Outro dia você disse que era difícil não conhecer Zara Marchand... O que você quis dizer com isso?

Ele se recostou na cadeira, aparentemente surpreso com a pergunta. – Acho que eu quis dizer que ela realmente não deixa ninguém se esquecer dela.

– Como? – perguntei. – Como ela não deixa ninguém se esquecer dela?

Ele franziu a testa, nitidamente se perguntando por que eu queria saber aquilo, principalmente agora. – Bem, em primeiro lugar, ela é linda.

Grata por saber que a penumbra no porão não permitia que ele visse meu rosto corar, voltei a baixar os olhos para a foto de Max.

– Mas ela é do tipo de garota linda que deixa a gente desorientado, que nos faz sentir pouco à vontade. Como quando você vai a uma galeria e se sente culpado por olhar as obras de arte, porque os seguranças ficam vigiando cada um de seus passos. Ela sabe disso e não se intimida com o fato de usar esse artifício para conseguir o que quer.

– O que ela quer?

– Sobretudo atenção.

Olhei para baixo e meus olhos foram parar na data da morte de Max. 13 de setembro. Um dia depois de a Zara terminar com ele.

– Você conhece um tal de Xavier Cooper? – perguntei, hesitante. – Ou Trevor Klemp? Ou Eric Parks?

– Os nomes não me parecem familiares – ele se inclinou para frente. – O que foi, Vanessa?

– Nada. Tenho certeza de que não é nada.

– Você está falando comigo – seus olhos estavam grudados nos meus.
– O Garoto Ciência. Vale a pena levar tudo em conta, mesmo que no fim seja descartado.

Isso era verdade? Ou ele acharia a relação completamente ridícula? Um caso de ciúme que acabou muito mal? – Zara tem um *scrapbook* – eu disse antes de mudar de ideia. – De suas conquistas amorosas. Ela registra a data do começo e do término de todos os seus relacionamentos e guarda pequenas lembranças das datas, como folhas de grama, guardanapos, caixinhas de Tic Tac ou o que quer que seja.

– Não achei que ela fosse do tipo sentimental.

– E não é – eu disse. – Ela fica com os garotos tempo suficiente para fazê-los dizer que a amam e depois termina com eles.

– Um jogo sem fim de pegar e largar?

– Mais ou menos isso.

– Bem, trata-se de algo novo, mas não totalmente surpreendente. O que isso tem a ver com eles? – ele perguntou apontando com a cabeça para os jornais.

– Xavier Cooper foi o primeiro namorado dela. Eles começaram a sair em maio e pararam em agosto. No dia número 83 do relacionamento dos dois, ele deu um cartão para ela dizendo que a amava. No dia seguinte, ela parou de falar com ele.

– Ele desapareceu do píer no meio de agosto – Simon disse, pensativo.

– Trevor Klemp e Eric Parks vieram depois – parei. – Em seguida, Max Hawkins.

Seus olhos se voltaram para a fotografia desbotada de Max no *Herald*.

– Eles namoraram durante dezenove dias. Em 12 de setembro, ele disse que a amava.

Ele seguiu meu olhar para as datas ao lado da fotografia de Max. – E no dia 13 de setembro seu corpo foi encontrado perto do Betty Chowder House.

– Não estou dizendo que ela levou esses caras à morte, para tirar a vida deles... – fiz que não com a cabeça. – Ou talvez eu esteja. Sei lá. Mas Max está desaparecido. Xavier se foi. Trevor e Eric podem ou não estar mortos. E Max foi encontrado sorrindo...

– Como Tom Connelly.

– E talvez os outros?

– Mas e Orin Wilkinson? – ele perguntou. – Vincent Crew? Todas as pessoas que morreram na década de 1970 e no início da década de 1980, antes de Zara ter nascido?

– Eu não tenho certeza.

Ele estendeu a mão sobre a mesa. Colocou-a um pouco acima da minha, depois a abaixou para que repousasse a um centímetro de distância. – E Justine? – ele perguntou com a voz suave. – Ela foi a primeira a ser encontrada.

Concentrei-me em sua mão, nas unhas bem cuidadas, no modo como os dedos engrossavam um pouco nas juntas.

– Você estava lá, não? Você a viu?

– Ela não estava sorrindo – respondi à próxima pergunta antes que ele a fizesse.

Ele se reclinou na cadeira. – Não estou dizendo que a Zara não tem nada a ver com isso. O *scrapbook* é uma prova interessante, e não duvido que ela tenha capacidade de fazer o que quer que enfie na cabeça. Mas há também todas as tempestades, as marés, a estranha atividade atmosférica...

– Caleb estava nele.

Ele fez uma pausa. – O quê?

– Caleb estava no *scrapbook*. Ele era a última anotação e o único sem data de término.

– Mas o Caleb não suportava aquela garota. Além disso, ele era louco por Justine.

Eu não queria dizer isso, porque realmente não queria que houvesse qualquer verdade em um relacionamento entre Caleb e Zara, mas não adiantava negar o fato de que não sabíamos tudo o que pensávamos que sabíamos sobre nossos irmãos. – Justine não se inscreveu em Dartmouth – finalmente fiz com que ele se lembrasse.

Ele ficou me olhando, piscando enquanto seu cérebro tentava processar a última informação sem sentido. O porão estava tão quieto que eu podia ouvir o barulho da única lâmpada acima de nós.

Nós dois demos um pulo quando o celular de Simon tocou e vibrou ao mesmo tempo, deslizando na mesa de metal.

– Oi – ele disse, atendendo ao telefone. Ele se levantou e ficou debaixo da janela estreita no alto da parede do outro lado. – Caleb?

Tirei os olhos do obituário de Max.

– Caleb, se for você, não desligue. Estou procurando um lugar que tenha um sinal melhor – ele fez um gesto para que eu fosse atrás dele antes de desaparecer no andar superior.

Nunca estive mais ansiosa para sair de um porão escuro. Então fechei as pastas, peguei a mochila de Simon e subi correndo. No meio da escada para o andar principal, quando notei a bibliotecária sentada atrás do balcão, parei de correr e comecei a andar rapidamente.

– Desculpe – ela disse ao homem diante dela –, mas você já pegou cinco livros. Assim que devolver um, pode pegar outro.

– Mas, você não entende, eu preciso destes livros. Eu preciso destes e dos cinco que estão comigo.

– Mais uma vez, me desculpe. Mas você conhece nossa política, Oliver.

Parei um pouco antes. Não reconheci a voz porque nunca a ouvira; Oliver nunca falou no Betty. Todos atribuíam seu silêncio à irritabilidade e ao tipo de dificuldade de audição que pode vir com a idade, mas agora ele parecia ouvir perfeitamente a si mesmo e à bibliotecária.

Pela porta da frente eu podia ver Simon no estacionamento, ainda no telefone. Já que não haveria mal algum em lhe dar alguns minutos para falar em paz com seu irmão, me enfiei atrás de uma prateleira alta e atravessei o corredor correndo. Quando parei do outro lado, Oliver estava a poucos metros de distância. Espiando pelos espaços entre os livros, pude ver que ele não estava usando aparelho auditivo.

– É claro que eu conheço a política da biblioteca – ele disse. – Ela não mudou ao longo dos setenta anos que vivo aqui. Mas estou pedindo que você abra uma exceção.

– Eu abri uma exceção antes, e você perdeu três livros e devolveu o restante com seis meses de atraso. Além disso, se eu continuar a violar as regras para você, vou ter de fazer isso para todos.

Eu me abaixei um pouco quando Oliver olhou por cima dos ombros. – Não me leve a mal, senhorita Mary – ele disse, virando-se para a bibliotecária –, mas, como na maior parte dos dias, parece que sou o único por aqui. Não acho que outra pessoa precisa saber disso.

– Oliver, por favor. Existem regras...

– Você já percebeu o que está acontecendo? – ele perguntou de maneira ríspida.

Meus olhos se arregalaram quando a boca de Mary se fechou bruscamente.

– Um ataque dos céus – Oliver pôs as mãos sobre o balcão e se inclinou na direção dela. – Pessoas estão morrendo. Aqueles que ainda estão aqui estão em pânico. Ninguém sabe o que está acontecendo, nem a polícia, nem os repórteres e, com certeza, nem os meteorologistas. E ninguém está olhando nos lugares certos.

A expressão de Mary, que era de incômodo, passou a ser de nervosismo e depois de preocupação quando Oliver pôs a mão trêmula no alto da pequena pilha de livros entre eles.

– A história se repete – ele disse. – E, para descobrir o que está acontecendo dessa vez, alguém precisa descobrir o que aconteceu no passado. Quando foi a última vez que você viu o comandante da polícia na biblioteca?

– Oliver – Mary disse delicadamente –, as autoridades estão fazendo o que podem. É muito gentil de sua parte querer ajudar...

– Não se trata de gentileza – ele retrucou –, mas de necessidade. E você não está me ajudando.

Balancei a cabeça. Mary era paciente, mas ele simplesmente havia ido longe demais com ela.

– Devolva os outros livros, Oliver – ela disse, voltando a atenção para o computador à sua frente. – E eu terei o maior prazer em registrar a saída desses para você.

Ele ficou olhando para ela. E já que ela continuou digitando sem dizer mais nenhuma palavra, ele se afastou mancando da recepção o mais rápido que sua bengala lhe permitiu.

Eu me agachei e me arrastei para trás, longe da vista. Eu não queria que ele me visse e soubesse que eu ouvira parte da conversa. Mas seu estranho acesso de raiva me deixou curiosa, por isso olhei por cima de uma fileira de livros para vê-lo sair.

Ele parou perto da entrada. Olhou para cima, em direção ao teto, e, lentamente, balançou a cabeça de um lado para o outro, como se estivesse ouvindo alguma coisa, mas estava um silêncio completo na biblioteca.

– Cuidado – ele finalmente disse. Sua voz era tão baixa que quase não pude ouvir. – Muito cuidado.

Prendi a respiração até a porta se fechar depois que ele saiu e esperei seu carro passar em frente do prédio antes de sair às pressas do corredor.

– Bem-vinda à biblioteca de Winter Harbor! – Mary sorriu quando me aproximei do balcão. – Posso ajudá-la em alguma coisa? Está procurando lançamentos? Clássicos da literatura?

– Na verdade – respondi, tentando sorrir –, eu meio que conheço aquele cara que estava aqui.

– Oliver? – o sorriso iluminado de Mary se apagou. – O homem escreve alguns livros de história local e sempre acha que tem direito a todos os livros da biblioteca.

— Ele publicou livros sobre Winter Harbor? — visualizei os garranchos ilegíveis em seu caderno no Betty. Aparentemente, escrever não era um simples *hobby* para ele.

Ela abriu uma gaveta, tirou quatro grossos volumes e os entregou para mim. — Eu comecei a guardá-los aqui para que ele parasse de perguntar por que ninguém pegava esses livros.

Passei os dedos na capa marrom gasta do livro *A história completa de Winter Harbor...* por Oliver Savage. Olhei para a pilha de livros sobre o balcão, imaginando por que eles eram tão importantes para Oliver e se eu realmente desejava me envolver nisso. — Sei que vocês têm uma política de cinco livros, mas, já que eu não peguei nenhum, achei que talvez pudesse levar estes e dividi-los com ele.

Ela piscou. — Por que quer fazer isso?

— Não sei. Ele parece meio solitário, e aparentemente os livros o deixam feliz.

— Bem, deixar que uma pessoa pegue livros para outra também não faz exatamente parte da política da biblioteca... Mas seria bom ficar livre dele por alguns dias — ela olhou para mim. — Você sabe que a responsabilidade por esses livros é toda sua. Se acontecer alguma coisa, você vai arcar com o prejuízo.

— Eu sei. Não vai acontecer nada. Eu prometo.

— Vanessa Sands — ela leu meu cartão quando o encontrei na parte de trás da carteira e lhe entreguei. — Por que esse nome me parece familiar? Você não trabalha em tempo integral, trabalha?

— Não — eu esperava que ela não tentasse me reconhecer.

Felizmente, ela examinou meu cartão e os livros sem fazer mais perguntas e os empurrou para o outro lado do balcão. — Você pode ficar com esses aí por quanto tempo quiser — ela disse, apontando com a cabeça para os volumes de *A história completa* que ainda estavam em minhas mãos.

Eu lhe agradeci, peguei a sacola e deixei a biblioteca.

— Ele está em Springfield — Simon estava sentado no banco da frente do Subaru com a porta aberta, examinando um mapa. — No Bad Moose Café.

— O que ele está fazendo lá?

Ele dobrou o mapa e o deslizou entre o painel e o para-brisa. — Não faço ideia. Foi o mesmo tipo de ligação esquisita: alguém respirando, em seguida uma menina dizendo o nome de Caleb e rindo, e mais nada. Liguei de volta para o número logo que desligou. Ele já havia saído, mas talvez a gente consiga alcançá-lo.

— Ótimo. Vamos no seu ou no meu carro?

Ele olhou para mim. — Você tem certeza de que quer ir?

Será que eu tinha certeza? Será que isso significava que ele não tinha certeza? Será que ele havia chegado à conclusão de que já tinha o suficiente com que se preocupar sem se preocupar comigo também?

— Não me leve a mal. Vou ficar feliz se você quiser ir comigo. Mas, da última vez, as coisas não correram exatamente bem — ele deu uma olhada para o porto, uma pequena parte que podia ser vista do estacionamento, e em seguida se virou para mim. — E eu não vou deixar nada acontecer com você.

Quando, naquele momento, meu coração disparou, eu sabia que não era porque estava com medo.

13

— Sinto muito, pessoal. Não vi ninguém que se encaixe nessa descrição.

— Impossível — Simon disse ao abrir o celular. — Ele telefonou desse número há menos de uma hora.

Ernie, o robusto dono do Bad Moose Café, respirou fundo e secou as mãos em um pano de prato manchado enquanto se inclinava para frente. — É o nosso número.

— E você não se lembra de ninguém pedindo para usar o telefone hoje?

Garoto — Ernie resmungou —, olhe à sua volta. Você acha mesmo que eu me esqueceria de alguém me pedindo para usar o telefone? Esse tipo de coisa é um verdadeiro acontecimento por aqui.

Simon e eu olhamos ao redor do pequeno restaurante. Estava vazio, exceto por um casal de idosos em uma mesa no canto.

— Seja simpático, Ernie — uma garçonete disse ao deixar a cozinha com uma bandeja cheia de vidros de *ketchup* quase vazios. — Você se lembra daquilo que conversamos? Que a diferença entre um cliente que retorna e um cliente que só vem uma vez pode estar em apenas um sorriso?

Ernie nos olhou rapidamente, fingiu um sorriso, jogou o pano de prato sobre o ombro e desapareceu na cozinha.

– Perdoem o Ernie. Ele ainda acha que comida é a única coisa que importa quando as pessoas saem para comer – a garçonete abaixou a bandeja e sorriu. – Vamos tentar de novo. Bem-vindos ao Bad Moose Café. Eu sou Melanie. O que posso fazer por vocês hoje?

– Melanie – Simon disse –, estamos procurando meu irmão. Ele ligou daqui há mais ou menos uma hora. Você se lembra de alguém pedindo para usar o telefone?

Ela revirou os olhos enquanto pensava no assunto. – Não... Mas pode ser que não estivéssemos por aqui. Ernie estava entretido com um programa de TV a manhã toda, e meu vício miserável em nicotina me leva lá para fora várias vezes ao dia.

Rápido, Vanessa...

– Você não o viu? – perguntei. – Ele tem 16 anos, cerca de um metro e oitenta de altura, cabelo loiro escuro e olhos castanhos.

– Apenas um garoto esteve aqui hoje antes do Ernie e do sr. Mortimer – ela piscou para o idoso no canto. – Eu não saberia precisar a idade dele, mas o cabelo era castanho-escuro, definitivamente não era loiro, e meio bagunçado. Pelo menos foi o que pude ver, já que ele não tirou o capuz da cabeça o tempo todo.

– Você não notou mais nada? – perguntei.

– Apenas que a namorada dele fez com que eu me sentisse tão bonita quanto uma vassoura – ela disse, dirigindo-se ao casal com um bule de café. – Eu juro, assim que meu turno acabar vou renovar minha inscrição no Vigilantes do Peso, tingir o cabelo de preto e comprar lentes de contato coloridas.

Tive de prender o fôlego. Nem consegui olhar para Simon. – De que cor?

Ela engasgou e colocou uma das mãos no peito. – Prateadas.

Simon e eu estávamos tão próximos que pude sentir seu corpo todo tenso.

– Não aquele prateado opaco como o de talheres – ela ergueu um garfo que estava sobre a mesa. – Um prateado lindo, mágico, como o daqueles enfeites escandalosos de Natal.

– Eles não disseram para onde estavam indo? – Simon perguntou.

– Eles não disseram uma única palavra. Ele comeu, ela não, e já tinham saído quando eu voltei do segundo cigarro.

– Obrigada pela ajuda – eu disse antes de correr atrás de Simon.

Quando entramos no carro e saímos em disparada do estacionamento, tentei ficar calma e pensar com clareza. Eu não sabia como podia ouvi-la nem se deveria, mas Justine havia nos dito para correr. Se eu conseguisse pelo menos permanecer aberta, talvez ela pudesse nos dizer que direção tomar.

– Ela não está dizendo nada – suspirei baixinho após alguns minutos.

Simon olhou para mim. – Quem?

Fiquei olhando pela janela do passageiro, desejando que as manchas verde-escuras dos pinheiros que passavam voando ao lado do carro fizessem o caminho inverso. Não tive a intenção de falar de Justine em voz alta; as palavras saíram de minha boca antes que meu cérebro realmente as registrasse. Se eu contasse tudo a ele, será que ele pensaria que eu estava maluca? Que eu era tão cientificamente impossível como as tempestades de Winter Harbor ou as vítimas sorridentes? E será que ele não estaria certo em pensar isso de mim?

– Ela fala comigo – eu disse, relutante.

Ele olhou através do para-brisa e depois para mim. – Quem?

– Justine – minha voz soava normal, mas eu sabia que aquilo que eu havia dito parecia loucura. – Não o tempo todo. Nem todos os dias. Mas começou depois que ela morreu, assim que voltei para Winter Harbor.

O Subaru diminuiu a velocidade. – O que ela diz?

Ele não havia me dado imediatamente o veredicto de lunática, o que seria totalmente justificável, e isso me fez querer chorar. – Meu nome – agora que eu já tinha começado, não havia por que me segurar. – E ela fala de Caleb.

Seus dedos apertaram o couro do volante.

– Ela não tem falado muito, mas é como se tentasse nos guiar até ele.

– Como?

– Até agora ela disse que ele tem de querer ser encontrado, que ele quer ser encontrado, mas não consegue ver além da luz, e que ele está ficando cansado.

– Cansado do quê?

– Não sei. Ela não está sempre por perto. Como agora, ela disse que a gente devia se apressar, mas não falou por que nem para onde.

Simon ficou em silêncio enquanto olhava fixamente para frente. Olhei pela janela, pensando que era melhor aproveitar ao máximo a viagem caso fosse a última que faríamos juntos.

– Vanessa...

– Eu sei que é loucura – falei antes que ele pudesse falar alguma coisa. – Sei que pode parecer que eu perdi a sanidade, e talvez eu tenha mesmo perdido. Quer dizer, a maioria das pessoas normais não tem medo do escuro, nem do mar, nem de altura, nem de avião ou de ficar sozinhas. Algumas podem ter medo de uma coisa, mas eu tenho medo de *tudo*. Não é normal. *Eu* não sou normal. Então, esse lance de ouvir minha irmã morta falar comigo de algum lugar lá de cima provavelmente faz parte da maldição. É como se eu tivesse juntado tudo o que existe no mundo para se ter medo e começasse a criar o meu próprio mundo. Por isso agora eu posso começar a ter medo também do que mais minha imaginação pirada seja capaz de inventar.

Essas palavras, como as que eu havia dito inicialmente sobre não ouvir Justine dizer nada, já haviam saído antes que eu pudesse considerar o mal que causariam.

– Vanessa... – ele disse novamente com a voz ainda mais suave. – Eu ia dizer que deve ser muito difícil ouvir sua irmã desse jeito quando você sente tanta falta dela.

Do lado de fora, a longa linha de árvores foi interrompida por um posto de gasolina, um café e uma agência dos correios.

– E você não é maluca.

Passamos por uma escola, um mercado, um consultório dentário. As construções ficavam cada vez mais próximas conforme entrávamos em Springfield.

– Na verdade, eu acho você...

– Simon – eu me contorci no banco e virei o pescoço olhando para trás –, volte.

– O quê? – uma lâmina afiada substituiu a doçura em sua voz. – Você o viu?

– Não – eu me virei para ele e pude sentir a dor de cabeça começando. – Mas acabamos de passar por um Mini Cooper vermelho.

Ele deu uma olhada por cima do ombro e fez a volta tão rápido que os pneus cantaram no asfalto.

– Ali – apontei para o carro. Estava estacionado na beira da estrada, longe de qualquer uma das construções que havia por perto.

Ele pisou fundo no freio, derrapou no acostamento e jogou o carro no parque ao lado.

– Você tem certeza que é o carro dela? – ele perguntou enquanto atravessávamos a rua. – Parece abandonado.

Ele estava certo; o carro estava estacionado de qualquer jeito, com a parte da frente voltada para a mata e com a traseira saindo da pequena faixa de grama que havia entre as árvores e a estrada. Se eu não estivesse olhando pela janela, teríamos passado direto por ele.

– Tenho certeza – a dor em minha cabeça ficava mais forte a cada passo.

Paramos perto do carro e espiamos pelos vidros. O interior estava intacto, exceto pelo banco do passageiro, repleto de roupas, maquiagem, garrafas de água vazias. Havia um vidro de cristal de perfume pendurado no retrovisor. Um atlas aberto no estado de Maine estava jogado no painel.

Demorei-me do lado da porta do passageiro enquanto Simon vasculhava entre as árvores. Fechei os olhos e imaginei Justine. Vi seus olhos azuis, seu sorriso, seu cabelo. Tentei ouvir sua voz, querendo que ela soasse de algum lugar fora de minha cabeça para que pudéssemos seguir suas instruções ou a direção de onde ela viesse.

Mas ela estava quieta. Os únicos sons eram os de pássaros cantando, carros passando, Simon pisando em galhos e folhas... e das marteladas em minha cabeça. Batiam mais alto e mais rápido à medida que eu entrava na floresta.

– Isso é ridículo – Simon disse dez minutos depois. – Não há trilha. Como podemos saber se eles estão mesmo por aqui? Estamos andando em círculos, e eles podem já ter ido embora.

Eu parei. – Simon.

Ele olhou para mim e depois seguiu meu olhar até a árvore morta alguns metros à frente. Uma vítima do tempo, de doença, fogo ou de uma mistura de coisas, parecia um esqueleto brotando das folhas. E pendurado em um longo galho desfolhado havia um moletom marrom com capuz.

Ao chegar à árvore, Simon levantou uma das mangas da blusa e a virou para mim, para que eu pudesse ver o logo da Bates.

– As folhas estão achatadas – ele disse, olhando para baixo e longe da parte mais fina do tronco. – Eles continuaram andando.

Ele começou a correr, e eu corri atrás dele, assustada e aliviada quando tive de pressionar as mãos em minha cabeça por causa da dor lancinante. Enquanto corríamos, Simon olhava para trás de vez em quando para ter certeza de que eu estava bem. Logo a dor se tornou tão forte que eu mal podia ver os pontos brancos brilhantes que distorciam minha visão, mas eu garantia a ele que estava tudo bem.

Até que ela riu.

Caí de joelhos, pressionando o peito contra as pernas. Fechei os olhos e agarrei o chão, enterrando os dedos nas folhas e na terra fria. Eu ouvira a risada de Zara, e aquilo não parecia com nada que eu já tivesse ouvido. Era como uma longa nota aguda atingindo um prisma e se dividindo em um milhão de notas agudas, algumas curtas, outras longas, algumas fortes, outras mais suaves, que se lançavam na atmosfera em diferentes ângulos até que sobrepusessem completamente qualquer outro som.

Era também como uma granada detonada bem no meu crânio.

Fiquei com a cabeça abaixada e me concentrei em respirar. Ela não riu de novo e, depois de alguns minutos, a dor diminuiu o suficiente para que eu pudesse abrir os olhos.

– Simon – sussurrei. Ele estava a alguns metros de distância, olhando por uma fresta nas árvores. Ao perceber que ele não me ouvira, levantei meu tronco e arrastei-me para perto dele. – *Simon*.

Meu nervosismo deu lugar à preocupação. Aquilo que ele vira por entre as árvores era tão ruim que ele nem notara que eu não estava mais atrás dele. Eu me levantei e fui arrastando os pés da maneira mais silenciosa e rápida que pude. Ele não se virou uma única vez, nem mesmo quando fiquei ao lado dele.

Eu me aproximei e espreitei pelas árvores.

Zara. Ela usava uma saia curta branca, que se desprendia de suas longas pernas com a brisa, e uma blusa também branca e justa sem mangas. Seus pés estavam descalços. O modelito era tão diferente da saia apertada, do tomara que caia preto e do salto alto que eu tinha visto aquele dia em sua casa que quase fiquei aliviada. Assassinos em série não se vestiriam de branco no dia em que decidissem fazer uma próxima vítima, não é?

– Linda.

Minha cabeça se virou para Simon. Ele ainda estava olhando fixamente para ela, como se a garota fosse um transluzente e impecável pêndulo balançando na frente dele.

– Ela é linda... não é?

Eu me virei, com o rosto queimando. Como ele podia pensar em uma coisa dessas num momento como aquele? Ele não era um adolescente comum cujos pensamentos giravam em torno da mesma coisa. Era o *Simon*. O Sr. Homem do Tempo. O Garoto Ciência. Como ele, entre todas as pessoas, tinha se deixado envolver por emoções, hormônios ou qualquer coisa do tipo, quando Caleb estava a apenas alguns metros de distância?

E como eu, de repente, pude desejar tanto ter dado mais atenção à minha aparência naquela manhã para que exercesse o mesmo efeito hipnotizante?

Vi Zara sentar-se perto de Caleb no topo de umas rochas enormes cercadas de árvores. Ela se inclinou para trás com as pernas esticadas. Ela o encarava enquanto ele olhava para frente, de costas para nós. Eu não podia ver sua expressão, mas estava claro pela forma como estava sentado, perfeitamente ereto e parado, que ele não estava confortável.

Ela se inclinou para frente e se pôs de joelhos. Engatinhou na direção dele com a saia branca esvoaçando em torno das pernas bronzeadas, o cabelo preto caindo sobre um dos ombros. Ela o observava enquanto se movia, os olhos prateados como estrelas, e sorria, aparentemente antecipando a reação que sabia que viria.

Chegando até ele, ela continuou de joelhos, com as mãos no chão, e esticou o corpo até que sua boca alcançasse o ouvido de Caleb. Ela disse algo que o fez tremer dos pés à cabeça e depois roçou os lábios na orelha, na bochecha e no pescoço dele. A cabeça de Caleb se inclinou para o lado dela, e, quanto mais ela se aproximava, mais seu peito pressionava o braço dele.

Eu queria gritar, berrar para que ela parasse. Queria correr por entre as árvores, empurrá-la para longe da rocha e pegar Caleb. Desejava que ela interrompesse o que estava fazendo, e queria que ele parasse de gostar daquilo. Mas eu não conseguia falar nem me mover.

Respirei profundamente quando Caleb ficou de pé. Ele andou pelas rochas, para longe dela. Parecia que ele pularia no chão quando ela saiu correndo para perto dele. Ela pôs uma das mãos no braço dele, ficou na ponta dos pés e alcançou o ouvido de Caleb novamente. Dessa vez, quando ela sussurrou, ele tentou empurrá-la, mas ela usou aquele movimento como uma chance de permanecer entre ele e a beirada da rocha, bloqueando sua rota de fuga.

Ele desviou o olhar, mas não se moveu, e ela esticou os braços para cima e os enroscou no pescoço dele. Ela olhou para ele do mesmo jeito que vi minha irmã olhar tantas vezes.

Os braços de Caleb permaneceram tensos ao lado do corpo. Ele suportou os lábios dela passeando por seu pescoço e os dedos desenhando as linhas de seu rosto. Sua expressão era neutra enquanto ela abaixava a cabeça para um lado, deixando o cabelo cair contra a mão dele. Ele nem se mexeu quando ela se aproximou mais, fazendo toda a extensão do corpo dos dois se tocar.

O que o fez reagir foi a tentativa dela de beijá-lo.

Tive de olhar para o lado. Eu me senti culpada, como se tivesse tropeçado perto de algum casal jovem prestes a fazer algo que nunca cheguei nem perto de fazer. Eu nunca tinha ficado frente a frente com um garoto, com a cabeça inclinada e os lábios a centímetros dos dele, desafiando-o a me recusar. Nunca havia mantido os olhos abertos e presos aos dele esperando sua resposta. Nunca havia pressionado minha boca contra a de um garoto, muito menos puxado suavemente seu lábio inferior com os dentes. E eu definitivamente nunca tive um cara com os braços em volta de minha cintura, pressionando-me contra ele, como se finalmente estivesse cedendo àquele impulso contra o qual estava cansado de lutar. E eu queria correr tanto quanto queria saber o que aconteceria depois.

Porque, quanto mais eu olhava, menos aquelas duas pessoas nas rochas se pareciam com Zara e Caleb.

E mais se pareciam com Simon e comigo.

Quando olhei por entre as árvores de novo, eles ainda não estavam se beijando. Ela continuou tentando mesmo que os lábios dele não se movessem. Mas seus braços estavam em volta do pescoço dele e as pernas em volta da cintura de Caleb. As mãos dele deslizaram pelas costas dela. Quando as pontas dos dedos de Caleb entraram por debaixo da blusa justa, ela sorriu.

Ele se pôs de joelhos. Ela o empurrou devagar até que ele se deitou de costas e continuou sorrindo conforme descia o rosto, centímetro por centímetro, para encontrar o dele.

– *Não...* – gemi baixinho ao vê-la deixar os cabelos caírem de um lado, bloqueando nossa visão dos lábios deles. Simon e eu desaparecemos, e eu estava de volta para o que estava realmente acontecendo. A ideia do beijo deles, de Caleb beijando Zara em vez de Justine, era demais para mim.

– Caleb!

Pulei ao som da voz de Simon.

– Você está bem? – ele perguntou, virando-se para mim.

Fiz que sim com a cabeça. Minha cabeça ainda latejava, mas eu estava assustada demais para falar.

– Fique aqui.

Eu o vi se lançar por entre as árvores com as marteladas em meu peito se sobrepondo às de minha cabeça.

– Tudo bem, Caleb! – Simon gritava enquanto corria. – Fique longe dele!

Zara se levantou, sem saber ao certo quem merecia mais sua atenção: Caleb, que começava a sair do transe no qual ela com tanto trabalho o havia colocado, ou Simon, que corria em direção a ela como bala de revólver. A decisão foi tomada quando Caleb se recuperou completamente, empurrou-a para longe e mexeu os pés.

– Não se mexa, Simon – Zara gritou, seguindo Caleb enquanto ele se arrastava pelas rochas. – Está tudo bem, querido. Não se preocupe. Está tudo bem.

Os olhos de Caleb passaram de Zara para Simon. Ele parecia assustado com os dois. Quando Simon subiu na outra ponta das rochas, Caleb olhou para ele, balançou a cabeça e pulou no chão repleto de folhas.

– Caleb! Onde você está...

Simon parou quando Zara se virou. Ela caminhou lentamente em direção a ele, de caso pensado, como se ele fosse esperar por ela para sempre se esse fosse o tempo que ela levasse para alcançá-lo.

– Corra! – ele gritou sem tirar os olhos dela.

Eu sabia que aquilo era para mim, mas fiquei ali, com os pés plantados como se tivessem brotado daquele solo.

A estrada, Nessa... Ele está indo para a estrada...

Dei mais uma olhada por entre as árvores, me encolhendo de medo do olhar de Zara, que estava a apenas alguns metros de Simon, e depois corri na direção oposta.

Corri mais rápido do que nunca. Galhos arranhavam meu rosto e meus tornozelos se retorciam enquanto meus pés atravessavam correndo o terreno irregular. Diminuí o passo apenas uma vez para poder pegar a blusa de Caleb que estava pendurada na árvore. Quando consegui me afastar e chegar ao acostamento, estava suando e respirando com dificuldade.

– Para que lado? – sussurrei, tomando ar com as mãos nos joelhos. Olhei para um lado e para o outro. Tanto o Mini Cooper como o Subaru ainda estavam onde haviam sido deixados.

– Para que lado ele foi?

Volte... volte pelo caminho que você veio...

Corri de volta pela estrada, passando pelo consultório dentário, pelo mercado, pela escola. Passei pelo correio, pelo café, pelo posto de gasolina. Corri até que as construções começassem a sumir a distância e as árvores ao lado da estrada aparecessem e se tornassem ininterruptas. Corri até sentir que meus pulmões explodiriam e minhas pernas se quebrariam, mas continuei correndo. Não pararia até que Justine me dissesse que eu já havia ido longe o suficiente.

Do outro lado da rua...

Parei. O posto de gasolina estava escondido na mata. Atravessei a estrada e segui a longa pista. Chegando ao posto, corri ao redor dele e entrei.

O lugar estava vazio, exceto pelo motorista de uma velha caminhonete azul e o frentista.

Mas Justine não me deu mais instruções. Caleb tinha de estar lá.

Esperei até que o motorista entrasse para pagar a gasolina e, então, fui até a caminhonete. Agachei-me e fui andando pela lateral sem ficar de frente para o prédio. Quando cheguei à porta do motorista, levantei-me o suficiente para ver dentro da cabine. Estava vazia.

Eu estava prestes a ir procurar um galpão por ali quando a caminhonete balançou. Não muito e apenas uma vez, mas definitivamente ela se mexeu. E o motorista ainda estava dentro do prédio.

– Caleb? – espiei por uma fresta da caçamba da caminhonete. Estava cheia de lonas amassadas e cobertores velhos, que vibravam como se a caminhonete ainda estivesse em movimento. – Caleb? Está tudo bem. É a Vanessa.

Esperei um segundo e levantei a ponta de um cobertor. Ele estava encolhido em um canto, deitado de lado, tremendo como se fosse inverno e não verão, e como se os cobertores e as lonas fossem feitos de gelo. Seu cabelo loiro sujo estava tingido de castanho-escuro, como a garçonete havia descrito. Seus olhos estavam arregalados, os lábios tremiam, e, ao perceber quem eu era, franziu o rosto.

– Vanessa... – disse com voz fina. – Não. Você não.

– Caleb, você tem que sair daí – ergui os olhos ao ouvir o motorista rindo dentro do prédio. Ele estava pagando a conta e sairia logo dali.

– Não posso – ele fez que não com a cabeça, e lágrimas rolaram por sua bochecha. – Não posso fazer isso sem ela.

– Caleb – subi na caminhonete e segurei a mão dele –, Justine está aqui. Ela nos ajudou a encontrar você. Ela quer que você venha conosco.

Ele olhou para mim querendo acreditar e depois olhou para o céu, deixando uma nova torrente de lágrimas cair dos olhos. – Estou tão cansado... Só estou muito cansado...

Ele me deixou ajudá-lo a sair, e tomei um susto ao ver como estava magro. Fazia apenas algumas semanas, mas a calça *jeans* e a camiseta já estavam folgadas em seu corpo. Apesar disso, ele ainda podia se mexer, e começamos a descer a estrada antes que o motorista da caminhonete pudesse ver que havia alguém pegando carona.

– E se ela ainda estiver lá? – ele perguntou quando nos aproximamos do Subaru, parecendo um garotinho assustado. – E se ela ainda estiver lá me esperando?

As chances de que ela ainda estivesse esperando por ele em algum lugar eram grandes, mas minha cabeça já não latejava mais. Estive tão concentrada em encontrá-lo que nem sabia ao certo quando aquilo havia parado, mas havia. Ela tinha ido embora. E, quando chegamos no carro, pude ver que o Mini Cooper tinha sumido também. – Ela não está – eu disse.

– E o Simon? – Caleb olhou para o Subaru sem ninguém no banco do motorista. – E se ela o tiver levado?

Senti um aperto no peito. Eu não sabia o que dizer. Eu queria poder afirmar que Simon estava bem, que ele não nos deixaria ir se não estivesse certo de que sairia dessa sozinho, mas a verdade é que eu não fazia a menor ideia do que Zara era capaz. E, se dissesse isso, eu estaria admitindo que Simon talvez estivesse em apuros... o que era mais do que eu poderia suportar.

– Vocês estão bem?

– Ah, graças a Deus – sussurrei antes de me virar.

Simon saiu da floresta e atravessou a estrada em nossa direção. Ele se movia devagar, de modo desajeitado, como se tivesse acabado de acordar, mas, fora isso, parecia bem.

Esperei perto do Subaru enquanto Caleb foi ao encontro do irmão no meio da estrada. Eles se abraçaram sem dizer uma única palavra.

Os olhos de Simon encontraram os meus quando ele soltou Caleb. Antes que ele pudesse me dizer qualquer coisa, lancei meus braços ao redor de seu pescoço e o apertei como se pudesse ficar daquele jeito para sempre se ele deixasse.

14

– Começou na primavera. Ainda lembro o dia exato, porque, antes de todos os outros que se seguiram, esse foi o dia mais estranho da minha vida.

Entreguei uma xícara de chá quente a Caleb, que estava enrolado em um cobertor no sofá, e uma a Simon, sentado diante dele. Havia um lugar vazio na poltrona ao lado de Simon, mas, envergonhada pelo abraço apertado que eu havia dado nele no início do dia, sentei-me no chão, perto da lareira.

– Quer dizer, é a *Zara*. Zara Marchand. Antes de 1º de maio, a garota não se dava ao trabalho de *olhar* para mim, muito menos de falar comigo. Até que ela simplesmente apareceu no Lighthouse – Caleb hesitou quando olhou para Simon. – Por falar nisso, eu larguei a marina.

– Fiquei sabendo – Simon disse.

– Eu tive de fazer isso. Precisava do dinheiro. Não contei para você, nem para ninguém, porque todo mundo que me conhece sabe como me sinto em relação a Monty e à marina, e não queria que ninguém tentasse me convencer do contrário.

Franzi as sobrancelhas com o rosto quase dentro da caneca. Ele precisava de dinheiro? O que era tão importante e tão caro?

— Tudo bem — disse Simon, quando a voz de Caleb vacilou. — Falamos sobre isso mais tarde.

— Então um dia ela simplesmente aparece — Caleb prosseguiu. — Eu estava carregando algumas caixas para a loja de suprimentos, e ela me parou na doca para dizer que tinha um bilhete de sua mãe para um dos donos, o Carsons.

Paul Carsons. A primeira vítima encontrada depois de Justine.

— E honestamente? Eu queria ignorá-la. Queria passar direto por ela e não dizer uma única palavra. Tratá-la da mesma maneira como eu a tinha visto tratar tantas pessoas na escola — ele olhou pela janela atrás do sofá. — E eu realmente gostaria de ter feito isso.

Olhei para Simon. Ele observava seu irmão atentamente.

— Mas você falou com ela? — Simon perguntou.

— Sim. O Lighthouse gira em torno de dinheiro. Seus investidores querem que ele cresça, que expanda, para ser o melhor *resort* marítimo do país.

— E isso significa manter os clientes satisfeitos? — Simon antecipou.

— Exatamente. Os funcionários devem ser educados e prestativos para que os hóspedes se sintam queridos e importantes. É por isso que eu não podia simplesmente passar reto por ela. Se, de algum modo, surgisse um comentário de que eu não havia sido prestativo, até mesmo para alguém que não era hóspede do *resort*, mas que podia se tornar um dia, eu perderia o emprego. E eu precisava dele.

Percebi o olhar de Simon, e eu sabia que nós dois nos perguntávamos a mesma coisa: Por quê?

— De qualquer forma, tentei encontrar o Carsons para ela. Percorri o local todo e disse a ela as vantagens dali, como fazemos com quem visita o Lighthouse pela primeira vez.

– Parece penoso – disse Simon.

– Não tanto quanto você pensa. Ela estava impaciente no começo, mas foi se acalmando conforme caminhávamos e quanto mais eu falava. Ela fez perguntas e ouviu. Ela até riu quando fiz as mesmas piadas idiotas das quais nenhum hóspede riu. – Ele tomou um gole do chá. – Não encontramos o Carsons, mas, depois de procurarmos por ele, ela parecia ter esquecido que era por isso que estava ali. E então... – ele olhou para a caneca que apertou nas mãos.

– E então? – Simon perguntou.

– E então ela me perguntou se eu não queria tomar alguma coisa com ela – Caleb fechou os olhos. – No píer, no fim da propriedade.

– Um drinque? Tipo, naquele momento?

Caleb concordou. – Não sei por que eu disse que sim. Eu estava trabalhando, e ela ainda era a Zara. A experiência não foi totalmente terrível, mas eu não havia me esquecido de quem ela era.

– Você foi pego de surpresa – disse Simon. – Quem não seria?

– Foi a coisa mais estúpida que eu já fiz.

– Foi apenas um drinque, Caleb.

– Mas *não foi*. Sentamos no final do píer e dividimos uma garrafa de champanhe que, provavelmente, custou o que ganho em uma semana. E eu me diverti de verdade. Ela era engraçada. Gostei de conversar com ela. Ficamos sentados ali por umas três horas.

Justine não dizia nada desde que eu tinha encontrado Caleb na parte de trás da caminhonete em Springfield. Meu coração ficou meio aflito quando ele falou de Zara, e eu me perguntei se Justine era capaz de ouvi-lo.

– Antes de ir embora, ela disse que lamentava por ter levado tanto tempo para termos uma conversa de verdade. Ela disse que gostaria que não tivéssemos perdido tanto tempo, mas que estava contente, porque ainda tínhamos muito tempo pela frente – Caleb fez que não com a cabeça. – E eu não contei a ela sobre Justine. Só pensei em mencionar que tinha namorada horas depois de ela ter ido embora. E era só em Justine que eu pensava. Ainda é só nela que penso.

Eu estava olhando para ele, mas tive de desviar o olhar quando a primeira lágrima correu por seu rosto.

– Mas eu não *sabia*, entende? Eu não sabia o que ia acontecer depois disso. Se soubesse, se de alguma maneira eu pudesse saber...

Simon esperou que a respiração soluçada de Caleb voltasse ao normal antes de falar. – O que aconteceu depois disso?

– Ela estava em toda parte – ele disse baixinho. – Esperando por mim antes da aula. Depois da aula. Antes do trabalho. Depois do trabalho. Ela me trazia coisas: jogos e revistas em quadrinhos. Ela aparecia na praia quando eu estava lá com meus amigos. E ela começou a persegui-los também, para descobrir onde eu estava, do que eu gostava, se eu falava dela. No começo, eles acharam engraçado que Zara Marchand, a garota mais linda de Winter Harbor, tivesse escolhido a mim entre todos os outros para perseguir. Mas ela não parava. Eu pedi a ela que parasse. Eu implorei. Mas ela não parava.

– E você contou a ela sobre Justine? – Simon perguntou.

– Todos os dias. Foi a primeira coisa que eu disse quando a vi pela segunda vez. Eu disse a ela que já havia conhecido a menina com quem passaria o resto de minha vida – a caneca tremia em uma de suas mãos enquanto ele enxugava os olhos com a outra. – Mas era como se ela não me ouvisse. Ou, se ouvisse, não se importasse. Porque as coisas continuaram assim por semanas.

Imaginei o *scrapbook* de Zara, as páginas em branco depois do guardanapo do Lighthouse. Não havia outras lembranças do tempo que eles haviam passado juntos, porque, ao contrário de seus outros alvos, Caleb resistira.

Quando ele falou novamente, sua voz era quase um sussurro. – Eu achei que aquilo tudo pararia quando Justine chegasse no verão. Eu achei que ela não teria como fingir que Justine não existia se a minha garota estivesse bem na frente dela.

Voltei os olhos para meu chá, sentindo os olhos de Simon sobre mim.

– E eu tinha razão. Por quinze maravilhosas horas, Zara sumiu.

Quinze horas. Eles não ficaram juntos nem um dia inteiro antes que Justine desaparecesse também.

À medida que o silêncio se estabeleceu, notei uma leve chuva começando a cair.

– Ela estava aqui naquela noite – disse Caleb um pouco depois. – Esperando por mim depois que voltei dos penhascos. Ela estava no meu quarto, na cama, usando um longo vestido branco. Ela não disse nada, mas eu sabia que, de alguma maneira, ela sabia o que tinha acontecido. E eu sabia que em sua mente pirada e distorcida, ela pensou que ficaríamos juntos – ele olhou para Simon. – Então, eu fugi. Eu odiei ter de deixar a mamãe e o papai. Odiei deixar *você*, mas eu não podia lidar com isso.

– Eu sei – Simon disse.

– Pintei o cabelo. Peguei carona. Fiz o que pude para me esconder, mas ela sempre me encontrava. E, toda vez que ela me encontrava, alguma coisa acontecia: eu era atraído a ela. Eu queria ficar perto dela. Queria gritar e afastá-la também, mas esses instintos eram dominados pelos outros – as lágrimas começaram novamente, agora caindo mais rápido. – Comecei a ouvir coisas sempre que ela estava por perto, e era como se meu cérebro simplesmente desligasse. Eu não podia ver ou ouvir qualquer outra coisa. Eu não sabia onde estava ou o que estava acontecendo. Tudo o que eu sabia era que Zara estava lá, tentando me levar com ela.

Dei um pulo quando o cobertor em volta dele começou a tremer do mesmo jeito que os cobertores e as lonas na traseira da caminhonete. Tomei o chá de suas mãos trêmulas e o coloquei na mesa de centro, então me sentei ao lado dele na beirada do sofá.

– Há algo errado com ela – ele disse, tremendo cada vez mais enquanto olhava para mim e para Simon. – É alguma coisa além do óbvio. Foi por isso que eu não contei para você para onde eu estava indo, nem telefonei pelo caminho. Eu não queria que ela usasse você para chegar até mim.

Lá fora, a chuva caía mais forte, fazendo mais barulho.

– Eu acho que ela teve alguma coisa a ver com o que aconteceu – Caleb sussurrou, seus olhos piscavam sem parar, como se alguém na sala além de nós pudesse ouvi-lo. – Com Justine. Eu acho que a Zara fez alguma coisa com ela.

Meu joelho bateu na mesa de centro quando um raio rasgou o céu e fez o chão tremer. A força da batida fez com que a xícara de Caleb caísse no chão. – Desculpem – eu disse, me agachando para juntar os cacos de cerâmica. – Eu sinto muito.

Simon se levantou para me ajudar, mas eu juntei o máximo que minhas mãos podiam segurar e corri para a cozinha. Parei perto da mesa, não sentindo os cacos nas mãos enquanto meu coração pulsava forte e as palavras de Caleb giravam em minha cabeça.

Logo que ele disse aquilo, percebi que eu mesma tinha começado a suspeitar daquilo: que, além de estar envolvida com a morte daqueles homens naquele verão, Zara era de alguma forma responsável pela morte de Justine. Mas ouvir Caleb pronunciar isso em voz alta tornou minha suspeita real, e eu não sabia como aquilo poderia ser possível.

Fiquei olhando para o pequeno espelho pendurado logo acima da mesa da cozinha com os cacos na mão enquanto o chá escorria pelos meus dedos. Eu não sabia se Simon e Caleb continuaram a conversa depois que saí da sala. Eu não sabia se eu ainda respirava ou se meu coração ainda batia. Tudo o que sabia era que, em algum momento, Simon apareceu atrás de mim.

– Sinto muito – sussurrei. Meus dedos relaxaram, e os cacos de cerâmica caíram de minhas mãos. Eles bateram na mesa e no chão, quebrando-se em pedaços ainda menores. Olhei para a bagunça e estendi a mão para recolhê-los. – Eu posso dar um jeito nisso – falei com a voz embargada.

Mas eu não podia vê-los; eram tantos, e meus olhos estavam cheios d'água. Logo as lágrimas escorreram por meu rosto, e eu caí no chão e chorei.

Simon não tentou me consolar, ele apenas se sentou perto de mim e me deixou chorar. Por fim, quando meus olhos estavam secos e meu corpo exausto, deslizei para trás e me sentei junto dele encostada na parede. Abracei meus joelhos, puxei-os para junto do peito e encostei a cabeça em seu ombro. Prestei atenção na pergunta que eu sabia que tinha de estar vindo e fiquei vendo o ponteiro dos segundos se mover no relógio da cozinha; quando ele deu cinco voltas e Simon ainda não havia me perguntado se eu estava bem, virei a cabeça.

Seu ombro se enrijeceu sob meu rosto. Levantei o queixo, até que minha boca ficou a apenas alguns centímetros de seu pescoço. Segurei a respiração ao ver seu peito subir e descer mais rápido.

Éramos amigos. Realmente bons amigos. E talvez eu devesse ter me preocupado com o fato de que nossa relação poderia mudar se eu fizesse o que naquele momento tinha um impulso irresistível de fazer. Talvez aquele não fosse o melhor momento ou lugar para isso. Talvez ele pensasse que meu colapso emocional tinha me levado ao limite, porque eu, Vanessa Sands Medo-da-Própria-Sombra, simplesmente não fazia coisas como aquela.

Mas, apesar disso, ou talvez por causa disso, eu fiz mesmo assim.

Fechei os olhos e apertei os lábios em seu pescoço.

Ele tremia. Afastei-me e esperei que ele perguntasse o que eu estava fazendo ou se afastasse. Ao perceber que ele não fez nada disso, beijei o mesmo local e, em seguida, a cavidade macia sob seu queixo.

Ele virou a cabeça e pressionou o rosto contra meu cabelo.

Beijei seu pescoço mais uma vez, sentindo seu pulso acelerar cada vez que minha boca tocava seu pomo de adão. Beijei-o mais rápido e de maneira mais intensa. Mantive os olhos fechados e me concentrei em sua respiração, no calor de sua pele, no modo como meu coração disparou, como se eu estivesse sendo perseguida pelos bosques, embora eu não estivesse nem um pouco com medo.

Após vários minutos, ele me puxou para seu colo. Foi minha vez de tremer quando ele tocou meu rosto, e seus dedos acariciaram minha testa, bochechas e meu queixo.

– Vanessa...

Abri os olhos. Seu rosto estava tão perto do meu que eu podia sentir seu hálito quente contra a minha boca. Parecia que ele queria dizer alguma coisa, talvez perguntar finalmente se eu estava bem, se eu tinha certeza de que queria fazer o que estávamos fazendo.

Respondi pressionando meus lábios contra os dele.

Um sobressalto correu do topo de minha cabeça até meus pés. Suas mãos passearam de meu rosto às minhas costas, agarrando meu cabelo ao longo do caminho. Coloquei os braços ao redor de seu pescoço e levei meu corpo mais para perto, até poder sentir seu coração batendo contra meu peito.

Por fim, isso não era perto o suficiente.

– O Caleb está...?

– Provavelmente dormindo – Simon sussurrou. – Provavelmente dormirá por dias.

Mantive os olhos nos dele e, em seguida, segurei suas mãos e levantei. Ao ver nosso reflexo no espelho sobre a mesa da cozinha, hesitei. O que me desconcertou não foi o fato de que eu não parecia eu mesma; foi que eu parecia alguém que eu não sabia que podia ser. Minha pele estava corada, meus olhos, brilhantes. Meus cabelos caíam em minhas costas em ondas soltas. Eu até parecia mais alta, mais ereta. Não parecia em nada uma menininha nervosa, parecia confiante. Animada. Viva. E em pé atrás de mim, me olhando como se quase não soubesse o que eu faria a seguir, Simon viu também.

Levei-o para fora da cozinha e subi as escadas com ele. Eu conhecia cada canto da casa dos Carmichael quase tão bem quanto a casa do lago, mas ela parecia diferente, ainda quente e confortável, mas também como se eu nunca tivesse estado ali antes. Quando chegamos ao quarto de Simon e fechamos a porta, fiquei feliz em ver a já familiar tabela periódica e o mapa-múndi pendurados na parede, mas também senti como se estivesse vendo aquilo tudo pela primeira vez.

Aconteceu o mesmo quando me virei para ele. Ele ainda era Simon, o mesmo garoto que apostava corrida comigo. O que sempre ficou para trás comigo quando Justine e Caleb saíam correndo na frente nas trilhas, aquele que cuidava para que os filmes que assistíamos juntos não ultrapassassem minha cota de sangue, vísceras e tripas. Ele ainda era aquele que cuidava de mim para ter certeza de que eu estava bem. Mesmo diante de mim naquele momento, ele estava apenas assistindo, esperando, não desejando fazer nada que pudesse me deixar pouco à vontade.

Mas agora, pela primeira vez, ele não parecia completamente calmo. Ele não parecia acreditar que não havia nada a temer e que podia me assegurar disso.

– Você está bem? – perguntei me aproximando.

– Vanessa...

Até meu nome soou diferente.

– Eu só... não sei... você está...? – ele fechou os olhos, como se estivesse tentando juntar os pensamentos fragmentados.

Eu me aproximei de seu corpo o máximo que pude sem que nos tocássemos. – Tudo bem? – beijei seu rosto.

Ele fez que sim com a cabeça, com os olhos ainda fechados.

– E isso? – eu o beijei do outro lado do rosto.

Ele fez que sim novamente.

– E isso? – meus lábios pressionaram seu queixo.

Ele apertou ainda mais os olhos e concordou com a cabeça novamente.

– E...

Minha boca ainda não havia tocado a dele quando ele me pegou pela cintura e me puxou para si. Ele me beijou como se seu coração fosse parar se ele não fizesse isso e manteve os braços em volta de mim enquanto eu me movia para o outro lado do quarto. Eu me virei quando chegamos à cama, de modo que ele se deitou primeiro, em seguida me arrastou para cima dele. Suas mãos estavam mais fortes, mais seguras, enquanto passeavam por minhas costas e me puxavam mais para perto. Minha pele parecia queimar sob as roupas enquanto nossos corpos pressionavam um ao outro.

– Está tudo bem – sussurrei, enquanto suas mãos deslizavam e depois pararam em minhas costas, debaixo de minha camiseta. Como ele ainda não parecia seguro, passei-a pela cabeça e a atirei ao chão, em seguida ajudei-o a tirar sua blusa.

Sua incerteza persistente pareceu sumir quando eu me deitei de costas. Ele me beijou de modo ainda mais intenso e agarrou cada parte de mim que pudesse alcançar, meu rosto, meus cabelos, ombros, minha cintura, meu quadril. Foi tão bom, tão natural, como se por dezessete anos meu corpo estivesse congelado, se preparando para aquele momento. Quando ele deslizou os dedos por minha pele nua e o botão de minha calça *jeans*, concordei sem hesitar e continuei a beijá-lo.

Ele parou apenas mais uma vez, quando um raio atingiu o solo nas proximidades e fez a lâmpada da cabeceira se apagar.

– Posso pegar velas... – ele levantou meu rosto para afastá-lo do seu até que nossos olhos se encontraram.

A escuridão. Era noite, uma tempestade despencava lá fora, e a única luz no quarto vinha dos trovões pela janela.

Isso normalmente me faria pegar uma lanterna e me esconder debaixo do cobertor até que a energia voltasse. Mas não me incomodava naquele momento.

– Está tudo bem. Mas obrigada – continuei a beijá-lo, mas ele pressionou a cabeça para trás, no travesseiro. – O quê? O que há de errado?

Ele tirou uma mecha de cabelo de meu rosto e a jogou para trás de meu ombro. – Nada... – ele disse, me olhando pensativo. – É que agora... nesta luz... seus olhos parecem quase prateados.

15

Estiquei-me na cama na manhã seguinte com o coração batendo forte e a cabeça girando. Fechei os olhos e me preparei para a habitual imagem de me ver em pé à beira do mar ou, a mais recente, de Justine chegando até mim com os braços machucados. Essas eram as primeiras coisas que eu via todas as manhãs, já que eram tudo o que eu via cada vez que conseguia pegar no sono.

– Oi!

Abri os olhos.

– Você está bem?

Registrei o globo no canto do quarto, a tabela periódica pendurada na parede do outro lado… e Simon, pressionando os lábios em meu ombro nu. – Que horas são?

– Nove – ele disse baixinho. – Eu poderia ficar aqui o dia todo, mas a gente devia limpar a cozinha antes de o Caleb acordar.

Concordei conforme ele escorregava para fora da cama e tentei processar o que havia acontecido. Surpreendentemente, eu não estava confusa com o fato de termos ultrapassado a antiga, sólida e inabalável fronteira entre amigos e mais do que amigos ou de não fazer ideia da direção para a qual isso tinha nos levado naquele momento. Eu não estava paralisada pelo choque ou pelo arrependimento por ter feito algo tão avançado, tão diferente de mim, com alguém, muito menos com a pessoa que eu não queria perder.

O que fez com que eu me concentrasse em silêncio no lago através da janela, em vez de jogar conversa fora, foi o fato de já ser tarde. Eram nove horas, e eu não estava me lembrando nem de longe dos resquícios visuais dos pesadelos da noite anterior. O que significava que, pela primeira vez em muito tempo, eu havia dormido oito horas ininterruptas.

– Acho que é tarde demais.

Minha cabeça se inclinou para Simon. – Tarde demais?

Ele ficou em pé perto da porta fechada do quarto, inclinou a cabeça e escutou. Então eu também ouvi: pratos batendo no andar de baixo.

Pulei da cama e me vesti rapidamente, imaginando o que Caleb pensaria quando nos visse entrando juntos na cozinha. Achei que seria um choque, já que a ideia de Simon e eu juntos certamente nunca passara pela cabeça de ninguém, mas eu também esperava que isso não causasse mal algum. E se o fato de nos ver juntos desencadeasse novas e dolorosas lembranças de Justine? E se ele se sentisse traído e fugisse de novo? E se...

– Ovos?

Gelei na porta da cozinha. Se Caleb estava chocado, ferido ou se sentindo traído, não estava demonstrando. Ele estava sentado à mesa, que àquela altura já estava sem os cacos que Simon e eu havíamos deixado na noite anterior, tomando café e lendo.

– No fogão – Caleb disse sem tirar os olhos do livro. – Suco na geladeira.

Ao pegar um copo de suco de Simon, sentei-me de frente para Caleb. Ele tinha removido a tintura castanho-escura do cabelo e, depois de comer e dormir, já parecia mais forte e saudável.

— É muito cedo — Simon disse. — Você ainda deve estar cansado. Não quer dormir um pouco mais?

— Não — respondeu Caleb, fechando o livro.

Puxei o livro *A história completa de Winter Harbor* para mim quando Caleb o pôs de lado. Folheando, procurei passagens sobre padrões climáticos estranhos em Winter Harbor, mortes inexplicadas e vítimas sorridentes.

— Então, depois de chamarmos a polícia, acho que devemos confrontá-la diretamente.

Simon sentou-se ao meu lado. — A gente não pode chamar a polícia ainda. Temos apenas suspeitas, não provas. E como podemos confrontá-la? O que vamos dizer? "Ei, Zara, eu sei o que você fez neste verão?"

— Quase isso — Caleb disse. — Vanessa pode fingir ser uma turista com uma filmadora digital para que a gente possa registrar a culpa no rosto dela.

— Cal — disse Simon paciente —, eu entendo que esteja com raiva, mas temos de pensar melhor nisso. Se formos com muita sede ao pote, podemos assustá-la antes de conseguir qualquer resposta. Além disso, você disse que não pode ficar perto dela sem que ela mexa com a sua cabeça. O que faz você achar que vai mesmo conseguir falar com ela?

Eles continuaram discutindo o assunto enquanto eu dava uma olhada nos livros de história. Oliver certamente sabia muito sobre Winter Harbor, sua pesquisa abrangia séculos, mas não havia menção de corpos encontrados misteriosamente na praia. Também procurei passagens sobre os Marchands, mas havia apenas um pequeno parágrafo sobre a inauguração do Betty Chowder House.

— Por que eu não falo com a Paige? — perguntei alguns minutos depois. Meu rosto corou quando eles se viraram para mim. Apesar do assunto, não pude deixar de me perguntar se Simon havia pensado na noite comigo quando me olhou e se Caleb pôde perceber o que tinha acontecido.

– Aquelas duas não são superfechadas? – Caleb perguntou.

– É exatamente por isso que quero falar com ela – eu disse. – E não se preocupe, não direi nada sobre ontem ou sobre Justine. Paige é bem aberta, então não acho que teria de forçar muito para descobrir se a Zara vem agindo de um jeito mais estranho do que o normal nos últimos dias.

– Parece um bom plano para mim.

– Espere um pouco – disse Simon, dando uma boa olhada para Caleb. – Eu não... *nós* não queremos fazer nada que possa atrair a atenção dela para você.

Eu realmente não queria que a atenção dela se voltasse para mim também, mas, por alguma razão, pensei que poderia lidar melhor com isso hoje do que 24 horas antes. – Tudo bem. Vou fazer isso logo agora pela manhã, quando elas estiverem no trabalho. Zara não vai poder fazer nada em um local público, cercada por um monte de gente.

– Tudo bem – Simon disse depois de uma pausa –, mas a gente vai com você. Ficaremos juntos até que isso seja resolvido.

– Parece justo – eu disse.

– Vou carregar meu iPod – Caleb se levantou da mesa e disparou o olhar para Simon. – Você também deveria levar o seu.

Depois que Caleb saiu, Simon e eu limpamos a mesa silenciosamente. Fiquei imaginando se ele estava bravo comigo por querer falar com Paige, ou, pior, se estava arrependido do que tinha acontecido na noite anterior. Tentei manter o mesmo controle que tinha me permitido fazer tudo o que tinha feito havia apenas algumas horas. Eu só perguntaria o que estava acontecendo, se ele se arrependeu, e, quando dissesse que sim, eu prometeria que para mim estava tudo bem se fôssemos apenas amigos. Poderia ser como se nada tivesse acontecido, se fosse isso que ele quisesse.

Depois de ligar a lava-louça, olhei para ele. Ele se encostou no balcão, olhando para mim. Segurei firme para não correr em direção a ele... até que ele estendeu uma das mãos.

– Vanessa – ele disse me puxando –, a noite passada foi...

– Eu sei – eu disse, aliviada. – Quer dizer, estou feliz por você também pensar assim.

Ele colocou os braços em volta de mim e apoiou o queixo no topo de minha cabeça. Quando falou novamente, sua voz era suave. – No entanto, eu acho que... talvez a gente não deva deixar isso acontecer de novo. Pelo menos não agora.

Congelei, em seguida recuei.

– Não que eu não queira – ele disse rapidamente, e seu rosto demonstrou preocupação. – Acredite em mim. É que talvez seja muito cedo, cedo demais para o Caleb. Não quero que ele se sinta pior do que já está.

Achando que tinha de haver outro motivo, que isso era apenas uma desculpa para esconder seu arrependimento, tentei argumentar. Mas eu não podia. Porque ele estava certo, não era justo. Independentemente do que eu queria, Caleb tinha passado por muita coisa, e nós apenas faríamos com que ele se lembrasse do que havia perdido.

– Tenho que ir – eu finalmente disse. – Volto depois do banho.

Ele abriu a boca para dizer alguma coisa, mas eu já havia saído antes que ele conseguisse.

Atravessei correndo o quintal dos Carmichael, e depois o nosso, nem reparando no movimento próximo ao lago logo cedo nem sentindo meu estômago revirar. Talvez não fosse a hora certa, mas isso não significava que o que tínhamos feito era um erro, que não deveria ter acontecido. Simon e eu não deveríamos nos sentir culpados ou arrependidos ou...

Parei de repente. Atravessei o deque e entrei em casa, e ela estava muito quieta. Eu não me lembrava de ter desligado a TV e o rádio... mas talvez porque no dia anterior eu estava animada demais para encontrar Simon na biblioteca. Certa de que era isso, fui para a cozinha.

– Dormiu bem?

Parei na porta. – Mãe?

Ela estava sentada à mesa da cozinha com o *laptop* aberto à sua frente. Uma xícara de café estava próxima a seu BlackBerry e às chaves do carro. Ela olhou para a tela do computador e fingiu ler alguma coisa sem olhar para mim. – Eu soube que houve uma tempestade terrível na noite passada. Sei como você odeia tempestades, por isso tenho certeza de que não conseguiu pregar o olho.

– O que você está fazendo aqui?

Ela pegou a xícara de café que estava sobre a mesa, recostou-se na cadeira e olhou para mim.

– Eu disse que estava bem. Espero que você não tenha cancelado nenhuma reunião importante para vir até aqui para me levar de volta para Boston, porque eu não vou.

Seus lábios perfeitamente marcados com brilho se abriram. – Você disse que estava bem. Também disse que estava dormindo bem. Então, você pode imaginar como fiquei surpresa ao chegar aqui antes de amanhecer e encontrar o carro do seu pai não na nossa garagem, mas na do vizinho.

– Chegamos tarde – eu disse com o rosto queimando. – Eles me convidaram para jantar e, como estava chovendo, era mais fácil estacionar lá do que aqui.

– Eles? – o rosto de mamãe relaxou. – O sr. e a sra. Carmichael já voltaram de Vermont?

Olhei para baixo.

– Vanessa?

– Não, mas não é o que você está pensando – mesmo que provavelmente fosse *sim* o que ela estava pensando. – Pegamos no sono enquanto assistíamos a um filme.

– Perdão, Vanessa. Não dormi a noite passada e tomei apenas uma xícara de café esta manhã. Quero ter certeza de que estou entendendo direito – ela ergueu os olhos para o teto. – Você está me dizendo que, depois de *semanas* me deixando preocupada com o fato de estar aqui sozinha e de não retornar minhas ligações nem atender ao telefone ontem o dia todo, você está perfeitamente bem? Que está bem o suficiente para ver um filme com o Simon Carmichael, mesmo o irmão dele sendo responsável...

– Não diga isso – entrei na cozinha. – Caleb não é responsável pelo que aconteceu a Justine. Ele a amava mais do que a qualquer outra pessoa. Ele não teria feito nada para machucá-la.

– Vanessa, por favor. Muito tempo sozinha nesse deserto obviamente está fazendo mal para você. Se ele e sua irmã tiveram qualquer tipo de relacionamento, foi uma coisa boba, sem sentido. Não significou nada. Se você acha que, seja lá o que estiver tendo com Simon, é diferente, sinto muito em dizer que você é uma menininha muito confusa.

Olhei para ela. – Cadê o papai?

Ela pressionou uma das mãos bem cuidadas contra a testa. – Seu pai está em Boston.

Atravessei a cozinha e peguei o telefone na parede.

– O que está fazendo? Esta conversa ainda não acabou!

– Papai entende – eu disse, discando rapidamente. – Ele não veio porque sabe que eu precisava de um tempo. Ele sabe que era disso que eu precisava. E já que é óbvio que você não entendeu, talvez ele possa tentar explicar novamente para você.

Eu me afastei dela enquanto o telefone tocava do outro lado da linha. Tocou uma, duas, três vezes. Depois de seis vezes, desliguei e tentei novamente.

– Ninguém atende – não era uma pergunta.

Desliguei e passei por ela, saindo da cozinha.

– Eu não vou a lugar nenhum, Vanessa – ela disse depois que saí. – Se você quer ficar aqui durante o verão todo, por mim tudo bem. O de que vai servir como um belo escritório.

Peguei a mochila no armário embaixo da escada e a arrastei até o banheiro. Tomei banho rapidamente, mas demorei mais do que de costume para me vestir. Eu nunca havia prestado atenção ao que usava quando Simon e eu saíamos juntos, mas naquele dia foi diferente. Eu estava diferente. Queria que ele soubesse disso, mesmo que as circunstâncias nos mantivessem separados. Além do mais, se aprendi alguma coisa observando Justine se arrumar para inúmeros compromissos, foi que a maquiagem e a roupa certa podem fazer a diferença entre deixar uma impressão duradoura ou não deixar impressão alguma.

Claro, eu não tinha ideia antes de sair de Boston que teria motivo para usar outra coisa em Maine que não fosse calça *jeans*, *shorts*, camisetas e moletons. Com minhas opções limitadas, finalmente decidi usar uma calça *jeans* clara, uma blusinha branca sem mangas e um cardigã roxo justo. Minha seleção de calçados também era limitada, por isso o melhor que eu podia fazer era mudar de tênis para sandálias de dedo. Deixei o cabelo secar naturalmente, passei rímel e *gloss*, que eu só tinha porque Justine insistira que eu os levasse sempre em minha bolsa por precaução.

Depois disso olhei no espelho logo acima da pia. Eu quase esperava ver brilhos prateados em volta do meu reflexo, como os que tinha visto na manhã em que Simon apareceu antes de irmos à marina de Winter Harbor. Fiquei desapontada por não estarem ali.

De volta à cozinha, minha mãe ainda estava à mesa. Ela não tirou os olhos do *laptop* quando passei. – Não vou amarrar você no sofá para fazê-la ficar. Mas você pode pelo menos me dizer aonde está indo.

Parei com a mão na porta. Era só isso? Até o papai faria um escândalo se estivesse bravo comigo. – Ao Betty – respondi sem me virar.

Ela tomou um gole de café. – O jantar é às seis horas. Ligue se for se atrasar.

Abri a boca para dizer que estaria de volta quando estivesse de volta e que eu estava conseguindo comer por conta própria... mas a fechei.

Havia várias outras pessoas cuja companhia eu teria preferido à da minha mãe, mas a ideia de ela estar ali, de alguém estar ali quando eu chegasse não era totalmente terrível.

Simon e Caleb estavam prontos esperando por mim na varanda da frente no momento em que cheguei a seu quintal.

– Desculpem-me pela demora – eu disse, apertando o passo. – Tive uma visita surpresa. – Simon olhou para nossa garagem. Seus olhos se arregalaram quando ele avistou a BMW.

– Não se preocupe. Não vou a lugar algum... pelo menos não ainda. Eu acho que ela só precisava me ver pessoalmente para acreditar que eu não estava pirando – olhei para trás de Simon, para Caleb. Ele estava sentado em uma cadeira de vime, de olhos fechados, balançando a cabeça.

– Ele está bem?

– Acho que sim. E ele parece acreditar que o Green Day vai ajudá-lo a permanecer assim.

O percurso até a cidade foi silencioso. Caleb ouvia seu iPod e olhava pela janela no banco traseiro. Simon se concentrava na estrada. E eu pensava no que perguntaria a Paige, sentindo-me menos segura à medida que nos aproximávamos do Betty. Uma coisa era imaginar uma conversa com Paige com Zara por perto na segurança da cozinha dos Carmichael, mas conversar de verdade era bem diferente.

– Uau – eu disse, quando viramos pela rua principal. Eu quase não a reconheci: as calçadas estavam muito calmas para um dia ensolarado, e faixas amarelas anunciando o I Festival Anual do Esplendor do Norte do Lighthouse Marina Resort e Spa estavam esticadas acima de nós ao longo da rua.

– O que significa isso, "o primeiro"? – perguntei. – Minha família e eu vamos... íamos ao Festival do Esplendor do Norte todos os anos!

– Essa é a primeira vez que ele é patrocinado pelo Lighthouse – Caleb parecia resignado. – Havia um artigo sobre isso no *Herald* de hoje.

Dizia que o festival deste ano vai atrair milhares de convidados de toda a Nova Inglaterra e promete ser o melhor de todos, combinando antigas tradições com emocionantes novos passeios, jogos e atividades.

– É daqui a uma semana – disse Simon tranquilamente quando passamos por baixo dos anúncios.

Ele não deu detalhes, mas eu sabia no que estava pensando. Muita coisa poderia acontecer em uma semana: entre corpos levados à praia e famílias buscando segurança, poderia não haver ninguém na cidade na hora em que as primeiras luzes do festival se acendessem.

– Estacione na área principal – eu disse, enquanto nos aproximávamos do Betty e o logotipo da sereia acima da entrada se tornava maior. – Os funcionários estacionam atrás.

Simon fez o que eu disse, diminuindo a velocidade e abrindo a janela ao nos aproximarmos da entrada.

– Reserva?

– Oi, Garrett! – debrucei-me sobre o centro do console.

– Vanessa! – ele baixou a prancheta e sorriu. – Oi! Você perdeu um grande *show* outro dia. Você vai trabalhar?

– Na verdade, eu vim pegar um cheque. Tudo bem se a gente estacionar aqui para eu dar um pulinho lá dentro?

Seu sorriso vacilou com o "a gente". Ele olhou para a prancheta e, em seguida, para trás dele, no estacionamento. – Acho que sim.

– Valeu! Você é demais!

– Ah, por falar nisso... – ele se inclinou para me olhar pela janela aberta de Simon quando estávamos para descer – Uma galera vai sair hoje à noite. Você quer ir? A gente podia jantar antes.

Tentei sorrir quando Simon olhou para baixo. – Seria legal, mas acho que não vai dar hoje.

Seus olhos se voltaram para Simon enquanto ele se afastava. – Tudo bem. Talvez outra hora.

Paramos em uma vaga no fim do estacionamento, longe das janelas do salão principal. Virei-me para Simon, sem ter certeza se devia explicar o jantar mencionado por Garrett ou se ele ao menos se importava.

– Certo – ele disse antes que eu pudesse decidir –, faça o que precisa fazer, mas seja rápida. E, no instante em que se sentir desconfortável, saia de lá.

– Vou sair – respondi. – Prometo.

Caleb lançou os braços entre os assentos. – Aerosmith – ele disse, agitando um CD *player* portátil para Simon. – É antigo, mas funciona.

Desci do carro e atravessei correndo o estacionamento. Tentei me focar no que eu queria saber de Paige, coisas como se a Zara tinha dito onde estava ontem, se estava agindo de forma estranha ou se tinha mencionado recentemente algo sobre seu último namorado, mas minha cabeça girava rápido demais para pensar direito.

Ver a Zara logo de cara não ajudou muito. Ela estava no salão próximo ao saguão, tirando o pedido de um jovem casal. Ela conversava e sorria como se nada de extraordinário tivesse acontecido, como se não tivesse tentado fazer lavagem cerebral e seduzir sua última vítima menos de 24 horas atrás. A dor de cabeça começou logo que a vi, mas dessa vez meu estômago embrulhou também.

Eu me escondi atrás do balcão até que ela se afastasse de mim para atender outra mesa, então dei uma olhada ao redor do salão. Nem sinal de Paige. Peguei uma pilha de cardápios e a posicionei bem ao lado de meu rosto enquanto corria ao longo da parede do salão, então disparei pela porta da cozinha.

– Louis, cadê a Paige? – corri para o balcão onde ele estava.

– Bom dia para você também, querida – sua faca cortava cenouras, lançando discos laranja sobre o balcão. – Na verdade, retiro o que eu disse. O dia *não* está nada bom. É completamente o oposto. A bela senhorita Paige decidiu pela primeira vez adoecer.

– Ela está doente? – meu coração pulou. – O que ela tem?

– Sou *chef*, não médico. Tudo o que sei é que ela não está aqui e aquela cria do diabo já ameaçou me demitir três vezes.

– Louis! Você chama isso de *cozido*?

Minha cabeça virou em direção à porta e depois voltou para Louis. – Aguente aí.

Saí correndo pelos fundos e fui para trás dos carros dos funcionários. O Mini Cooper vermelho estava estacionado ao lado da lixeira. Olhei pela janela do motorista, encorajada, quando notei que o atlas e a pilha de roupas haviam desaparecido. Parecia que Zara havia tirado um dia de folga após a perseguição.

– O que aconteceu? – Simon perguntou quando eu abri a porta do passageiro. – Ela estava lá?

– Sim – disse Caleb.

Olhei para Simon e, em seguida, me virei para o banco traseiro. Caleb ainda estava ouvindo o iPod e se afundou no assento. Seus olhos estavam arregalados e a respiração bastante rápida.

– Ela está lá – ele olhou para mim. – Eu posso ouvi-la.

Seu lábio inferior tremeu e um fio de suor escorreu de sua têmpora para a parte de trás do pescoço. Eles estavam distantes vários metros, separados pelas paredes de madeira e concreto, mas ele estava se transformando no Caleb assustado que havíamos encontrado no dia anterior. Era como se a Zara estivesse ali, de pé na frente do carro, sorrindo para ele.

Vanessa...

Meus olhos ficaram tão arregalados quanto os dele.

Ela não acabou... Ela não vai parar até que o tenha... ou até que você a impeça...

Virei-me para Simon. – Precisamos ir.

– Para onde?

– Para a casa delas – esperei por alguma objeção de Caleb no banco traseiro, mas tudo o que ouvi foi sua respiração trêmula. – Agora!

16

Vinte minutos depois eu estava na varanda da casa dos Marchand. Olhei por cima do ombro, feliz por não ver o Subaru, que estava escondido em um aglomerado de árvores no fim da estrada que dava na casa.

– Olá, Vanessa!

Minha cabeça virou rapidamente. Raina estava em pé em frente à porta aberta, vestindo uma túnica branca por cima do biquíni preto. Seu rosto, ainda estonteante mesmo sem maquiagem, estava pálido. Os cabelos escuros estavam molhados, e ela cheirava a sal, como se tivesse acabado de chegar de um mergulho.

– Oi! – forcei um sorriso e resisti ao impulso de olhar novamente para trás.

– Você precisa de alguma coisa?

– Não! – respondi rapidamente. Muito rápido. – Quer dizer, estou procurando a Paige.

– Acho que você vai ter de dar uma olhadinha no Betty. Paige está no trabalho.

Se ela fosse apenas mãe da Paige, eu teria explicado que já tinha ido ao Betty, onde eu soube que Paige não estava bem. Mas, como ela era também mãe de Zara, pensei que seria melhor falar o mínimo possível.

– Que idiota, eu... – agitei uma das mãos – Pensei que ela estivesse de folga hoje.

Sua expressão não mudou quando ela se virou para fechar a porta. – Diga que mandei um oi para ela quando a encontrar.

– Na verdade – eu disse, pondo a mão na porta –, não sei se vou voltar para a cidade hoje. Tudo bem se eu deixar um recado para ela?

Ela fez uma pausa. – Ficarei feliz em entregar sua mensagem. O que gostaria que eu dissesse?

– É confidencial.

Ela parecia tão surpresa quanto eu pela ousadia. Eu provavelmente deveria ter deixado que ela fechasse a porta na minha cara e corrido de volta para o carro o mais rápido possível. Mas eu sabia que ela estava mentindo, e isso só me deixou ainda mais determinada a entrar.

– É coisa de menina – eu disse, baixando o tom de voz. – Estou completamente apaixonada por um cara que nem sabe que eu existo... mas só tenho a Paige para desabafar sobre a minha última tentativa malsucedida de chamar a atenção do garoto.

Ela franziu os lábios, claramente tentando decidir se eu estava assim tão perdida.

– Viu só? – apontei para o meu rosto, que havia corado no momento em que ela abriu a porta. – Isso acontece quando falo dele. Dá para imaginar como pareço ridícula quando estou perto dele? Um completo desastre!

Seu rosto relaxou um pouco. – Você deveria começar por essas roupas.

Olhei para baixo ao ouvir a sugestão, e porque ela parecia acreditar em mim.

– Você tem 17 anos, não tem?

Levantei os olhos e concordei com a cabeça.

– Esse é o melhor rostinho que vai ter. Aproveite. Exiba-o. Confie em mim: ele vai perceber.

– Ok... Obrigada!

Aparentemente decidindo que eu precisava de mais ajuda, ela abriu um pouco mais a porta. Meu coração disparou quando pisei ali dentro. Demorou um segundo para meus olhos se ajustarem à luz suave que entrava na sala, mas pensei ter visto duas mulheres indo para a cozinha depois de verem quem estava à porta.

– O poder de uma mulher sobre um homem é sua melhor arma – Raina atravessou a sala e fez sinal indicando o sofá. – Usado corretamente, ele pode levá-la aonde ela quiser.

– Ah! – eu me sentei. – Bom, tudo o que quero é que ele repare em mim quando eu estiver na frente dele.

Ela inclinou a cabeça e sorriu, como se tivesse achado fofa minha inocência. – Fique aí. Eu tenho o que você precisa.

Esperei que ela saísse da sala. Estava curiosa para ver o que ela traria, mas também sabia que essa era a minha chance. Ao ouvir o barulho de gavetas se abrindo e fechando, levantei-me num salto e subi voando as escadas.

Depressa, Nessa...

Subi os degraus de dois em dois, então corri pelo corredor em direção ao quarto de Paige.

Para o outro lado... Vá para o outro lado...

Fiz que não com a cabeça para a voz de Justine. O único quarto na outra direção era o de Betty.

– Paige? – bati à porta do quarto dela e a abri logo em seguida. – Desculpe invadir seu quarto assim, mas o Louis disse que você estava doente e Raina disse que você estava no trabalho. Eu tinha de ver você porque preciso falar com você sobre...

Parei quando a porta se fechou atrás de mim. Ela estava deitada em um sofá-cama, escorada em travesseiros e enrolada com cobertores brancos. Ela estava usando uma blusa branca de gola alta que havia puxado até o queixo. Estava agasalhada como se fosse inverno, mas o sol ainda brilhava lá fora e todas as janelas estavam abertas, deixando entrar uma brisa salgada.

– Você está bem? – perguntei, caminhando em sua direção. – Está com febre? Eu posso fechar as janelas...

– Não – ela disse. – Esse ar está bom.

Eu me sentei ao lado dela. Com exceção das roupas de inverno, ela não parecia doente de jeito nenhum; os cabelos caíam pelos ombros em cachos soltos, as bochechas estavam rosadas e os olhos prateados brilhavam. – Paige, por que está parecendo que você acabou de fazer anjos na neve?

– Vanessa – ela disse, inclinando-se para mim –, somos próximas uma da outra, não somos?

Olhei para a porta. – Sim, somos.

– Elas me disseram que eu não deveria dizer nada a ninguém – ela continuou, com os olhos brilhando mais intensamente. – Disseram que não era o tipo de coisa que as pessoas realmente gostariam de ouvir, considerando que somos tão jovens e que nossas experiências são tão diferentes... mas não é nada que as pessoas não descobrirão mais tarde. E eu sei que você não vai contar nada para ninguém.

– O que eu não vou contar para ninguém? – perguntei. Eu me preocupava com Paige, mas não sabia até onde gostaria de entrar no círculo dos Marchand.

Ela se inclinou para mais perto. – Meu segredo.

– Não vou contar – eu disse, já que parecia que ela estava esperando que eu falasse alguma coisa, e eu queria acabar logo com aquilo para poder sair de lá. – Prometo.

Seu sorriso se abriu.

– Eu estou grávida.

Você precisa ir, Nessa...

– Não é incrível? – ela disse baixinho, amassando o nariz. – Quer dizer, sei que sou nova, e o Jonathan também. E eu vou ficar aqui e ele vai para a faculdade, mas eu realmente acho que vai dar tudo certo. Não teria acontecido se não fosse para acontecer, e a gente vai fazer dar certo. Não importa o que aconteça, vamos fazer dar certo.

Meu cérebro se esforçou para processar a ideia. – O que a sua mãe disse? – finalmente perguntei, pensando na minha.

Ela colocou a mão na testa. – Ah, meu Deus, eu estava com *tanto* medo de contar para ela – ela baixou a mão e fez que não com a cabeça. – Mas ela foi ótima. Na verdade, ela soube o que estava acontecendo antes de mim. Eu não estava me sentindo bem já tinha algum tempo. Estava enjoada, quente e com sede o tempo todo. Eu tomava banho gelado e bebia litros de água gelada e ainda me sentia como se estivesse assando no deserto. E então, dois dias atrás, ela reparou que eu estava suando depois do terceiro banho gelado e perguntou o que estava acontecendo. Eu disse a ela como estava me sentindo, então ela juntou as peças na mesma hora. Ela disse que se sentiu do mesmo jeito durante a gravidez.

– E ela aceitou numa boa? – perguntei, me lembrando de Simon e de mim em seu quarto apenas algumas horas antes.

– Ela aceitou sim. Zara ficou chocada no começo e não falou comigo por alguns dias, mas acabou ficando numa boa também. Elas me disseram que uma nova vida é sempre um belo presente, e que devemos sempre dar boas-vindas a ela. E por que eu não daria? – ela fez uma careta e segurou uma jarra de vidro cheia de um líquido verde-escuro. – Água salgada, do mar, com algas: essa é a cura estranha e mágica de minha mãe. Funciona, mas tenho de beber sem parar... e o gosto é tão bom quanto a aparência.

Meu estômago embrulhou quando meus olhos seguiram os pedacinhos marrons e verdes boiando na água.

– Os sais de banho ajudam também. Tenho de tomar um a cada hora. É por isso que, voltando à sua primeira pergunta, parece que eu acabei de fazer anjos na neve – ela pegou a minha mão. – Quer senti-lo?

– Não sei, acho que eu deveria...

Ela jogou os cobertores de lado, levantou a blusa um pouco acima do umbigo e colocou minha mão em sua barriga. Quando senti um movimento como se alguém estivesse nadando por baixo da pele, puxei a mão.

– Louco, não é? Posso apostar que esse garoto vai ser atleta olímpico.

– Preciso ir – eu disse, já de pé. – Minha mãe está na cidade, e eu disse a ela que não demoraria.

– Você não queria falar alguma coisa comigo? – seu rosto estava apreensivo enquanto baixava a blusa.

Eu estava andando para trás, mas parei bem em frente à porta. Todos os ossos de meu corpo queriam disparar para a saída mais próxima, mas eu já havia ido tão longe e, considerando a estranha quarentena médica de Paige, eu não sabia quando a veria novamente. Quando isso acontecesse, poderia ser tarde demais.

– Na verdade, queria... é sobre a Zara.

– Ela já está arrumando confusão com os funcionários? Ela tem ordens estritas para não demitir ninguém por motivo nenhum enquanto eu estiver fora.

Não é isso...

– Vanessa! Aí está você!

O sangue parou de circular em meu rosto. Eu me virei e vi Raina logo atrás de mim, segurando um longo vestido branco. – Sra... srta... Marchand. Desculpe-me por desaparecer. Na verdade, eu me lembrei de que pegaria um livro emprestado com a Paige. Estou lendo muito nessas férias, e a Paige me disse que tinha um livro muito bom que eu tinha que ler.

– Qual? – Raina perguntou.

– *A história completa de Winter Harbor* – Paige respondeu. – Na prateleira de cima, à direita.

Fiquei paralisada com o título. Em seguida, consegui lançar um olhar de agradecimento a Paige por cima do ombro. Quando me virei, Raina enfiou o vestido debaixo do braço e estendeu o livro em minha direção.

– Obrigada – eu disse, pegando o livro.

– Acho que a Paige já contou para você a boa notícia.

– Não fique brava – disse Paige. – Eu estava tão animada para contar para alguém, e a Vanessa é uma grande amiga. Ela não vai contar nada a ninguém.

– Espero que isso seja verdade – ela me olhou, e seu sorriso desapareceu. – Esse é um momento muito importante para Paige e para nossa família. Um momento pessoal e *particular* muito importante. Você pode entender uma mãe querendo proteger a filha. Sua mãe faria o mesmo pelas filhas, não faria?

– Com certeza – meu rosto queimava enquanto eu olhava para baixo.

– É óbvio que, com o tempo, as pessoas vão descobrir – Paige acrescentou –, mas a gente quer deixar isso quieto por enquanto. Levaria três minutos para que uma notícia como essa se espalhasse por toda Winter Harbor. Além disso, Jonathan ainda não sabe, e eu realmente não sei como contar a ele.

– Paige, querida, nós já conversamos sobre isso.

Eu olhava para Paige e para Raina. A severa reprovação na voz dela havia desaparecido. Raina parecia carinhosa, quase maternal.

– Jonathan não precisa saber de nada – Raina atravessou o quarto e sentou-se na cama. – Vocês têm um relacionamento tão maravilhoso agora. Por que deixar algo assim atrapalhar?

– Algo assim *não* atrapalharia – insistiu Paige, afastando-se quando Raina tentou pegar sua mão.

– E quando ele for para a faculdade daqui a alguns meses? – Raina perguntou. – E todos os anos durante os próximos quatro? Ele não vai desistir de tudo para ficar em Winter Harbor e ser um jovem pai.

– Ele não estaria desistindo de nada – disse Paige com a voz vacilante. – Ele poderia estudar à noite em algum lugar. E, além disso, ele não pensaria dessa forma. E sim que as coisas das quais está desistindo não se comparariam com tudo o que está ganhando.

– Será que os pais dele estariam de acordo? Você sabe que a família dele não é como a nossa.

Paige olhou para a mãe e, em seguida, puxou os cobertores para o queixo e se virou para a janela aberta, atrás da cama. – Só porque o meu pai desapareceu não significa que o Jonathan fará o mesmo.

– Você vai se sentir melhor depois de um bom banho – disse Raina, como se não tivesse ouvido a agulhada de Paige. Ela olhou para mim. – Posso acreditar que você não vai se mostrar outra pessoa lá fora?

Concordei com a cabeça.

– Obrigada, Vanessa – disse Paige, esboçando um discreto sorriso. – Ligo para você mais tarde.

Sentia a pulsação em meus ouvidos quando pisei no corredor e a porta se fechou delicadamente depois que saí do quarto.

Vanessa...

Corri pelo corredor, ignorando a voz de Justine. Aquele não era o momento. Eu havia me arriscado. Tentei descobrir mais coisas sobre Zara com Paige, mas não funcionou. Aquela era a hora de passar para o plano B, seja lá qual fosse.

– Vanessa?

Cambaleei para frente. Eu não devia ter ficado tão assustada ao ouvir alguém vivo pronunciando meu nome, já que minha irmã morta fazia isso o tempo todo, mas Betty não era uma pessoa qualquer.

Por favor, Nessa... Ela pode ajudar...

Senti um aperto no peito quando alcancei a escada. Eu não sabia o que Betty poderia dizer que não servisse apenas para levantar mais perguntas... mas talvez as perguntas pudessem dar algumas pistas.

– Bom dia, Vanessa – ela disse quando eu já estava dentro de seu quarto com a porta fechada.

Ela descansou as mãos sobre o bordado em seu colo e parecia esperar que eu dissesse alguma coisa. Eu, por minha vez, esperava Justine falar. Se eu tinha de ajudar Betty a me ajudar, eu não sabia por onde começar.

– Você está lendo alguma coisa? – ela finalmente perguntou.

– O quê?

– Paige emprestou um livro a você.

– Ah! – olhei para as minhas mãos, que seguravam o exemplar de Paige de *A história completa de Winter Harbor*. – Sim, emprestou.

– Paige é uma boa menina – Betty disse, como se achasse que eu duvidava daquilo. – Ela é jovem. Vai cometer erros, assim como a irmã e a mãe cometeram antes dela. Mas ela não tem a intenção de prejudicar ninguém.

Concentrei-me em manter a respiração estável.

– Ela não sabe sobre você.

Apertei mais o livro quando ele começou a escorregar.

– Não sabe sobre Justine.

Meus olhos observavam os dela, que estavam voltados para cima de minha cabeça, piscando rapidamente.

– E não sabe sobre sua mãe.

– Minha mãe? – sussurrei.

Ela baixou lentamente os olhos até que estivessem fixos nos meus. Uma luz fraca brilhava atrás das nuvens. – Mas, é claro, você também não.

Segurei a respiração, incapaz de me mover.

– Sua mãe e a mãe de Paige já foram muito próximas.

Dei um passo para trás. Meu quadril bateu em uma mesinha, deixando cair uma jarra de chá gelado no chão.

Betty fez uma pausa antes de pegar o bordado. – Há toalhas no banheiro.

Coloquei o livro sobre uma cadeira e corri para o cômodo logo atrás dela, agradecida pela pausa. Puxei uma toalha da prateleira acima do vaso sanitário e abri a torneira da pia. Enquanto molhava e torcia a toalha, o cheiro de sal ficou tão forte que me deu vontade de vomitar. Só quando a toalha estava úmida, mas não pingando, pude observar à pia e perceber que o que saía da torneira não era água potável.

Era verde, verde-escura como a do mar.

– É um livro muito bom – disse Betty quando voltei para o quarto. Ela deslizava a agulha para dentro e para fora de seu mais novo bordado, tendo aparentemente encerrado o assunto sobre Paige, mim e nossas mães.

– Foi um velho amigo meu quem o escreveu. Li uma vez, há muito tempo.

Ansiosa para sair de lá, fiquei de joelhos e comecei a esfregar o tapete.

– Que livro? – perguntei, esperando que minha voz soasse normal.

– O que você pegou com a Paige. *A história completa de Winter Harbor*.

– Betty... – parei de esfregar e olhei para ela. O livro ainda estava intacto na cadeira. Eu me virei para ela. – Você pode ver?

– Não vejo nada há 733 dias.

– Então como você sabia que livro a Paige me emprestou? Ou que eu estava com um livro?

Ela mudou o bordado de lado e começou a bordar outra extremidade. – Página 47.

Olhei para ela, então me levantei e peguei o livro da cadeira. Estava velho e obviamente tinha sido lido muitas vezes. A capa marrom estava gasta em ambas as extremidades, e as páginas amareladas; algumas até tinham se desprendido da lombada e deslizaram para fora quando folheei o livro. As páginas 33 a 38 voaram para o chão, levando com elas um pequeno bilhete escrito à mão.

"Para a linda Bettina. Que o brilho de Winter Harbor continue a dissipar a escuridão. Eternamente seu, Oliver."

– Está aí?

Tirei os olhos do bilhete e virei para a página 47. Ali havia um lírio, perfeitamente preservado na dobra.

– Você pode sentir o cheiro?

A flor morta perdera o perfume havia muito tempo, mas ergui o livro e o segurei perto do nariz. Cheirava a velho, como a biblioteca de Winter Harbor. – Não – respondi.

– Bem... – ela olhou para mim com os olhos mais claros que já vi – eu posso.

17

– Oliver Savage? – Caleb disse enquanto seguíamos para a cidade dez minutos depois. – Aquele velho carrancudo é o amor da vida de Betty Marchand?

– Eu pensei que a Betty estivesse doente – Simon disse – e fraca demais para conversar.

– A Raina quer que todo mundo acredite nisso para evitar perguntas eu disse. – A Betty não está completamente curada, mas está bem o suficiente para falar comigo toda vez que a vejo.

– Quantas vezes foram? – Caleb perguntou.

Não respondi. Minha cabeça e meu estômago reviravam com tudo que eu tinha acabado de saber, e foi preciso toda minha energia para manter o foco. Quando chegamos ao estacionamento da biblioteca, peguei os livros que Oliver queria e que eu não tinha tido a chance de olhar desde que os pegara emprestado. Abri a porta antes de Simon estacionar o carro.

– Não me leve a mal – Caleb disse –, mas a gente tem mesmo tempo para isso?

Olhei para ele pelo espaço vazio entre os dois bancos da frente. – Concordamos que, de alguma maneira, a Zara teve alguma coisa a ver com a morte de Justine.

Seu rosto ficou vermelho. – Sim.

– E que muitas pessoas morreram e muitas podem morrer se não fizermos nada para salvá-las.

Ele não disse uma única palavra.

– Precisamos colher o máximo possível de informações sobre as Marchand sem que elas saibam disso. Se Oliver é o grande amor de Betty, ele deve conhecê-la melhor do que ninguém.

Atrás de mim, os limpadores deslizavam pelo para-brisa. Eu quase não conseguia ouvir seu ritmo acelerado com o barulho da chuva que caía no teto. O céu estava escuro e as nuvens carregadas durante todo o trajeto, e era apenas questão de tempo até que o espetáculo de relâmpagos começasse.

– Ela está certa, Caleb – Simon disse. – E se realmente quisermos fazer isso, tem de ser agora.

Eu estava prestes a deixá-lo no carro, mas Caleb finalmente se endireitou e esfregou os olhos.

– Vamos – ele disse.

A chuva nos golpeava enquanto corríamos para a entrada da biblioteca. Quando entramos no saguão dez segundos depois, parecia que havíamos acabado de pular do píer completamente vestidos. Encontramos Oliver na sala de leitura. Ele estava sentado em uma poltrona próxima à lareira, cercado por livros abertos. Havia livros por toda parte: na mesa a seu lado, no assento, no parapeito da janela atrás dele, logo acima da lareira, no chão, encostados nos vasos de plantas. Mas ele não estava lendo.

Estava olhando para mim.

– Oliver? – Simon disse, já que Oliver não falou nem desviou o olhar. – Não sei se você se lembra da gente, mas eu sou Simon Carmichael, e este é meu irmão, Caleb. Nossa família mora no lago Kantaka.

O barulho da chuva ficou mais alto. Uma lenha se deslocou na lareira, lançando faíscas pela tela de metal.

– Acho que ele não pode ouvir você – Caleb não se deu ao trabalho de sussurrar enquanto inclinava o queixo em direção à mesa perto da poltrona de Oliver. Um pequeno aparelho auditivo marrom descansava sobre a pilha de livros abertos.

– Eu sei quem você é – Oliver disse com a voz rouca, mas calma. – E posso ouvi-lo. Ouvi vocês quando estavam no estacionamento.

Senti Simon tenso ao meu lado.

– Vanessa Sands – Oliver disse –, acho que você tem alguma coisa que me pertence.

Pisquei, lembrando de repente que estava apertando contra o peito o exemplar de Paige de *A história completa de Winter Harbor*. Comecei a passar o livro para ele... mas parei quando seus olhos se voltaram para a bolsa de pano que eu carregava no ombro.

– Hoje de manhã, por causa da política da biblioteca, devolvi livros dos quais precisava para poder pegar esses emprestados. Mary me disse que alguém os tinha levado – seus olhos se voltaram para os meus. – Por algum estranho motivo, desconsiderando os milhares de volumes da biblioteca, a jovem Vanessa Sands queria os mesmos cinco livros que eu. Quais são as chances de uma coisa dessas acontecer?

– Mínimas – encolhi o ombro para tirar a bolsa e a coloquei no chão perto de seus outros livros. – As chances são mínimas.

Ele olhou para a bolsa, surpreso por minha fácil desistência.

– Oliver, precisamos da sua ajuda.

Seus olhos suavizaram quando ele os levantou até os meus. Acho que já fazia um tempo que alguém tinha pedido alguma coisa ao mal-humorado Oliver Savage.

– Coisas horríveis estão acontecendo em Winter Harbor, e você tem alguma informação muito importante que ninguém mais tem – fiquei segurando o livro que ele havia escrito. Ele se reclinou na poltrona e cobriu a boca com a mão trêmula. Depois de um instante, inclinou-se para frente para pegar o livro. – Ele ainda está aí, página 47.

Ele tirou o lírio e olhou para ele, impressionado, como se a flor ainda estivesse vigorosa e viva depois de tanto tempo. – Onde conseguiu isto? – ele perguntou, girando lentamente o fino caule entre o indicador e o polegar.

– Paige me emprestou o livro.

– Oliver – Simon disse –, se tem alguma coisa que você pode nos dizer sobre a Betty ou sobre as Marchand que possa ajudar a acabar com o que está acontecendo, nós realmente ficaríamos muito agradecidos.

Oliver colocou o lírio novamente no lugar onde estava e, em seguida, virou o livro. Após um instante, começou a ler em voz alta o texto da contracapa.

– "As águas de Winter Harbor estão repletas de vida, e inúmeros restaurantes tentaram transformar essa generosidade natural em ganho financeiro ao longo dos anos. No entanto, ninguém alcançou tanto sucesso como Bettina Marchand, uma canadense que abriu o Betty Chowder House, restaurante de popularidade imediata, em 1965. *Chef* e empresária com apenas 24 anos, a srta. Marchand admite ter tido 'menos do que o treinamento apropriado' para tal empreendimento, mas, por meio do trabalho duro e de sua 'compreensão profundamente enraizada do mar e respeito por ele', conseguiu criar e manter o que hoje é uma instituição de Winter Harbor."

– É isso? – Caleb perguntou. – Sem querer ofender, mas você simplesmente não disse nada que não poderíamos ter descoberto em panfletos para visitantes de Winter Harbor.

– Exatamente – Oliver deu um tapinha no livro. – O que está aqui é tudo que Betty estava disposta a compartilhar. O restaurante já era uma lenda local quando eu estava escrevendo este livro e, como tal, achei que merecia um capítulo inteiro. Mas só consegui um parágrafo. Foi tudo o que ela me deixou escrever.

– Por quê? – Simon perguntou. – Ela se sentia pouco à vontade com o sucesso inesperado?

– Ah, ela se sentia pouco à vontade, mas o sucesso não tinha nada a ver com isso.

Minha cabeça disparou quando um raio atingiu o chão nas proximidades, fazendo as luzes piscarem acima de nós. Quando baixei os olhos, eles ficaram fixos nos de Oliver.

– Por respeito a ela, não contei a ninguém o que estou prestes a dizer a vocês. E só estou dizendo agora porque sei que vocês sabem coisas também – ele desviou o olhar para Simon e depois para Caleb. – Mesmo que vocês não percebam ou entendam, todos vocês sabem coisas que Betty não queria que ninguém nunca descobrisse.

Simon e eu nos sentamos no sofá em frente à poltrona de Oliver.

Atrás de nós, Caleb se encostou em uma estante de livros e cruzou os braços, disposto a ouvir.

Quando Oliver falou novamente, sua voz estava mais leve. – Quando conheci Bettina Marchand, ela estava fazendo o que mais gostava de fazer: nadando. Ela nadava de costas com um maiô roxo e sorria como se pudesse ouvir alguém especial sussurrando para ela que estava linda. Era evidente que ela não estava nadando para praticar exercício ou algum tipo de esporte, mas simplesmente porque se sentia bem. Era julho de 1965. Bettina tinha 24 anos, era nova na cidade e a atração dos garotos da região. Eu tinha 26 anos. Nasci e fui criado em Winter Harbor, e estava entre os que se sentiam atraídos por ela. Àquela altura, ela já estava por aqui havia alguns meses, mas não tínhamos nos conhecido oficialmente. Se ela tivesse feito as coisas do seu jeito, não teríamos nos conhecido como nos conhecemos também – ele sorriu. – Eu não a estava perseguindo ou me escondendo para que ela não me visse olhando para ela. Eu estava lá para nadar também. Eu tentava ir embora quando a encontrava para lhe dar privacidade... mas não conseguia. Ela era linda demais.

– Ela ficou brava quando viu você? – Caleb perguntou.

– Para ficar brava, Betty tinha primeiro de saber que eu a estava admirando, mas ela não sabia. Ela nunca pediu nem desejou a atenção que recebeu.

– No entanto, ela descobriu, no fim das contas, que você a admirava, certo? – perguntei.

– A única maneira de *não* descobrir seria se ela tivesse deixado a cidade. Felizmente, ela estava muito empenhada com o restaurante e isso a manteve por aqui quando ela poderia ter desaparecido. O restaurante também fez com que fosse mais fácil encontrá-la. Comecei a frequentá-lo na hora do almoço todos os dias, esperando uma chance de conversar com ela. Quando o movimento estava fraco, ela se sentava comigo. Eu era quem mais falava, infelizmente. Toda vez que eu tentava perguntar sobre outra coisa que não fosse o restaurante, ela sempre mudava de assunto. E ela adorava ouvir histórias sobre Winter Harbor, dizia que a cidade era o lar que ela sempre quis, por isso eu contava tudo o que sabia, porque isso a deixava feliz. Quando me faltavam histórias, eu desenterrava algumas.

– É por isso que você não fala em seus livros sobre nenhuma das mortes inexplicadas? – perguntei, entregando-lhe o bilhete sobre o brilho de Winter Harbor dissipando a escuridão. – Porque as histórias eram só para deixá-la feliz?

Oliver deu uma olhada no bilhete e, em seguida, colocou a mão na capa do livro, sem responder. – Após alguns meses, ela finalmente concordou em me namorar sério. Naquela época, era quase inverno, e os lagos estavam congelados. Fomos patinar no lago Kantaka e, depois, eu preparei um jantar para ela – ele fez uma pausa. – Aquela foi a primeira noite em que ela me contou coisas sobre sua vida que disse nunca ter contado a ninguém...

– Tipo o quê? – perguntei, meu coração acelerado enquanto o sorriso dele desaparecia.

– Ela disse ter sido criada pela mãe e por tias em um ambiente "não convencional". E foi embora sem dizer a elas por que ou para onde estava indo, porque não aprovava o estilo de vida delas e não queria nunca ser encontrada e levada de volta – ele olhou para o fogo, como se estivesse se preparando para dizer algo. – Ela me disse, com lágrimas nos olhos, que passava tanto tempo nadando não só porque gostava daquilo, mas porque precisava. Ela fisicamente precisava mergulhar na água salgada várias vezes ao dia.

Olhei para Simon sem virar a cabeça. Ele estava observando Oliver de perto.

– Ela disse que se não nadasse... com o tempo, não seria capaz de respirar.

– Por quê? – Simon perguntou depois de uma pausa.

– Ela não dizia. E começou a agir de forma diferente logo que disse tudo isso, ficou distante e ainda mais comedida. Ela disse que se sentia envergonhada, mas eu sabia que era mais do que isso. Ela estava com medo.

O relâmpago agora estava mais próximo. O chão tremeu, fazendo vibrar o sofá debaixo de mim.

– Continuei a vê-la todos os dias e a contar histórias sobre Winter Harbor, sem nenhuma outra razão além de distraí-la de seus medos. Sua confiança em mim aumentou, e ela pareceu se esquecer de quanto se sentiu terrível depois de revelar detalhes tão íntimos de sua vida. Dois anos depois disso tudo, quando as coisas pareciam quase normais, pedi sua mão em casamento.

Meu coração doeu por ele quando seus olhos abaixaram.

– Ela disse que não poderíamos ficar juntos assim... que me amava demais para arriscar que alguma coisa acontecesse comigo – o livro tremia conforme ele o apertava entre as mãos. – Na tentativa de convencê-la de que tudo ficaria bem, escrevi isto para ela. Queria que ela soubesse que eu sempre estaria a seu lado, para conversar com ela, para distraí-la de seus medos, se era disso que ela precisava. Mas ela nunca mudou de ideia.

Meus olhos tremiam conforme a mão de Simon pressionava minhas costas.

– No entanto, isso não foi o pior de tudo – sua voz estava mais baixa agora. – Só porque ela disse que não poderíamos ficar juntos não significava que ela queria que as coisas fossem assim. E, em uma madrugada de agosto, muitos anos depois, quando eu estava com tanta saudade dela a ponto de não conseguir enxergar as coisas direito, fui procurá-la no restaurante. Ela não estava lá e, por impulso, voltei ao lugar onde nos encontramos pela primeira vez. Ela estava nadando e, quando viu que eu a observava, saiu da água e veio em minha direção, sem dizer uma única palavra.

Fiquei contente quando as luzes pararam de piscar e ficaram normais. Minhas bochechas queimavam enquanto eu ouvia Oliver falar sobre seu encontro romântico nas rochas, e imaginei os lábios de Simon nos meus na noite anterior.

– Nove meses depois, ela teve Raina.

Meus olhos se arregalaram. Eu sabia que ela era filha de Betty e que tinha de ter um pai, mas era difícil imaginar que aquela estranha Raina fosse fruto desse amor real, apaixonado, proibido.

– Ela parou de vez de falar comigo depois da noite nas rochas – Oliver disse, triste. – Eu ainda fui ao restaurante. Disse a ela que queria mostrar à nossa filha a mesma luz e felicidade que a mãe da menina havia me mostrado. Mas ela não quis ouvir. Era como se não me ouvisse.

– E terminou assim? – Caleb perguntou. – Ela não lhe deu outra chance?

– Infelizmente, não. Eu escrevia, ligava, mandava flores, ia ao restaurante só para ficar perto dela, mandava presentes em todas as datas especiais, como aniversários, feriados ou qualquer outro dia em que eu pensava tanto nela que *tinha* de fazer alguma coisa concreta a respeito. E fiz o mesmo com Raina, até que os presentes e cartões começaram a voltar – ele fez uma pausa. – Anos mais tarde, depois do acidente de Betty, tentei visitá-la, mas Raina não me deixou entrar. Ela disse que seria muito perturbador. Eu continuo indo ao restaurante até hoje, só para me sentir o mais perto possível dela.

– Oliver – eu disse –, o lugar onde você e Betty se encontraram pela primeira vez e se reencontraram alguns anos mais tarde... onde fica exatamente?

Ele franziu a testa e, em seguida, pegou uma mochila de couro que estava aos seus pés. Tirou um grande bloco de desenho e o segurou em minha direção. – Não sou lá um grande artista, mas rabiscar é muito terapêutico.

Peguei o bloco e o passei para Simon abrir. Eu já sabia o que Oliver queria que eu visse.

– A água ao redor dos penhascos de Chione sempre foi um bom lugar para nadar – Oliver disse. – Eu gostava porque era isolado. Betty gostava porque era a piscina natural mais profunda da região. Ela dizia que, quando mergulhava do penhasco, podia nadar em linha reta para baixo por vários minutos e nunca atingir o solo.

Uma lenha se moveu na lareira assim que prendi a respiração. Felizmente, ninguém pareceu notar minha surpresa.

– Ela conseguia ficar debaixo da água por vários minutos? – Caleb perguntou. – Como?

– Pensei que fosse uma habilidade que adquirira depois de anos de prática, ou que se tratasse apenas de mais um talento aparentemente impossível com o qual havia sido abençoada. Mas, quando ela parou de falar comigo de forma tão repentina depois de nossa noite ali, comecei a reunir informações. Anotei os poucos detalhes pessoais que ela me dera, incluindo nadar por vários minutos sem oxigênio. Eu queria ajudá-la. Queria descobrir o que a deixava com tanto medo para poder ajudá-la a lidar com isso. Pensei que, se pudesse ajudá-la a não ter tanto medo, talvez pudéssemos ficar juntos – ele estendeu a mão e colocou uma sacola de livros sobre o colo. – Eu não descobri isso a tempo de Betty e eu... mas talvez possamos descobrir a tempo para Winter Harbor.

Olhei para as capas dos livros que ele foi colocando, um a um, no chão, perto de nossos pés.

– Mitologia grega? *Contos inéditos de marinheiros*? Sereias?

A última vez que vi Oliver na biblioteca, ele disse que a história se repetia, que a única forma de descobrir e deter o que estava acontecendo agora era rever o que acontecera no passado. Eu esperava livros sobre crimes, assassinatos, morte e destruição, obras não ficcionais que relatassem a verdade, acontecimentos terríveis ao longo do tempo. Como os obituários com as vítimas sorridentes nas edições anteriores do *Winter Harbor Herald*, mas em escala maior, mais assustadora.

– *Les chanteuses de la mer?* – li em voz alta enquanto Oliver tirava o último livro da sacola. Era uma capa vermelha desbotada com a ilustração de uma mulher saindo da água, indo em direção ao céu.

– Cantoras do mar – Caleb traduziu com a voz sombria. – Francês era a única matéria que me interessava – acrescentou quando Simon e eu olhamos surpresos para ele.

Virei-me para Simon, minha rocha da teoria científica. – Sério? Você acha *mesmo* que a Betty é algum tipo de sereia cantora do mal? Como? Com os pés palmados e um sutiã de coco pontudo? – tentei brincar, porque ele não estava rindo. Ele não estava revirando os olhos ou descartando a ideia de imediato.

Voltei-me para o livro que Oliver agora tinha aberto nas mãos. Meus olhos passaram batido pelo texto em francês e foram parar na ilustração. A única luz na sala vinha do fogo que crepitava, por isso eu não consegui ver de imediato. Mas, quando outro relâmpago brilhou ali perto, a imagem ficou tão clara como se houvesse sido ampliada em uma tela de cinema.

Um homem estava deitado em uma praia rochosa. Seu corpo estava largado, os membros espalhados pela praia como emaranhados de algas levados pelas ondas. Do pescoço para baixo, a imagem sugeria que sua morte havia sido dolorosa, e até evidenciava sinais de tortura. Parecia um pescador apanhado por uma tempestade, arrancado de seu barco e depois jogado de um lado para o outro no meio das ondas antes de ser lançado à terra.

Mas, apesar do resultado lamentável, do pescoço para cima ele parecia querer que aquilo acontecesse novamente.

Porque o pescador morto estava sorrindo.

18

— Isso é loucura. Você *sabe* que isso é loucura.

— *Parece* loucura – Caleb disse –, mas faz todo sentido.

Simon olhava para frente enquanto dirigia, sem concordar com nenhum de nós.

— Raina pode ser estranha e Zara pode ser capaz de fazer coisas terríveis e inimagináveis, mas... sereias? Como as belas criaturas *ficcionais* que atraíam marinheiros para a morte? – balancei a cabeça negativamente. – Isso não é a *Odisseia*. Está acontecendo de verdade, na vida real. Se quiser chamá-las de assassinas em série, tudo bem. Mas dizer que cantam de forma mágica para os homens pelo simples prazer da caça é loucura.

— Vanessa, eu posso *ouvir* a Zara – Caleb parecia animado, como se estivesse aliviado por finalmente ter uma explicação. – Mesmo quando não a vejo, posso ouvi-la. É por isso que não consigo me concentrar em outra coisa quando ela está me chamando. Não consigo nem pensar em quanto eu não suporto a Zara, ou em como eu gostaria que ela fosse embora e me deixasse em paz. Só consigo ouvi-la e imaginá-la, e desejo estar perto dela, mesmo que estar a centenas de quilômetros de distância dela seja normalmente perto demais.

Uma imagem dos dois nas rochas na floresta passou pela minha cabeça. Ele parecia ao mesmo tempo desconfortável e ansioso conforme ela engatinhava em sua direção e pressionava o corpo contra o dele, mas ele havia acabado de perder a namorada. E, apesar do que estava por trás de sua bela aparência, a Zara ainda era deslumbrante. Ele estava sofrendo, se sentia só e culpado por se sentir atraído por outra menina.

– E você ouviu o que o Oliver disse, que era desse passado que Betty tentava fugir. Foi por isso que ela largou a família e veio para cá, foi por isso que ela e Oliver não puderam ficar juntos.

– Porque as outras mulheres da família dela, loucas à caça de homens, descobririam, atrairiam Oliver para longe dela, o matariam e, em seguida, a levariam de volta? – olhei para Caleb. – Sabe o que isso está parecendo?

– E o pai de Zara e Paige? – ele perguntou. – Você já ouviu alguma delas falar do pai?

– Não – admiti –, mas talvez seja apenas uma família cheia de segredos. Eu também não sei qual é a cor favorita de Paige nem quando é o aniversário de Zara.

– Você não sabe nada sobre o pai delas, assim como nós nunca ouvimos nada sobre ele, porque provavelmente o pai delas não é o mesmo. E Raina provavelmente matou os dois depois de cada ato consumado.

– Hum, Simon? – olhei para ele e depois para seus dedos, que estavam ficando brancos conforme ele agarrava o volante. – A voz da razão ajudaria agora.

– O Caleb deve entrar.

Levei um segundo para notar que o carro já não estava mais em movimento. Segui o olhar de Simon e tentei descobrir onde estávamos pela chuva que escorria no para-brisa. – O Lighthouse?

Caleb se recostou no banco e olhou pela janela. – O que estamos fazendo aqui?

Simon continuou olhando para frente. – Betty parou de falar com Oliver depois que eles passaram a noite juntos nos penhascos de Chione, na noite em que ela ficou grávida de Raina.

– E...? – eu não estava fazendo a ligação.

– Segundo o *scrapbook* de Zara, ela largou cada um dos caras no instante em que eles disseram que a amavam, e depois eles desapareceram.

– Zara tem um *scrapbook*? – Caleb perguntou. – Para mim, ela não era esse tipo de garota.

– E agora – Simon disse, ignorando Caleb – Paige está grávida.

Senti um frio na barriga. Eu estava tão empenhada em duvidar de tudo que Oliver havia nos dito que não pensei no que isso poderia significar se fosse realmente verdade. – Jonathan!

– Jonathan – Caleb repetiu. – Jonathan Marsh? O que tem ele?

Olhei para as docas do Lighthouse. Os iates extravagantes, todos abandonados, balançavam como barcos de brinquedo nas águas agitadas. – Ele namora a Paige.

– Betty amava Oliver – Simon disse. – Ela queria protegê-lo, por isso, quando eles finalmente se entregaram um ao outro, ela rompeu com ele. Ela poderia tê-lo matado, e parece que, se não estivesse sozinha como estava, teria feito exatamente isso. Não porque quisesse, mas porque era o esperado. Porque elas não queriam que ninguém mais descobrisse o que elas realmente eram.

Olhei pela janela, me perguntando como essas palavras estavam saindo da boca de Simon. Onde estava o ceticismo científico? A insistência espontânea de que esse tipo de coisa era humanamente impossível? A necessidade de provas?

– Temos de contar para o Jonathan. Temos de alertá-lo a respeito de Paige antes que alguma coisa aconteça – a voz de Caleb estava resignada.

Fiz que não com a cabeça. – Eu conheço a Paige. Mesmo que, hipoteticamente falando, em algum universo alternativo, Betty seja descendente de sereias assassinas, Paige não faz parte desse grupo genético. Ou, se faz, ela não sabe. Ela é muito legal, muito boa. E eu a vi com Jonathan; ela é louca por ele. Nunca faria nada para machucá-lo.

Simon olhou para mim. – E Zara? Ou Raina?

Meu rosto corou. Ele não estava brincando.

– O que eu digo? – Caleb perguntou. – Como você conta para alguém... uma coisa dessas?

Simon se virou para ele. – Você não conta nada. Não queremos assustá-lo nem dar motivo para ele perguntar qualquer coisa a Paige. A gente não sabe o que ela poderia dizer a Raina. A última coisa que precisamos é que *eles* desconfiem da *gente*.

– Você quer só que eu veja como ele está? Que eu tenha certeza de que ele ainda está de pé e, se Deus quiser, não está sorrindo?

– Isso mesmo. E veja se consegue descobrir alguma coisa sobre Paige, ou sobre o relacionamento deles. Vocês trabalharam juntos, certo? Então não vai parecer estranho.

Caleb meio que riu, meio que suspirou. – Certo. Não vai parecer nem um pouco estranho.

Ele ficou parado por um minuto, e eu pensei que talvez ele estivesse reconsiderando a razoabilidade daquilo que os dois pareciam pensar que era verdade, mas então ele abriu a porta e saltou para fora do carro. Eu o vi mexer em seu iPod e nos fones de ouvido enquanto corria na chuva.

– Você tem razão.

Olhei para baixo e vi a mão de Simon sobre a minha.

– Parece totalmente maluco – ele continuou –, isso tudo. E, em circunstâncias normais, eu teria agradecido a Oliver pelo tempo e ignorado tudo o que ele havia dito. Mas estas não são circunstâncias normais – ele se inclinou em minha direção. – Pense nisso. Deixe Oliver de lado e pense em tudo o que já viu. Em tudo o que me contou.

– Eu vi algumas coisas estranhas – admiti. – Mas não me convenci, não posso. Essa coisa de sereia deve ter sido inventada no passado, quando os homens não podiam adivinhar nem explicar certas coisas. Assim como aconteceu com o tempo, quando não sabiam como a lua, o sol e os oceanos trabalhavam juntos para criar um drama natural maluco, e quando alguns caras morreram acidentalmente por conta disso. As sereias eram recursos imaginários usados para justificar o que o homem não era capaz de explicar – apertei seus dedos –, mas *você* conhece melhor essas coisas. Você sabe coisas sobre o tempo. Você sim pode explicar por que isso tudo está acontecendo.

– Você estava comigo quando tentei entender o que estava acontecendo nas últimas semanas. O que está acontecendo foge às regras tradicionais. Desafia o raciocínio científico.

– E Justine? – perguntei. – Ela era *menina*. E não a encontraram sorrindo.

– Eu acho que ela estava no meio do caminho. Acho que, por algum motivo, Zara focou em Caleb e, como ele não respondeu do jeito que ela queria, ela foi atrás do obstáculo.

Olhei para ele, a frustração dando lugar à preocupação. Como uma garota medrosa durante a vida toda que acreditava cegamente em tudo que fazia barulho no meio da noite, eu estava mais propensa a aceitar teorias ilógicas e irracionais. Simon era o Garoto Ciência. Ele era o canal do tempo ambulante que falava sem parar. Como é que eu podia ser a cética da história?

– Você sabe de mais coisas – eu não estava certa disso até dizer em voz alta; abaixei a cabeça para fazê-lo olhar para mim –, não sabe? Você sabe de alguma coisa que eu não sei. É por isso que essa história faz tanto sentido para você.

Ele desviou o olhar.

– Simon – apertei mais forte sua mão quando ele tentou soltar a minha –, me conte. Seja lá o que for que você acha que eu não posso ouvir, eu posso sim – fiquei olhando para ele enquanto ele olhava para a chuva.

Aquele dia... – ele finalmente disse.

– Aquele dia... em Springfield?

Ele concordou com a cabeça. – Na floresta. Quando vimos os dois pela primeira vez nas rochas.

Olhei para baixo. Eu não sabia ao certo se ele estava se referindo ao mesmo momento, mas não tive nenhuma dificuldade em me lembrar de pelo menos um – quando ele olhou para Zara como se não soubesse o que era beleza até vê-la ali. E quando ele pareceu esquecer que eu estava bem ao lado dele.

– No começo, eu só conseguia pensar em Caleb. Fiquei preocupado com a possibilidade de não o encontrarmos e com o estado em que ele estaria se o encontrássemos – ele fez uma pausa. – E aí, quando vi a blusa dele pendurada naquela árvore, como algum tipo de pista distorcida, todas as preocupações e pensamentos explodiram em minha cabeça. Fiquei maluco. Ao correr em direção a eles, pensei no que diria a ela, no que faria com ela. Quando a gente chegou perto das árvores, eu estava pronto para abrir caminho e correr atrás dela.

Eu esperei. – E o que aconteceu?

– Não sei. Meu corpo estava pronto, mas minha cabeça...

– Tudo bem, Simon – eu disse. – Sua cabeça... o quê?

– Vanessa, por favor, me entenda. Eu não pude controlar, não sabia o que estava acontecendo... Eu tinha uma vaga noção do que estava acontecendo – ele deu um rápido e trêmulo suspiro. – Mas, quando vimos os dois lá nas pedras, eu não quis machucá-la... eu quis machucá-*lo*.

Meu peito ficou apertado. – Suas emoções ficaram confusas. Tudo entrou em conflito naquele momento, e você ficou sufocado.

– Não fiquei.

Ele disse isso de modo tão sério, tão sincero, que não tive escolha senão crer que *ele* acreditava no que estava dizendo. – Mas por quê? – perguntei. – Por que você teria vontade de machucar Caleb?

Ele franziu o rosto enquanto inclinava a cabeça, já se desculpando pelo que estava prestes a dizer. — Porque fiquei com ciúmes.

Recostei-me no banco.

— Assim que a vi, todas as outras coisas desapareceram. A floresta, a busca, tudo o que tinha acontecido nas últimas semanas...

— Eu? — arrisquei, olhando pelo para-brisa.

— Tudo o que eu via era ela — ele disse com a voz hesitante. — Vanessa, ela tentou. Ela tentou me fazer reagir, responder a ela. E o que elas fazem é forte. Não se trata de um simples som ou de uma música. Não tem nada a ver com as lendas que lemos na infância.

Olhei para ele sentindo minha pulsação em meus ouvidos. — O que é?

Ele fez uma pausa. — Sabe quando você está boiando de costas e a água bate em seus ouvidos? Por um segundo você consegue ouvir tudo à sua volta e então tudo fica quieto? É quase como se estivéssemos suspensos entre dois mundos.

Eu sabia exatamente do que ele estava falando. Mesmo antes do acidente, o segundo em que eu não conseguia ouvir tudo o que estava acontecendo fora da água sempre me deixava nervosa.

— É como flutuar na superfície e, então, suavemente, bem devagar mesmo, ser puxado para baixo. Você sente que está indo mais fundo, mas não consegue parar, e a sensação não é ruim, então você nem tenta. Você meio que desiste e deixa a água puxar você para baixo até não conseguir ouvir mais nada.

— Você a viu, quando isso estava acontecendo com você?

— Sim, mas ela parecia diferente. Tudo parecia diferente, mais suave, mais brilhante. Era como se estivéssemos cercados por um milhão de espelhos, e os raios de sol estivessem batendo de um para o outro até a mata ficar repleta de uma névoa branca brilhante.

— Bem — eu disse, tentando parecer que estava pronta para ajudá-lo, como faria uma boa amiga —, é uma história maluca. Mas eu confio em você e espero que saiba o que viu e ouviu. E se é assim mesmo, então...

– Vanessa.

Fechei os olhos. Tudo o que eu queria era saber o que realmente havia acontecido com Justine e o que ela vinha fazendo nos meses que antecederam sua morte. Queria apenas algumas respostas para entender por que ela saltou naquele momento, e então lidar com isso e seguir em frente. Como eu havia passado disso para o que estava acontecendo agora?

– Vanessa – ele disse novamente, levantando uma mecha de cabelo de meu rosto e acariciando-me atrás da orelha.

– Simon... não, por favor. É demais. Mas está tudo bem.

– Eu escapei. Você não quer saber como?

Comecei a balançar a cabeça, mas parei quando ele tocou meu queixo.

– Você.

Ergui os olhos e olhei para ele.

– Eu consegui me livrar da influência inicial, a tempo de dizer a você para ir atrás de Caleb e correr na direção dela, porque eu ouvi você. Você falou, e eu fui trazido de volta. E então, quando estávamos eu e ela, e ela estava fazendo de tudo para me atrair, para eu ir com ela, eu ouvi você de novo.

– Mas eu não estava lá. Eu não estava perto de você.

– Eu sei – ele trouxe o rosto para mais perto do meu. Quando ele falou de novo, sua voz estava suave. – Vanessa, o que aconteceu na noite passada... não tem só a ver com a noite passada.

Eu examinei seu rosto, não sabia se pedia para ele parar ou se queria que ele continuasse.

– Desde que sua família começou a vir para Winter Harbor, eu mal podia esperar pelo verão para ver você. A gente sempre podia conversar por horas sobre livros, filmes, Justine e Caleb... ou podíamos simplesmente não falar nada. Sempre foi tão fácil e eu sempre me senti bem, sabe?

Concordei com a cabeça. Eu muitas vezes pensei a mesma coisa.

– Mas, há alguns anos, alguma coisa mudou – ele olhou para mim. – Você se lembra do que faríamos na noite do seu acidente?

– Claro. Era quinta-feira. Noite do cinema e do sorvete.

– Isso – ele disse –, só que você não pôde... porque estava no hospital.

– Você e Caleb foram para lá com o *laptop* e uma pilha de DVDs.

Ele baixou os olhos. – Você se lembra do filme que assistiu naquela noite?

– *Sintonia de amor*. Caleb aceitou que víssemos uma comédia romântica por causa da minha condição frágil.

– Eu não lembro... porque nunca vi. Eu não olhei para o *laptop* uma única vez, porque não conseguia tirar os olhos de você. Você e Justine estavam na cama, com o computador no colo, Caleb estava sentado em uma cadeira ao lado de Justine, e...

– Você estava no parapeito da janela – eu disse. – Do outro lado do quarto. Você disse que estava com calor e quis ficar perto do ar-condicionado.

– Eu não estava com calor. Eu estava com medo. Nunca tive tanto medo na vida.

Tentei imaginar a cena, ele olhando para mim por duas horas do outro lado do quarto. Gostei de distrair meus pensamentos do que acabara de acontecer, e eu tinha ficado muito entretida com o filme para perceber. – Mas eu estava bem... eles só me deixaram em observação por alguns dias.

– Vanessa... você ficou na água por 34 minutos. Você não devia ter feito aquilo. E, naquela noite, eu percebi como ficaria perdido se você não tivesse sobrevivido.

Estendi a mão para enxugar a lágrima que escorreu no rosto dele. Ele pegou minha mão e se inclinou para mais perto. Eu queria que ele me beijasse. Queria acreditar no que ele estava dizendo e que o que acontecera entre nós não havia sido um erro. Por um segundo pensei que ele me beijaria e que eu poderia... mas, então, ele pressionou os lábios em minha testa.

– Sinto muito – ele sussurrou. – Sinto muito por Zara ter me dominado. Mas é isso que eu sabia e que você não sabia. É por isso que eu acredito em Oliver – ele se afastou para olhar para mim. – Não estou dizendo que a história termina aí. Isso não explica o clima, ou por que elas estão fazendo o que estão fazendo. E eu vou fazer o que estiver ao meu alcance para descobrir mais, até que saibamos o suficiente para detê-las.

A porta de trás se abriu antes que eu pudesse responder, deixando entrar uma rajada de chuva e vento.

– E aí? – a expressão de Simon enrijeceu. – O que Jonathan disse?

Caleb se sentou no banco traseiro, ofegante. Seu cabelo estava grudado na cabeça, as roupas agarradas à pele, e escorria água de seu rosto, mas ele parecia não notar.

– Jonathan não disse nada. Faz três dias que ninguém o vê nem ouve falar dele.

19

– Você gosta de mirtilo?

Eu estava em pé na porta da cozinha e examinava o lugar. A mesa estava forrada de pacotes abertos de pão, *bacon* e massa de panqueca, que derramavam seu conteúdo nos jornais que estavam por baixo. Uma fina camada de farinha cobria o balcão todo, repleto de tigelas e utensílios. Cascas de ovos se espalhavam pelo chão, fazendo pingar um líquido transparente no linóleo.

– Eu não lembro – minha mãe disse quando eu não respondi. – Não lembro se você gosta de mirtilo e detesta morango, ou se gosta de morango e detesta mirtilo. Ou se gosta dos dois, ou detesta os dois – ela olhou para os lados, como se a resposta estivesse escondida em um monte de farinha. – Por que será que eu não consigo lembrar?

Provavelmente porque, em dez anos, ela nunca fizera nada além de café para o café da manhã. – Eu gosto de todas as frutas vermelhas – respondi, guardando minha teoria para mim.

Ela suspirou. – Graças a Deus. Eu estava começando a me preocupar com o fato de que você pudesse ter alergia, e eu não me perdoaria nunca se tivesse esquecido uma coisa *dessas*.

– Mãe... para que tudo isso?

– Tudo isso o quê? – ela se virou para uma tigela. – Você não comeu muito na noite passada. Achei que pudesse estar com fome.

Aquele não era o comportamento normal da minha mãe. Mesmo fazendo dez anos que ela não quebrava um ovo, alguns dias de folga não a deixariam tão tensa, tão desesperada agora. Além disso, ela era a mulher mais preocupada com limpeza que eu já conheci. Se ela realmente quisesse preparar o café da manhã só porque achava que eu poderia estar com fome, ela já estaria, como de costume, limpando tudo.

Já imaginando o que estava errado e ciente de que não teria uma resposta direta se perguntasse, fui até a mesa e puxei o *Winter Harbor Herald*, que estava debaixo de um pedaço de pão.

Tossi para esconder meu suspiro. Eu esperava a notícia, mas não a manchete.

"Mais quatro corpos levados à praia de Winter Harbor; a cidade declara estado de alerta."

Passei os olhos no artigo, sentindo um pequeno alívio ao ver que nenhuma das vítimas era Jonathan.

– Mãe... o que você acha de sairmos para tomar café da manhã?

Ela se virou para mim. – Sair?

– Faz dias que você está trancada aqui. Uma mudança de ambiente faria bem para você.

Ela sorriu como se eu tivesse sugerido para voltarmos às pressas para Boston, e ignorei a leve culpa que senti por enganá-la. Fazia dois dias que eu estava tentando descobrir como saber mais sobre sua ligação com Raina sem simplesmente perguntar se elas se conheciam e como isso havia acontecido. Eu não queria correr o risco de deixar minha mãe mais preocupada do que ela já estava ou de lhe dar qualquer motivo para me botar no banco traseiro da BMW e se mandar comigo dali. Exceto simplesmente soltar o nome de Raina e ver como minha mãe reagiria, eu não fazia ideia de como descobrir naturalmente o que eu precisava... até aquele momento.

– A gente podia ir ao Betty – eu disse, observando sua expressão. – O restaurante no píer.

– Que ideia maravilhosa! Faz séculos que não vamos lá – ela beijou meu rosto ao passar pela porta da cozinha. – Obrigada pela sugestão.

Durante o trajeto até a cidade, pensei em como eu nunca teria feito isso até alguns dias atrás, porque minha mãe e eu não fazíamos coisas desse tipo. Nós mal conversávamos. Ela e Justine sempre falavam de roupas e maquiagem, e até iam juntas ao *shopping* e ao *spa* algumas vezes por mês. Como eu não partilhava do mesmo interesse, sempre optava por não fazer parte daqueles passeios, preferindo ler ou assistir a filmes com o meu pai. O café da manhã no Betty seria a primeira vez que estaríamos em algum lugar juntas, apenas nós duas.

Normalmente, eu teria ficado com medo de longos silêncios e conversas embaraçosas. Mas eu não estava com medo naquele momento. Eu me sentia mais forte, mais confiante, desde a noite que Simon e eu passamos juntos, e o sentimento só aumentou depois que ele confessou o que sentia no carro, em frente ao Lighthouse. Eu até havia dormido sem ligar a TV na noite anterior. Era como se Simon tivesse se tornado minha luz noturna; mesmo quando ele não estava comigo, estava iluminando o mundo para que eu não sentisse mais medo.

E, quando ele e Caleb voltassem de Bates, onde estavam pesquisando sereias e formas de detê-las, eu com certeza faria com que ele soubesse como eu me sentia grata.

– Eles não estão muito cheios, não é? – minha mãe comentou dez minutos mais tarde, quando entramos no estacionamento um pouco vazio.

Virei-me no banco e examinei o prédio. Garrett não estava perguntando sobre reservas onde normalmente ele ficava. As últimas mortes tinham feito mais pessoas fugir da cidade ou as mantinham trancafiadas em sua casa de veraneio e longe do perigo.

Olhei de relance para minha mãe quando atravessamos o estacionamento e entramos no Betty. Eu esperava que a ida ao restaurante da família de Raina automaticamente despertasse algum tipo de reação, mas, se isso aconteceu, ela deu um jeito de esconder.

– Você é muito popular por aqui – ela disse depois de nos sentarmos. – A recepcionista, o ajudante e o garçom cumprimentaram você.

– Fiz amizade com Paige Marchand – eu disse, levantando os olhos do cardápio para ver seu rosto. – O Betty é da família dela, e eu estou aparecendo de vez em quando para ajudar, por isso conheci um monte de gente.

– Ah, querida – ela inclinou a cabeça e sorriu –, estou tão feliz por você ter feito alguns amigos.

Concordei com a cabeça e voltei a olhar para o cardápio, pensando que talvez tivesse de mencionar o nome de Raina bem ali.

– Era assim que sua irmã lidava com as coisas.

Ergui os olhos novamente.

– Ela certamente adorava você, mas nem sempre as coisas eram fáceis. Por isso que ela era tão extrovertida e tinha tantos amigos e namorados. Ela precisava desesperadamente que as pessoas gostassem dela. Quanto mais pessoas gostassem dela, melhor ela se sentia.

Fiz que não com a cabeça, esquecendo por um instante o motivo pelo qual estávamos ali. – O que você quer dizer com "ela precisava desesperadamente que as pessoas gostassem dela"? O que é que não era fácil?

– O que vão querer hoje?

Larguei o cardápio na mesa e pressionei minha cabeça. Eu esperava que Zara estivesse trabalhando. Se ela estivesse no Betty, isso significava que não estava fazendo coisas que não deveria fazer em outro lugar. Mas eu estava muito distraída para prestar atenção nela. Agora ela estava em pé ao lado de nossa mesa, pronta para anotar nosso pedido e sorrindo como se fôssemos clientes comuns e ela uma garçonete comum.

– Oi, Zara – fui obrigada a tirar as mãos da cabeça para não assustar minha mãe.

– Vanessa – ela disse calmamente.

– Mãe – consegui dizer, tentando não fazer careta por causa da dor lancinante que passava por entre meus ouvidos –, esta é Zara Marchand, irmã de Paige.

– Oh! – minha mãe estendeu a mão para apertar a de Zara. – Prazer em conhecê-la. Eu acabei de dizer a Vanessa como fiquei feliz por vê-la fazer novas amizades. Tem sido um verão muito difícil para nossa família, como você pode imaginar, e...

– Vamos querer ovos mexidos, torradas e café – eu disse.

Minha mãe olhou surpresa para mim.

– É pra já – os olhos prateados de Zara brilhavam enquanto ela pegava os cardápios.

– Desculpe – eu disse logo que ela se foi. – Estou com muita fome.

Minha mãe franziu a testa, mas não fez pressão.

– Enfim, o que você estava dizendo sobre Justine não ter uma vida fácil? – isso também era algo que eu não teria feito alguns dias antes. Não teria imaginado que houvesse alguma coisa que minha mãe sabia sobre Justine que eu não soubesse, e teria ignorado imediatamente o que ela acabara de dizer. Além disso, se ela falasse bastante, talvez relaxasse e deixasse escapar alguma coisa sobre Raina.

Ela cruzou os braços sobre a mesa e se inclinou para frente. – Querida... *você* é uma menina excepcionalmente bonita.

Comecei a fazer que não com a cabeça.

– Sim, você é – ela pôs a mão em cima da minha. – Eu sei que não percebe. Você nunca percebeu. Isso provavelmente deixava Justine mais louca do que o fato de todos sempre notarem você antes dela.

– Mãe, sem querer ofender... mas isso é uma bobagem. Justine era linda. Todo mundo a amava. Ela teve mais amigos e namorados do que a maioria das meninas tem ao longo da vida toda.

– E ela se esforçou muito para isso.

Fui deslizando minha mão, que estava debaixo da dela, e me recostei na cadeira.

– Quando vocês eram bem pequenas, todo dia eu colocava vocês no carrinho duplo e as levava para passear no parque. E todos os dias eu era parada por pelo menos uma dezena de pessoas que me diziam que eu tinha filhas lindas.

– *Filhas* – repeti.

– Sim. A Justine também era bonita – ela fez uma pausa. – Mas, Vanessa, as pessoas estavam sempre olhando para você.

– Então eu fui uma criança bonita – eu disse, tentando ser paciente. – Justine era muito pequena na época para notar ou se importar com a atenção e, quando ela *tinha* idade suficiente para isso, a atenção se voltou para ela.

Ela pareceu escolher com cuidado as próximas palavras. – Você se lembra de quando estava na sexta série e Justine na sétima, e vocês chegaram em casa no Dia dos Namorados com a lancheira cheia de cartões?

– Acho que sim – respondi, na verdade não me lembrando.

– Você sabe quantos cartões a Justine ganhou?

– Dez? Vinte?

– Trinta e três.

– Viu? – eu me senti estranhamente vitoriosa. – Não tinha como eu colocar tantos cartões assim na minha lancheira.

– Apenas doze eram para ela – minha mãe disse. – E eram cartões das amigas dela.

– E? – perguntei, quando ela olhou para mim como se eu devesse saber sobre o que ela estava falando.

– E alguns dos garotos da classe dela viam você quando deixávamos vocês duas no colégio. Eles ficaram caidinhos por você e deram cartões para ela lhe entregar.

– Eu não me lembro disso.

– Eu sei que não. Na época você não pensava em nada disso, nem em nada parecido nos anos seguintes. Você não percebia quando os meninos tentavam convidar você para sair ou saíam com Justine na esperança de falar com você.

– Mas eu nunca namorei – aquilo ainda era verdade, apesar do que havia acontecido com Simon.

– Se você não namorou não foi porque ninguém nunca quis sair com você.

– Mãe – eu disse calmamente –, Justine fez *rafting*, saiu escondido de madrugada e beijou *um monte* de meninos. Ela não tinha medo de nada. Era isso que todo mundo adorava nela. Era isso que *eu* adorava nela.

– Sim, ela fez todas essas coisas porque achava que, como sua irmã, tinha de se esforçar muito para que as pessoas a notassem. Ela não falava muito sobre isso com seu pai nem comigo quando ficou mais velha, mas nós sabíamos o que ela estava fazendo. E fizemos o possível para confortá-la e fazê-la se sentir o mais amada possível.

– Se isso é verdade – eu disse, não engolindo o papo nem por um segundo –, então por que ela se esforçou tanto para me proteger? Para cuidar de mim, para tentar me ajudar a ter menos medo de tudo que me assustava? Se o fato de ser minha irmã tornasse as coisas tão difíceis assim para ela, ela não teria ficado amargurada? Ressentida? Não teríamos sido inimigas, em vez de melhores amigas?

– Você era tão inocente, tão despretensiosa. Ela sabia que você não tinha a menor ideia do que todo mundo via – ela olhou para baixo. Seus lábios com *gloss* se abriram novamente, como se ela fosse dar mais detalhes... mas então ela permaneceu em silêncio.

– O que você está dizendo? – fiz força para manter a voz firme. – E o que isso tem a ver com alguma coisa?

– Vanessa, Justine era bonita. Era divertida, inteligente, ousada e interessante – ela olhou para mim com os olhos marejados –, mas também era a pessoa mais insegura que eu já conheci. E acho que foi por isso que fez o que fez. Acho que foi por isso que ela saltou no meio da noite, em condições muito perigosas.

Fiquei olhando para ela. Se o que ela estava dizendo era verdade, então Zara não tinha nada a ver com a morte de Justine.

Eu é que tinha.

– Enfim – ela disse com um suspiro –, não quero que isso tudo estrague nosso maravilhoso café da manhã. É que nós não tínhamos falado muito sobre o que aconteceu e...

Ela parou quando eu coloquei a folha de papel sobre a mesa à sua frente. Vi seus olhos passarem do bilhete verde na parte inferior para as nove palavras no centro do papel.

– O que é isso? – ela perguntou, o *gloss* rosa em seus lábios ficando cada vez mais brilhante conforme a cor desaparecia de seu rosto.

– A redação de Justine – respondi com o coração disparado. Eu carregava aquela folha para cima e para baixo na bolsa desde que a tirei do mural no quarto de Justine. – Sobre quem era e quem queria ser.

Ela olhou para mim. – O que você está... Como você...?

– Ela não iria para Dartmouth. Ela nem tinha feito a inscrição.

Meu estômago embrulhou quando seus olhos se encheram novamente de lágrimas e, por um único segundo, eu quase me arrependi de dizer a pior coisa que ela poderia ter ouvido antes da morte de Justine. Mas ela basicamente tinha me acusado de tornar a vida da minha irmã difícil antes de enviá-la para a beira dos penhascos para sempre. Eu queria que ela soubesse que não conhecia Justine tão bem quanto pensava.

– Eu não entendo – ela falou com os olhos fixos no meio da página. – Ela disse que havia sido aceita. Ela usava o moletom, carregava a sombrinha. Passamos a poupança da faculdade para o nome dela quando ela fez 18 anos, e ela enviou os depósitos depois disso.

– Você alguma vez viu um extrato bancário? – perguntei delicadamente. Ou um cheque feito para Dartmouth?

– Eu devo ter visto... ou talvez não tenha. Parece que faz tanto tempo agora, eu não me lembro. Mas eu sei que estava muito ocupada no trabalho na época, e ela estava tão empolgada, então eu achei que... – ela balançou a cabeça, depois ergueu os olhos. – Por que ela mentiria?

Franzi a testa enquanto as lágrimas lentamente escorriam por seu rosto. – Não sei ao certo. – Considerei a ideia de revelar a ela que descobrir isso tudo foi o real motivo de minha volta a Winter Harbor, mas achei melhor não dizer nada. Eu não queria entrar em uma discussão acalorada sobre Caleb nem ouvir perguntas específicas para as quais eu não teria resposta. Além disso, ela não parecia tão arrasada desde que a polícia tinha dado a terrível notícia na casa do lago havia várias semanas e, apesar de minhas intenções de alguns segundos antes, eu não queria dizer nada que a fizesse se sentir ainda pior.

Olhei para o outro lado do salão, surpresa quando uma mesa de homens de meia-idade irrompeu em gargalhadas. Eu estava tão distraída com aquela estranha conversa que me esqueci de onde estávamos e por quê.

– Aqui estão: ovos mexidos, torradas e duas xícaras de café.

Virei-me, notando enquanto isso que estava tudo bem com a minha cabeça.

– Posso trazer mais alguma coisa para vocês, meninas?

Raina. Ela estava em pé ao lado de nossa mesa, conversando conosco, mas olhando apenas para mim. Ela usava um vestido verde curto que exibia seu bronzeado e suas curvas.

– Oi, sra... srta. Marchand – eu disse, meus olhos correndo para minha mãe. Ela estava tão desconcertada com a redação em branco de Justine que não percebeu o prato fumegante à sua frente. – O que você está fazendo aqui?

– O restaurante *é* meu – ela respondeu, abrindo ainda mais o sorriso falso. – Por que eu não estaria aqui?

– É verdade, me desculpe – sentindo como se raios *laser* estivessem saindo de seus olhos prateados em minha direção, desviei o olhar. Ao fazer isso, vi que a mesa com homens de meia-idade do outro lado da sala tinha parado de rir e estava olhando para Raina, todos paralisados.

– Como está Paige? – perguntei.

– Nunca esteve melhor.

Olhei para minha mãe. Ela não parecia se dar conta da presença de Raina. – Mãe – eu disse em voz alta, como se ela tivesse problemas de audição –, esta é *Raina*, mãe de Paige.

Prendi a respiração quando ela levantou a cabeça.

– Fico feliz que nossas filhas tenham se conhecido – ela disse antes de voltar a olhar para o papel.

Raina ainda estava sorrindo para mim quando olhei novamente para ela. – Só isso?

Meu rosto queimava enquanto eu fazia que sim com a cabeça.

– Pode ter certeza de que vou dizer a Paige que você perguntou por ela – Raina disse por cima do ombro quando começou a caminhar em direção ao outro lado do salão. – Ah, e não se esqueça de visitar nossa barraca no I Festival Anual do Esplendor do Norte do Lighthouse Marina Resort e Spa! Vai ser muito *bom*!

– Mãe – sussurrei assim que Raina desapareceu na cozinha –, aquela era Raina Marchand.

Nada.

– *Mãe* – tentei novamente, colocando a mão sobre a folha para que ela não visse as palavras de Justine.

Ela levantou os olhos.

– Raina Marchand – repeti. – A mãe de Paige e de Zara, filha de Betty, *a* Betty que fundou este restaurante cinquenta anos atrás.

– E?

– Você não a conhece? – eu podia ouvir minha pulsação em meus ouvidos enquanto esperava pela resposta.

– Sinto muito, Vanessa – ela finalmente disse, parecendo exausta. – Nunca vi essa mulher na vida.

20

— A Câmara de Comércio de Winter Harbor? — Caleb perguntou mais tarde naquela noite.

Li a placa logo acima da entrada do Colégio Winter Harbor, depois olhei ao redor. O estacionamento estava lotado.

— Quem poderia imaginar que Raina tinha tanta consciência de seus deveres cívicos? — Simon perguntou.

— Ela não tem — Caleb respondeu. — De acordo com Monty, Betty nunca faltou a uma única reunião antes do acidente. Depois, quando ela não pôde mais sair de casa, todo mundo achou que Raina viria em seu lugar, mas isso nunca aconteceu.

— Talvez ela esteja mantendo as aparências — eu disse —, para não chamar tanta atenção.

— Ou talvez esteja examinando a cidade toda à procura da próxima vítima — Caleb deu de ombros quando Simon deu uma olhada para ele. — Brincadeirinha. Quer dizer, mais ou menos.

Preparei-me para abrir a porta. Simon colocou a mão em meu joelho.

— Essas reuniões podem durar horas — ele disse. — Por que não vamos para casa e fazemos mais algumas pesquisas? A gente pode voltar mais tarde para ver aonde ela vai depois.

– Você ouviu Caleb. Raina está aqui por uma razão, e eu quero saber qual é.

Saí do carro antes que ele pudesse dizer mais alguma coisa. Eu me sentia mal por discordar, mas fazia duas horas que estávamos sentados ali sem fazer nada, esperando Raina sair do Betty. Ela dirigiu tão rápido para o colégio que foi difícil não perder seu carro de vista enquanto a seguíamos a uma distância suficiente para não sermos notados. Depois de seu comportamento estranho no restaurante mais cedo, e depois de minha mãe dizer que não fazia a menor ideia de quem ela era, eu estava determinada a descobrir o que pudesse.

Entrei correndo no colégio, olhando por cima do ombro uma vez para ver se Simon e Caleb estavam atrás de mim. Guiada pelo burburinho, encontrei facilmente a reunião. Só dava para ficar de pé, então fui costurando a multidão até chegar a um lugar onde tivesse uma visão clara do palanque lá na frente.

– O que o Mark está fazendo aqui? – Simon perguntou, apertado ao meu lado.

Segui o sinal que ele fez com a cabeça. O amigo surfista de Caleb estava sentado na primeira fila, ao lado da única cadeira vazia da sala.

– Boa noite a todos.

Raina estava em pé no palanque. Ela havia trocado de roupa antes de sair do Betty e usava um vestido de seda branco, sem manga, que exibia seus braços torneados e bronzeados. Seus cabelos estavam presos em um rabo de cavalo, e a maquiagem leve fazia seus olhos brilharem. O efeito não se perdeu no meio da multidão, que ficou em silêncio assim que ela falou.

– Obrigada por virem em tão pouco tempo para discutirmos o I Festival Anual do Esplendor do Norte do Lighthouse Marina Resort e Spa.

Sei que é difícil comemorar diante das tragédias recentes que têm acontecido na região, incluindo a morte prematura de Paul Carsons, principal investidor do Lighthouse e firme patrocinador do festival.

Ela fez uma pausa. Olhei para Simon e segui seu olhar para a primeira fileira, onde Caleb estava sentado, sussurrando alguma coisa para Mark.

– Mas, justamente por causa dessas tragédias – Raina continuou –, é mais importante do que nunca que estejamos unidos como comunidade. Nossos visitantes precisam de ajuda para atravessar este momento sombrio.

– Que visitantes? – uma mulher gritou do outro lado da sala.

– Meus negócios caíram 80% – acrescentou outra. – A maioria das pessoas foi embora, e as que não foram têm medo de sair de casa.

– Cabe a nós mudar essa situação – Raina disse. – É por isso que estamos aqui hoje. A comissão do festival tem trabalhado arduamente, discutindo formas de trazer as pessoas de volta à cidade. Além de entretenimento e atividades estimulantes, há muitos incentivos que vocês, como empresários, podem oferecer. Gostaria que cada um de vocês se reunisse com um membro da comissão para discutir as opções. Todas as iniciativas, de sorteios a amostras grátis, podem aumentar o movimento.

– Volto já – Simon sussurrou.

Estendi a mão para alcançar a dele, mas ele já tinha ido. Fiquei na ponta dos pés para ver aonde ele estava indo, mas a multidão ocupava cada espaço.

– Gostaria também que vocês fizessem uma estimativa de quantos clientes suas barracas normalmente recebem – Raina continuou – e dessem o nome de dez pessoas que vocês assumirão a responsabilidade de trazer ao evento.

– E se não conhecermos dez pessoas que topem vir? – perguntou a mulher cujos negócios caíram 80%.

Os olhos prateados de Raina se apertaram antes que ela sorrisse. – Vocês conhecem.

Cadeiras arranhavam o linóleo enquanto as pessoas se dividiam em pequenos grupos. Aproveitei a atividade para caminhar pela multidão. Eu tinha perdido Simon de vista, e agora Caleb e Mark também. Quando cheguei à primeira fileira, os assentos dos dois estavam vazios. Certa de que Raina estava distraída com o grupo à sua volta, subi em uma cadeira e fiquei meio em pé para ter uma visão melhor.

A dor me cegou no mesmo instante. Ela envolveu minha cabeça e foi puxando até eu sentir como se meu crânio tivesse implodido. Meus joelhos cederam, e eu agarrei o encosto da cadeira para não cair.

– Henry, Alan e Clifton: falem com Dominique.

Zara.

– Thomas, Greg e Malcolm: falem com Sabine.

Fui andando até a parte de trás da sala e me recostei na parede. Esperei até que a dor diminuísse o suficiente para eu poder abrir os olhos sem me curvar, e em seguida examinei a multidão. Ainda não dava para ver Simon, Caleb e Mark. Mas, já que Zara estava circulando pela multidão, orientando as pessoas, ouvindo conversas e fazendo anotações em um caderno, os meninos estavam mais seguros, onde quer que estivessem.

Tomando cuidado para continuar fora do campo de visão de Zara, fui caminhando rente à parede em direção a Raina. Ela estava com algumas mulheres que faziam parte da reunião, que pareciam ter mais perguntas e preocupações do que os homens. Depois de passar tantos verões em Winter Harbor, reconheci quase todas, exceto outras que faziam parte da comissão. Eram mulheres de várias idades. Algumas eram altas, outras baixas. Algumas loiras, outras morenas. Nenhuma delas era tão estonteante quanto Raina, mas todas prendiam a atenção dos homens ao redor.

– Eu entendo as preocupações de vocês – Raina disse para o grupo de mulheres de Winter Harbor quando me aproximei. – O que tem acontecido neste verão é simplesmente... inconcebível. Mas temos de nos unir, precisamos ser fortes – ela baixou o tom de voz. – E, sejamos honestas, depende de nós. Se deixássemos por conta de nossos maridos, todas nós estaríamos abaixadas e escondidas até a tempestade passar. Não é assim que se cura uma comunidade.

Raina não tinha marido. E, levando em conta seus comentários anteriores sobre o casamento, ela não queria um. Mas essas mulheres não pareciam se importar. Elas gostaram da ideia de ser fortes, gostaram da ideia de ser necessárias.

Fui para a esquerda e me escondi atrás de Malcolm, dono da Squeezed, quando Zara ergueu os olhos do caderno. Ela examinou a sala, depois se inclinou para falar com Sabine, uma loira que fazia parte da comissão. Malcolm se mexeu na cadeira, impedindo minha visão. Quando ele voltou à posição original, Zara tinha desaparecido.

Comecei a empurrar a multidão para ir atrás dela, mas então vi seu caderno. Ela o entregara a Sabine e, enquanto Sabine virava uma página, dei uma rápida olhada na capa.

A capa de couro branco, com *La vie en rose* escrito em letras pequenas.

Tirei o celular do bolso da calça e mudei de direção, seguindo para a mesa de bebidas. Tentei falar com Simon, depois com Caleb, e com Simon novamente. As ligações caíam na caixa postal, então mandei uma mensagem de texto para Simon.

"Z tá aqui. Pegue C. Me encontre no carro em 2 min."

Enchi uma xícara de café, peguei um punhado de guardanapos e voltei correndo para o grupo de Sabine. A cada passo, as marteladas em minha cabeça ficavam mais fortes. Quando passei pelas cadeiras e parei em frente a Malcolm, que estava sentado a meio metro de Sabine, forcei um sorriso.

– Malcolm? – perguntei, esperando parecer animada e não nervosa.
– Malcolm Donohue?

Ele tentou dar uma olhada ao redor, mas eu me inclinei para um lado, depois para o outro.

– Você é dono da Squeezed, não é?

– Sim – ele respondeu, relutante, recostando-se na cadeira. – Posso ajudá-la?

– Pode, e na verdade já me ajuda o tempo todo. Sua vitamina de goiaba com melancia é a melhor que eu já tomei.

– Que bom! Obrigado. Agora, se você não se importa...

– Vocês sabem do que estou falando, não sabem? – fiz um sinal com a cabeça para Thomas e Greg, donos do Tommy Tunes e do Harbor Pets. – O melhor café da manhã da Costa Leste.

– Com licença – veio uma voz suave atrás de mim.

Eu me virei. Meu pé direito foi parar direto em uma bolsa de couro no chão, me fazendo perder o equilíbrio e jogar a xícara de café quente que tinha na mão no colo de Sabine.

– Sinto muito! – eu disse ofegante enquanto ela gritava e pulava. – Que atrapalhada! Deixe-me limpar essa bagunça.

– Tudo bem – Malcolm disse, empurrando-me para o lado enquanto eu tentava dar tapinhas no joelho molhado de Sabine. – Vamos pôr um pouco de água fria nisso aqui. Você não vai querer estragar esse lindo vestido.

Era realmente um lindo vestido amarelo, com uma longa saia pregueada que esvoaçava para trás enquanto Malcolm a levava para outro lugar.

O vestido também era mais importante para Sabine do que o diário de Zara, que agora estava caído em uma poça escura no chão.

Já que Tommy e Greg haviam corrido atrás deles, eu me agachei, sacudi o diário, coloquei-o no cós da calça, debaixo da blusa, e limpei o café com guardanapos. – Vou pegar toalhas de papel no banheiro – eu disse, para o caso de meu acidente intencional ter alertado Raina.

Eu me enfiei no corredor e corri.

A dor aumentou. Pontinhos brancos brilhavam como estrelinhas em minha visão, tornando difícil ver para onde eu estava indo. Depois de parar em três salas de aula fechadas, finalmente encontrei a entrada principal e abri a porta. Tínhamos parado o carro no estacionamento dos fundos; se Simon e Caleb já estivessem ali, eles viriam até mim para agilizar as coisas. Como eles não estavam, tive de andar ainda mais rápido no escuro.

– Senti sua falta.

Fui diminuindo os passos até parar atrás de uma *minivan*. O Subaru estava a duas fileiras de distância, e eu não podia vê-lo de onde estava escondida... mas podia ouvi-la como se ela estivesse ao meu lado.

– A cidade não foi a mesma sem você, eu não fui a mesma sem você.

A dor em minha cabeça descia em direção ao peito. Ela havia encontrado Simon. Havia encontrado Caleb. Procurei pelo estacionamento, rezando para ver Simon correndo em minha direção ou se escondendo atrás de outro carro, esperando o momento certo de intervir.

– Senti falta do seu sorriso... da sua risada...

Senti outra pontada no crânio. Encolhi-me agachada e pressionei a testa nos joelhos.

– ...o jeito como os óculos escorregam por seu nariz quando você está lendo.

Prendi a respiração.

Caleb não usava óculos.

Dei um pulo, ignorando a dor entre meus ouvidos. Rastejei ao lado do carro e fiquei olhando ali de trás.

– Você provavelmente não sabe, mas tenho prestado atenção em você ultimamente.

Eles estavam embaixo da luz fraca de um poste. Zara se encostou no Subaru, com os braços cruzados para trás. Ela inclinou a cabeça e ficou olhando para Simon, que estava na frente dela, com os braços moles.

– Eu estava esperando por você – ela disse –, esperando que um dia você me notasse.

– Eu notei você – Simon disse com a voz tensa. Ele caminhou em direção a ela, seus pés se moviam lentamente, sem jeito, como se estivessem pesados. Ela permaneceu imóvel até ele parar, apenas alguns centímetros separavam seus corpos, e então ela estendeu a mão, agarrou a blusa dele e o puxou mais para perto.

– Não – sussurrei. – Por favor... não.

– Você não sabe como isso me deixa feliz – ela disse, segurando delicadamente as mãos dele e as colocando em seu quadril.

A cabeça de Simon levantou quando seu peito pressionou o dela. Seus dedos a apertaram, fazendo-a sorrir.

– Você não tem namorada, tem? – ela perguntou, com a boca perto da orelha dele. – Eu não gostaria de ficar no meio do caminho...

– Vanessa!

Vagamente me dei conta da voz atrás de mim.

– Faça alguma coisa!

Os lábios de Zara roçavam o pescoço de Simon. Ele estava ofegante.

Voltei para a parte de trás da *van* como se tivesse levado um soco no estômago. Meus olhos foram parar em Caleb na fileira de carros ao lado. Ele se agachou perto de uma caminhonete velha, segurando seu iPod com a mão trêmula.

– Por favor – ele sussurrou, com lágrimas escorrendo pelo rosto –, faça Zara parar.

Senti vontade de chorar, mas não sabia se era por causa da dor de cabeça ou da dor repentina no peito.

Vanessa... lembre-se da floresta...

Apertei os olhos diante das imagens que Justine me trazia à mente. Lembrei-me da floresta. Lembrei-me de como Simon se deixou facilmente paralisar por Zara, mesmo eu estando bem ao lado dele.

Fale com ele...

– Por que a gente não dá uma volta?

Meus olhos rapidamente se abriram. Ouvi passos, portas se abrirem e se fecharem, um carro dando partida.

– Simon! – gritei, me levantando. Dei a volta na parte de trás da *van* e corri em direção ao carro. – *Simon!*

O Subaru saiu de onde estava e começou a seguir para a saída do estacionamento. A velocidade aumentava à medida que eu corria mais rápido. Sabendo que não poderia alcançá-lo se os seguisse, virei à esquerda e atravessei o gramado que ficava entre o estacionamento e a rua.

Quando meus pés pisaram no asfalto, corri para frente, na direção da faixa dupla amarela. Fechei os olhos, protegi o rosto com os braços e me preparei para o impacto... mas o Subaru derrapou e parou com o para-choque dianteiro a alguns centímetros de minhas pernas.

– Simon! – bati com as mãos no capô e corri para a porta do motorista. Puxei a maçaneta, mas a porta estava travada. – Ei! – forcei um sorriso quando ele olhou para mim pela janela fechada, confuso. – Você quase foi embora sem mim.

Zara se inclinou no console central, pôs a mão na coxa dele e sussurrou em seu ouvido.

– *Simon* – bati na janela –, por favor, abra a porta.

Ele se virou para ela. Era como se não pudesse me ouvir.

Bati na janela com o punho. Como mais uma vez ele me ignorou, virei e corri para o meio-fio. Agarrei o maior número de pedras que podia segurar, corri para o carro e as atirei na janela traseira. O vidro trincou na quarta tentativa. Na quinta, um pedaço do vidro menor que um cubo de gelo caiu.

– Simon! – gritei pela pequena abertura. – É a Vanessa.

Ele gelou. – Saia daqui.

Meu coração ficou apertado. – Simon, por favor...

– Saia *agora*.

Fui para trás quando ele deu um empurrão em Zara. Ele abriu a porta, lançou-se em direção ao banco do passageiro e a jogou para fora do carro.

– Querido, o que você está...

– Eles precisam de você lá dentro, Zara – eu disse alto, de modo que Simon pudesse ouvir minha voz mais alta que a dela. – Você precisa ir.

Ela se virou para mim, a saia rosa curta esvoaçando com a brisa leve.

– Vanessa – ela disse, e sua voz penetrou meus ouvidos como canivetes.

Não respondi. Eu precisava de toda a concentração para manter meus olhos fixos nos dela.

– Seu namorado é uma gracinha – ela disse, afastando-se de Simon. – Não é lá muito fiel... mas é uma gracinha.

Permaneci firme enquanto ela se aproximava da traseira do carro. Chegando tão perto a ponto de eu poder sentir seu perfume de baunilha, ela se inclinou para mim, sorriu e sussurrou uma única palavra.

– *Buuuu*.

Os braços de Simon estavam em volta de mim antes que eu pudesse cair no chão.

– Caleb – eu disse quando ela começou a atravessar o gramado. – Ele ainda está lá.

Simon saltou para dentro do Subaru e o estacionou no meio-fio, depois saiu e segurou a minha mão. Corremos atrás dela, mantendo-a em nosso campo de visão enquanto permanecíamos a uma distância segura. Ela parou uma vez e inclinou a cabeça, como se estivesse ouvindo. Depois de alguns segundos, continuou a andar e desapareceu dentro da escola.

– Eu tentei avisá-lo.

Simon e eu viramos. Caleb estava atrás de nós, ainda segurando o iPod. Seu rosto brilhava e a camisa estava molhada de suor.

– Eu contei a ele o que ela é – ele disse. – Contei o que ela faz.

Simon olhou para mim, depois andou na direção de seu irmão. – Quem, Caleb? De quem você está falando?

Ele franziu a testa e mais lágrimas escorreram pelo seu rosto. – Mark – ele sussurrou. – Na noite passada, ele disse que a amava.

21

– Não atende – Caleb fechou o celular e o jogou sobre a mesa.

– Não tem nada na internet – Simon disse, fechando o *laptop*.

– O céu não ficou tão azul assim o verão todo – fiz um sinal com a cabeça em direção à janela. – Talvez ele tenha ouvido você e fugido.

Caleb franziu a testa e voltou-se para o diário de Zara, que, descobri, ele estava traduzindo com a ajuda de um dicionário de francês, no período entre as ligações para Mark, desde que voltara para casa na noite anterior. Fui direto para casa, em vez de ficar com eles, feliz por usar a desculpa de que minha mãe estava me esperando para sair; eu entendia que Simon não podia controlar sua reação em relação a Zara, mas eu tinha dificuldade em controlar a minha reação em relação à dele. Fiquei pouco à vontade o restante da noite e aceitei com prazer a oportunidade de dar um tempo e processar o que tinha visto.

Quando acordei pela manhã, a única conclusão a que tinha chegado era que sentia falta dele. Tudo que consegui fazer foi engolir rapidamente uma tigela de cereal e tomar um banho antes de correr para a casa ao lado.

– Ela não fala dele aqui – Caleb disse, virando as páginas. – O nome dele não é mencionado uma única vez.

– De quem ela fala? – perguntei.

– De mim, na verdade. Aparentemente, os sentimentos dela eram verdadeiros, ou pelo menos ela acreditava nisso. Ela nem queria usar seus poderes... ou sei lá como chamar isso... mas, como eu não caí, ela achou que não tinha escolha – ele olhou para o caderno. – Além de mim, há um monte de mulheres: Betty, Raina, Brigitte, Marie, Eugenie, Isabelle, Josephine, Dominique, Sabine.

– Dominique e Sabine estavam na reunião na noite passada – eu disse. – Elas estão na comissão do Festival do Esplendor do Norte.

Caleb anotou isso. – Tem também uma tonelada de coisas sobre Paige. Não fui tão longe, mas o nome dela aparece mais do que o de qualquer um. Jonathan é mencionado também.

– O que a Zara estava escrevendo ontem – perguntei –, durante a reunião?

Caleb avançou algumas páginas. – Parece algum tipo de lista. É uma lista de todo mundo que estava lá, e de mais gente de quem eu nunca ouvi falar. Homens, mulheres não.

– Raina pediu que todos dessem o nome de dez pessoas que levariam ao festival. Ela disse que dependia deles unir a comunidade durante os momentos sombrios.

Caleb olhou para Simon. – Devíamos chamar a polícia.

– E dizer o quê? – perguntou Simon. – Que temos certeza de que um grande grupo de sereias assassinas está planejando destruir a cidade toda durante o I Festival Anual do Esplendor do Norte do Lighthouse Marina Resort e Spa?

– Isso mesmo – Caleb respondeu.

– Não temos provas – Simon disse. – Não estou dizendo que elas não estão planejando nada, mas não podemos fazer coisa alguma até saber com certeza o que é.

Um celular tocou. Caleb pegou o seu na mesa e depois o jogou de volta.

– Já volto – Simon disse, atendendo o celular e indo para a sala.

Já que Caleb havia voltado a ler o diário, eu me levantei, enchi um copo de suco de laranja e me sentei de novo. Puxei para mim o *Herald* da semana anterior que estava sobre a mesa e fingi que estava lendo.

– Você sabe que não tem com o que se preocupar – disse Caleb, sem erguer os olhos.

Mordi os lábios e virei a página. Eu não estava preocupada. Curiosa, talvez, mas não preocupada.

– Justine sempre disse que vocês dois seriam perfeitos juntos – ele disse um minuto depois.

Olhei para uma manchete, mas não a enxerguei. Ela disse? Quando? E por que ela não disse isso para *mim*? – Sinto saudades dela – eu disse baixinho.

Ele fez uma pausa. – Eu sei. Eu também sinto.

– Boas notícias – disse Simon, voltando para a cozinha. – Beaker está pronto para se juntar ao nosso grupo.

– Beaker? – perguntei.

– Dr. Beakman, meu professor e orientador. Depois que cruzei com ele na Bates um dia desses e falei da minha pesquisa sobre o tempo na região, ele decidiu vir para cá para tentar fazer alguma coisa. Ele está com um amigo do outro lado da cidade.

– O cara ganhou um Prêmio Nobel um milhão de anos atrás – Caleb disse. – Alguma coisa a ver com fusão molecular.

– Ele ganhou um Prêmio Nobel e dá aula para pessoas sem recursos na Bates? – perguntei.

– Depois de trabalhar no Instituto de Estudos Avançados de Princeton por vinte anos. Somos uma espécie de pré-aposentadoria para ele – Simon desenrolou um grande mapa e o abriu sobre a mesa.

– Você vai dizer a ele o que sabemos? – Caleb perguntou. – Sobre as Marchand?

– Não. Vou contar o que sabemos sobre as vítimas – o dedo de Simon seguiu uma fina linha dividida por pontos vermelhos no mapa. – Aqui é onde os corpos foram encontrados. Todos na praia, perto da água.

– Muito próximos uns dos outros – eu disse.

– Sim. Há trinta quilômetros de litoral ao longo de Winter Harbor, mas todas as vítimas foram encontradas a cerca de um quilômetro umas das outras. Segundo a polícia, as que foram encontradas mais ao sul ficaram submersas por mais tempo. Considerando as marés e as correntes, isso sugere uma origem comum ao norte.

– Os penhascos de Chione – eu disse, com os olhos fixos no ponto vermelho de Justine.

– A mesma corrente sempre segue as tempestades que estamos tendo – Simon disse. – É mais forte fora do lago, aos pés dos penhascos, vai para o sul e desaparece a quase 2,5 quilômetros ao longo da costa.

– Então você está dizendo que todos morreram no mesmo lugar? – Caleb perguntou. – Aos pés do penhasco?

– Não tenho certeza... mas sim. A minha teoria é essa.

– E Oliver disse que Betty adorava nadar ali porque as águas eram profundas – lembrei. – Talvez haja outra razão.

– Exatamente – Simon disse. – Enfim, Beaker disse para aparecermos a qualquer hora, então temos de ir agora. O festival vai começar em 48 horas, então, se as Marchand planejam alguma coisa, não temos muito tempo.

– Na verdade – eu disse, meu coração batendo mais rápido –, acho que vou ficar com a minha mãe. Ela ficou muito confusa desde que contei a ela que Justine não se inscrevera na faculdade, então preciso passar um tempo com ela para acalmá-la.

Simon virou-se para mim. – Vanessa, temos de ficar juntos.

– Estou na varanda – Caleb disse após uma pausa. Ele pegou o diário de Zara, seu caderno e o iPod sobre a mesa e saiu.

Olhei para o mapa, estranhamente nervosa. – Desculpe, eu só...

– Isso tem a ver com a noite passada? – ele perguntou com a voz preocupada. – A gente não conversou depois do que aconteceu e, para ser honesto, eu nem sei o que aconteceu. Em um minuto estou correndo pelo colégio, procurando Caleb e Mark, e, no minuto seguinte, estou no carro empurrando a Zara para longe de mim.

– Não tem nada a ver com a noite passada – eu disse, ainda incapaz de olhar para ele. – Você sabe como a minha mãe fica. Só quero ter certeza de que ficaremos tempo suficiente para terminar o que a gente começou.

O silêncio que se seguiu foi denso, como se estivesse cheio de tudo que diríamos um ao outro se soubéssemos como. Quando ele finalmente falou, parecia magoado.

– Desculpe – ele disse. – Eu sinto muito por qualquer coisa que tenha dito ou feito. Mas, por favor, saiba que aquele não era eu. Eu nunca magoaria você, Vanessa.

– Eu sei – queria perguntar por que ele não conseguiu sair do transe de Zara pensando em mim e ouvindo minha voz, como tinha feito na floresta, mas não perguntei.

Ele veio em minha direção, colocou a mão em meu pescoço e levantou meu rosto suavemente, até nossos olhos se encontrarem. Meu coração disparou, mas meu corpo relaxou. No instante em que seus lábios tocaram os meus, a noite anterior começou a desaparecer como um sonho ruim.

Até que ele segurou meu quadril, e seus dedos me apertaram. E eu vi suas mãos na saia rosa de Zara.

Eu me afastei. – Você tem que ir.

Seus braços ficaram parados no ar, ainda estendidos para mim. – Vanessa, o que...

– Não temos muito tempo, como você mesmo disse. E minha mãe deve estar acordada querendo saber onde eu estou – andei de costas até a porta com os dedos nos lábios. – Mas, por favor, mande-me uma mensagem com o endereço de seu professor para eu saber onde você está. E me ligue quando chegar lá.

– Até mais, Vanessa! – Caleb gritou depois que desci correndo a escada da varanda.

De volta à minha casa, fiquei ao lado da porta da cozinha e espiei pela pequena fresta entre a cortina e o vidro. Prendi a respiração enquanto Simon e Caleb entravam no Subaru e começavam a sair da garagem. Quando o carro virou pela rua e desapareceu de vista, escrevi às pressas um bilhete para minha mãe, que ainda dormia, e saí.

∽∼

Fiquei parada na varanda das Marchand segurando uma cesta de fraldas descartáveis, chupetas e macacõezinhos que comprei na farmácia da cidade. Era um pouco cedo para um chá de bebê improvisado para Paige, mas era a única desculpa que eu podia dar para voltar à sua casa.

Chequei o celular e fiquei tranquila com as mensagens de Simon. Ele e Caleb estavam com o professor; estavam seguros. Pensei em responder dizendo onde eu estava, só para garantir, mas depois guardei o telefone no bolso da calça. Ele sairia e viria atrás de mim, e nós não tínhamos tempo para isso. Ele precisava fazer o que era preciso, e eu também.

Toquei a campainha e esperei.

Nada. Ninguém respondeu, e não houve passos apressados em direção à porta. Tentei espiar pela janela perto da porta, mas estavam cobertas por grossas cortinas azuis. Fui até a ponta da varanda e vi os carros de Raina e de Zara estacionados ali perto.

Toquei a campainha mais uma vez e bati à porta. Sem resposta, segurei a maçaneta e a girei devagar.

A sala estava escura. Havia começado a chover durante o caminho, e a luz persistente do dia estava bloqueada pelas pesadas cortinas nas janelas altas. A única luz vinha da parede de castiçais acesos alinhados na escada.

Ao pisar na sala, peguei um macacãozinho da cesta e o segurei sobre a boca e o nariz. O ar estava carregado com o cheiro de sal e de algas. E de alguma coisa desagradável que me fazia pensar em caranguejos, moluscos podres e baleias doentes levadas à praia.

Enquanto o ar me envolvia, penetrando minhas roupas e se espalhando pela minha pele, me apressei em direção à escada. Quanto mais eu subia, mais forte o cheiro ficava e, quando cheguei ao andar de cima, minha cabeça latejava e meu estômago revirava.

Atravessei o corredor. Não diminuí os passos até que me aproximei da porta fechada do quarto de Paige e ouvi sons abafados vindos do outro lado.

Com o macacãozinho no rosto, coloquei a cesta no chão e me inclinei em direção à porta. Fiquei ouvindo sem respirar, incapaz de decifrar o barulho. O tom aumentava e diminuía à medida que o volume ficava mais alto e agradável. Parecia vir de mais de uma fonte, mas não soava exatamente como música ou uma conversa.

Bati à porta. Como ninguém respondeu, eu a abri e dei uma espiada ali dentro.

As cortinas estavam fechadas ali também, e o ar estava ainda mais carregado com cheiro de sal. Os cobertores em que Paige estava enrolada na última vez que a vi estavam amontoados no chão perto da cama. Os sons estranhos vinham do banheiro e estavam cada vez mais altos.

Atravessei o quarto, tomando cuidado para ficar ao lado da porta do banheiro e fora da vista de quem quer que estivesse lá dentro. Quando me aproximei o suficiente para dar uma espiada, mantive o peito pressionado contra a parede e estiquei o pescoço até meu olho esquerdo ter uma visão clara.

O banheiro estava cheio de vapor cinza e salgado. Pequenas nuvens de luz vinham de velas espalhadas sobre a pia, no chão, nas prateleiras de vidro na parede. Um canto do banheiro, o da banheira, brilhava mais forte que os outros, mesmo sendo o único que não estava iluminado por velas.

Raina e Zara estavam sentadas à beira da banheira, de costas para mim. Raina segurava no colo a mão fina cor de marfim. A mão tremia, como se o corpo preso a ela estivesse imerso em uma piscina de água eletrificada.

Eu queria desviar os olhos, mas não consegui. Meu olhar foi passando da mão cor de marfim para um braço liso e nu e, por fim, para o rosto de Paige.

Ela estava deitada nua na banheira. Seu corpo tremia tanto que a cabeça batia contra a parede de azulejos e a água espirrava no chão. Ruídos estranhos e inumanos saíam de sua boca. Sua barriga aparecia acima da superfície da água, já inchada por causa da vida ali dentro.

Apesar de tudo, ela nunca pareceu mais bela.

A pele cremosa brilhava, e seu rosto estava corado. Os cabelos molhados estavam quase pretos e caíam pelos ombros nus e sobre o peito. Os olhos azul-prateados tinham um brilho branco e pareciam estar abertos e parados, lançando uma luz fria e etérea no banheiro. Não parecia ser ela mesma, mal parecia humana, mas era do tipo deslumbrante que faz desaparecer toda a escuridão ao redor.

Meus olhos ficaram fixos nos dela, que se levantaram para o teto. Senti meu corpo sendo puxado em direção a ela, desejando estar perto dela, e agarrei o batente da porta para me conter. Minha cabeça latejava, mas eu não estava ciente da dor.

Eu me recuperei quando meu telefone vibrou no bolso da calça. Dei mais uma olhada para Paige – era como se eu nunca a tivesse visto antes – e depois me afastei da porta do banheiro.

Fora do quarto, peguei o cesto e li a mensagem de texto de Simon enquanto corria pelo corredor.

"C estava certo sobre o festival. Z escreveu tudo sobre isso. Ligue para mim quando puder."

Fechei o telefone, sem saber se fugia da casa ou se tentava descobrir o que poderia ajudar a pôr um fim em tudo com a única pessoa que poderia ter a certeza.

Chegando à conclusão de que alguns minutos a mais realmente não ofereceriam muito risco naquele momento, passei pela escada e fui para o quarto de Betty. Parei na porta e olhei para o corredor. A porta do quarto de Paige ainda estava fechada. Temporariamente calma, bati de leve à porta de Betty antes de entrar.

– Betty? – sussurrei, fechando a porta assim que entrei. – Desculpe incomodá-la, mas...

Parei quando vi a espreguiçadeira vazia. A lareira, que brilhava intensamente toda vez que eu estava no quarto, estava escura. Aqui, assim como na sala e no quarto de Paige, as cortinas estavam bem fechadas.

O quarto estava tão escuro que quase não a vi. Ela estava deitada na cama do outro lado do quarto, seu corpinho imóvel. Apesar das habilidades supersensíveis, ela não ouviu quando entrei ou estava cansada demais para responder.

– Betty? – sussurrei novamente, andando em sua direção.

Parecia que ela havia envelhecido décadas em dias. Os cabelos grossos e grisalhos estavam ralos, tufos soltos se espalhavam sobre o travesseiro em volta da cabeça. As rugas estavam mais profundas, e a pele, seca, revelava um cinza acastanhado; pedaços grandes de pele descamada se espalhavam como confetes pelo cobertor e pelo roupão roxo. Se seu peito não fizesse força para se levantar de segundo em segundo, eu teria pensado que ela estava morta.

Afundei-me em uma cadeira estofada ao lado da cama. Mudei de posição quando senti alguma coisa dura e vi que quem havia se sentado na cadeira por último estava lendo para Betty a fim de distraí-la da dor, ou para piorá-la.

Havia uma dezena de exemplares do *Winter Harbor Herald*; os recentes, destacando Paul Carsons, Charles Spinnaker e outras vítimas, como também os mais antigos, datados de 1985. Reconheci alguns deles do dia em que Simon e eu examinamos números anteriores na biblioteca.

Debaixo da pilha de jornais estava outro livro, um *scrapbook*. Parecia igual ao de Zara, embora fosse mais grosso e, obviamente, mais velho, a julgar pela capa de pano desbotada e pela renda amarelada.

Coloquei-o no colo e olhei para a porta do quarto. Como continuava fechada, abri o álbum, que estava dividido em seções, cada uma registrando as buscas e as conquistas de uma sereia diferente. O grupo ia muito além da família Marchand e de Winter Harbor. Folheei décadas de mulheres, todas deslumbrantes, e todas com os mesmos olhos azul-prateados que, de alguma forma, brilhavam muito em fotografias preto e branco e em fotografias coloridas mais recentes. Elas variavam em idade, a mais nova não parecia muito mais velha que Paige. O livro não continha lembranças físicas, como Zara fazia, mas registrava a evolução por meio de fotografias e recortes de jornais, alguns de outras cidades de Maine e de lugares tão distantes como o Canadá.

Ciente de que poderia ficar sentada ali por horas, virei as folhas mais rapidamente. Eu havia acabado de pegar uma pilha grossa de páginas para avançar vários anos quando cinco dedos acinzentados se estenderam para pegar o álbum.

Olhei para a mão de Betty. Pedacinhos de pele descamada se amontoaram na página aberta.

Ergui os olhos quando uma baforada de ar rançoso e salgado veio em direção ao meu rosto. Ela virou a cabeça, e seus olhos eram pequenas fendas enquanto ela me encarava. Através daquelas aberturas estreitas, pude ver que as nuvens tinham ficado mais escuras.

– O que, Betty? – perguntei calmamente. – O que foi?

Ela abriu os lábios frágeis para falar, mas não saiu nada deles além de um ar repugnante. O cheiro era como se o interior de seu corpo estivesse definhando, como o exterior.

Ela me disse... que passava tanto tempo nadando não só porque gostava daquilo, mas porque precisava.

Eu respirava intensamente enquanto me lembrava das palavras de Oliver.

Ela fisicamente precisava mergulhar na água salgada várias vezes ao dia... se não nadasse, com o tempo, não seria capaz de respirar.

Olhei para Betty, para sua pele seca e os cabelos finos. Ela estava morrendo. Ela estava morrendo porque não podia respirar.

Coloquei o *scrapbook* ao seu lado na cama e corri para o banheiro. Abri a torneira da banheira e escancarei os armários e o gabinete à procura de algo para encher de água. Puxei toalhas das prateleiras e as joguei dentro da banheira. Com o cheiro de sal e peixe, senti vontade de vomitar, mas consegui me segurar. Arregacei as mangas e mergulhei as toalhas, segurando-as debaixo d'água até ficarem encharcadas.

Seus olhos estavam fechados novamente quando voltei. Segurei as toalhas molhadas no peito, quase não sentindo a fria água salgada me molhar. Peguei delicadamente a ponta do cobertor dobrada debaixo de seu queixo, puxei o cobertor e o deixei cair no chão. O roupão roxo aveludado parecia enorme nela naquele momento. Soltei a amarração e o abri.

Os membros frágeis de Betty se projetavam para fora de seu maiô roxo favorito.

As costelas erguiam o maiô conforme ela tentava respirar. Pus as toalhas molhadas por todo o seu corpo, começando pelos pés e seguindo em direção ao peito. Ao chegar aos ombros, tirei o roupão pelos braços e a cobri até o pescoço. Quando apenas seu rosto ficou exposto, eu me joguei na cadeira e esperei.

Primeiro, a cor de sua pele começou a voltar. Suas bochechas passaram do cinza para o branco e, depois, para o rosa claro. As rugas ficaram mais suaves, e os lábios, mais grossos. Depois de alguns minutos, seu peito conseguiu subir por um segundo inteiro antes de baixar novamente.

Enquanto ela, aos poucos, recuperava suas forças, peguei o *scrapbook* e o virei. Obituários estavam dispostos como fotografias de casamento, e fui passando pelos de Charles Spinnaker, Aaron Newberg, William O'Dell, Donald Jeffries e Tom Connelly. Quando cheguei ao grupo dos quatro que apareciam nas manchetes do *Herald* daquela manhã, voltei algumas páginas. O *scrapbook* de Raina acabara, mas ainda faltavam duas vítimas recentes. Não fiquei surpresa ao ver que Justine não aparecia ali, afinal ela era o alvo de Zara, mas *fiquei* surpresa ao ver que um dos homens estava visivelmente ausente. A história dele estava em um dos jornais em que eu havia acabado de mexer, e ele foi o primeiro a ser encontrado depois de Justine. Eu não fazia a menor ideia de como funcionava esse jeito bizarro de fazer um *scrapbook*, mas imaginei que o primeiro de uma série de alvos justificava atenção extra; talvez algumas páginas, *glitter*, adesivos ou algo do tipo.

Mas não havia *glitter* para Paul Carsons. Não havia nada para ele.

Folheei até o fim, com o estômago apertado ao ver as páginas em branco esperando seus temas. Talvez Raina não tivesse decidido como dispor Paul Carsons. Talvez ainda estivesse reunindo artigos e fotos e fosse fazer um álbum à parte só para ele. Talvez...

Fiquei feliz por ter um motivo para desviar o olhar quando Betty gemeu baixinho.

– Betty – eu disse, abraçando o álbum em meu peito enquanto me inclinava para ela –, é a Vanessa. Havia alguma coisa que você gostaria que eu soubesse?

A cabeça dela se virou em minha direção. Quando ela falou, sua voz era quase um sussurro. – Mil novecentos e... noventa e... três – seus dedos saíram de debaixo da toalha e tocaram levemente no alto do *scrapbook*.

Virei rapidamente as páginas, ignorando décadas inteiras de morte e sedução. Quando cheguei ao ano de 1993, meus olhos se fixaram na fotografia de uma mulher sorridente, de cabelos longos, saia comprida vermelha e blusa de camponesa branca. Não consegui me lembrar dela ao certo, mas ela me parecia estranhamente familiar.

– Charlotte Bleu – li o título sobre a foto em voz alta. – Trinta e quatro anos, original de Ninfeias, no Canadá, morreu durante o parto em 17 de novembro de 1993.

Fiquei olhando a data antes de descer os olhos para o fim da página. Quando vi a fotografia no canto inferior direito, Charlotte agarrada a um homem feliz e inocente, fechei o álbum e o joguei no chão. Meu coração palpitava enquanto eu olhava para ele ali, meio que esperando que se abrisse sozinho em 1993 e me forçasse a ver aquilo novamente.

Eu não fazia ideia de quem era Charlotte Bleu. Mas não havia como confundir o porte relaxado ou os cabelos crespos do homem feliz e inocente ao lado dela.

Meu pai.

22

Eu NÃO CONSEGUIA OUVIR NADA. Não conseguia ouvir a chuva batendo no teto do carro nem os limpadores deslizando no para-brisa. Não conseguia ouvir os pneus cantando no asfalto nem o barulho do vento. Não conseguia ouvir o rádio nem o toque do celular no banco do passageiro. Não conseguia ouvir minha pulsação em meus ouvidos nem minha respiração curta e ofegante. Não conseguia ouvir nenhum dos milhões de pensamentos e perguntas que passavam pela minha cabeça. Não conseguia ouvir nada, porque estava ouvindo Justine.

O telefone tocou de novo, mas ignorei. Não sabia há quanto tempo estava dirigindo, mas sabia que era a minha mãe ou Simon do outro lado da linha, querendo saber se eu estava bem. E eu não conseguiria dizer a eles que não estava. Se o que eu tinha acabado de ver era verdade, se o Paizão não era quem eu sempre pensei que fosse, se *eu* não era quem sempre achei que fosse, então eu nunca mais ficaria bem de novo, nem eles.

– Diga – sussurrei, agarrando o volante com tanta força que minhas unhas cravaram na palma das mãos. – *Diga*.

Mas ela não dizia uma única palavra. Ela não queria dizer o que eu queria, o que eu *precisava* ouvir.

Pisei fundo no acelerador. As portas e vitrines iluminadas das lojas e dos restaurantes de Winter Harbor brilhavam vagamente em meio à escuridão, e eu dirigia cada vez mais rápido, não querendo ver o céu de carvão engolir a pouca luz que restava. Não pensei aonde ir nem que direção seguir. Assim que fui para o banco do motorista e liguei o carro, minhas mãos e pés se moveram por conta própria.

– Por favor – implorei em silêncio enquanto o carro virava na Burton Drive –, não é verdade. Diga que *não é verdade*.

Esperei na estrada, olhando para a casa do lago que aparecia e sumia conforme os limpadores jogavam a água no para-brisa para o lado. Como Justine permaneceu em silêncio, desliguei o carro e saí. Atravessei o jardim, a lateral da casa e fui para o quintal. A chuva estava tão forte que meus cabelos e minhas roupas ficaram grudados na pele, mas eu simplesmente não a sentia. A única coisa que consegui perceber foi que a BMW não estava na garagem, o que significava que minha mãe havia saído.

Minhas mãos estavam no barco vermelho antes que eu percebesse aonde meus pés haviam me levado. Tirei-o do galpão e o arrastei pela grama escorregadia. Chegando à beira do lago, empurrei o barco para a água. Fui atrás dele enquanto ele deslizava, sem sentir a água fria encharcando meus tênis, envolvendo meus tornozelos e subindo por minhas pernas. Era o mais fundo que eu havia entrado em qualquer água em dois anos, e eu não sabia o que estava fazendo ali naquele momento, quando deveria estar longe de Winter Harbor, longe da praia, de lagos e do mar, longe da verdade na qual eu não queria acreditar, mas era incapaz de negar.

Quando a água alcançou minhas coxas, fui para a lateral do barco e dei um pulo para entrar nele. Remei devagar no começo, mas, como minhas mãos conseguiram controlar bem os remos, passei a empurrar a água como se fosse ar. Levei o barco para longe da margem, sem olhar para nossa casa ou para a dos Carmichael enquanto avançava cada vez mais no lago. Justine sempre preferiu parar no ponto em que as águas eram mais profundas; era lá que estávamos quando nosso pai tirou a foto que ela pôs no centro do mural.

Quando cheguei ao centro do lago, parei de remar. Puxei os remos para dentro do barco, tirei o moletom encharcado e enrolei as barras da calça. Minha pele estava gelada, mas eu podia sentir as gotas ficando cada vez mais frias e a temperatura caindo. Eu era a única pessoa do lado de fora, mas fiquei sentada ali, de blusinha sem manga, a calça enrolada e sandálias, como se fosse um ensolarado dia de verão.

Inclinei a cabeça para o céu, acolhendo a chuva gelada que escorria pelo meu rosto.

– Desculpe – eu disse. Sem ouvir minha voz, abafada pela chuva que batia na água, tentei dizer de novo, mais alto. – Desculpe! Tá bom? Eu sinto muito por você estar aí e eu aqui e por não podermos estar juntas, mas eu ainda preciso de você. Eu ainda preciso que diga que isso não está acontecendo, que eu posso fingir que está tudo bem.

Eu estava gritando, mas ela não parecia me ouvir. Ou talvez me ouvisse e simplesmente não soubesse o que dizer. Talvez ela estivesse vendo e ouvindo quando vi a foto do Paizão com Charlotte Bleu, e talvez pensasse que tinha sido em vão. Talvez ela achasse que tinha perdido a vida cuidando de mim, me protegendo, e estivesse aliviada por não ter mais de fazer isso, já que não éramos realmente as irmãs que sempre pensamos ser.

– Por favor – eu disse, ligeiramente ciente do calor em meu rosto enquanto as lágrimas se misturavam à chuva –, por favor, Justine. Eu não posso fazer isso sozinha. Não sou forte como você. Eu achei que fosse, por apenas alguns dias eu achei que poderia ser, mas eu estava errada. Depois que Simon e eu ficamos juntos, eu realmente comecei a acreditar que era forte. Passei a crer que era capaz de fazer mais do que sempre pensei. Eu não precisava ter medo do escuro. Eu podia enfrentar minha mãe. Eu podia até entrar na água de novo e não ter medo de mergulhar sob a superfície, onde ficava escuro, as vozes passavam a ser sussurros... e eu ficava mais à vontade do que em terra firme.

– Justine – eu disse, abaixando a cabeça –, por favor.

Como eu poderia fingir agora? Eu não queria acreditar que o Paizão, o meu Paizão, pôde fazer uma coisa dessas, mas aquilo explicava tudo. Explicava por que minha mãe e eu não éramos parecidas e não agíamos do mesmo jeito em nada, e por que ela se preocupava com coisas como vestidos exuberantes e festas, enquanto eu preferia *jeans* e livros. Explicava a ligação natural e quase instantânea entre mim e Paige e tinha de ter algo a ver com a dor dilacerante que eu sentia toda vez que Zara estava por perto. Explicava por que Simon achava que sentia o que sentia por mim, já que alguém tão inteligente nunca se sentiria atraído por uma pessoa tão problemática. Explicava por que eu era capaz de ouvir Justine depois que ela morreu. E, se o que minha mãe disse era verdade, que Justine precisava se esforçar para chamar atenção para ela, isso explicava essa verdade também.

E explicava o que aconteceu, aquilo em que eu não queria pensar, mas que não podia esquecer, no dia em que ouvi os sons das outras sereias dois anos atrás.

O céu escurecia conforme as nuvens desciam em direção à água. Meu corpo assumiu o controle novamente e me mexi sem pensar, deslizando lentamente no banco estreito do barco e ficando de joelhos. Coloquei as mãos na beirada do barco e me inclinei para frente, olhando para a água que estava apenas alguns centímetros abaixo. A superfície estava agitada e se mexia por causa da chuva, mas eu ainda podia vê-los como se o sol brilhasse forte lá em cima e a água estivesse lisa como gelo.

Meus olhos. Para mim, eles nunca pareceram muito verdes nem muito azuis. Naquele instante, ou porque eu não tinha prestado atenção suficiente ou porque as circunstâncias me faziam enxergá-los de forma diferente, eles tinham um brilho prateado.

Inclinei-me mais para perto de meu reflexo que se movia. Estendi uma das mãos e depois a outra. Fechei os olhos quando as pontas de meus dedos mergulharam na superfície, e minhas lágrimas escorriam mais rapidamente enquanto a água cobria meus dedos, a palma de minhas mãos, meus pulsos.

– Sinto muito – sussurrei quando a água atingiu meus cotovelos, bíceps e ombros. – Eu sinto muito.

– *Vanessa!*

Congelei.

– *Vanessa!*

Eu me sentei e olhei com os olhos meio fechados por causa da chuva. Outro barco vinha em minha direção, bem rápido, como se corresse contra um relógio invisível. Eu me virei e peguei os remos no chão do barco.

– Fique aí!

Eu estava muito assustada para segurar a madeira lisa. Coloquei os remos dentro e fora da água, meus braços se moviam mais rápido que antes. Mas, graças à equipe de Bates, a cada metro que eu avançava, eles avançavam dois. Logo estavam parados ao meu lado.

– Parem! – coloquei os remos dentro do barco e me arrastei para a parte de trás. – Fiquem aí, por favor.

– Está tudo bem, Vanessa – Caleb se esticou na lateral do barco deles em direção ao meu. – Você está bem.

Pus as mãos dentro da água atrás de mim, tentando remar para longe dele, mesmo com o barco sacudindo para cima e para baixo. – Não venha aqui, Caleb – mais lágrimas brotavam em meus olhos. – Por favor... fique onde está.

Gritei quando dois braços fortes envolveram minha cintura e me puxaram para trás. Agarrei as mãos de Simon e tentei tirar seus dedos de meu corpo. – Simon – choraminguei –, por favor, deixe-me ir.

Ele me puxou tão forte que minhas costas pressionaram seu peito. Fechei os olhos, querendo desesperadamente me entregar ao desejo do meu corpo de se desfazer ao lado do dele e aceitar o calor e a segurança de seus braços, e odiando por não poder fazer isso.

– Ela estava com medo.

Olhei para cima. Caleb estava agarrado ao meu barco para que ele batesse contra o deles.

– Justine – ele continuou, falando mais alto que o barulho da chuva para que eu pudesse ouvir. – Foi por isso que ela não se inscreveu em Dartmouth. Foi por isso que não se inscreveu em nenhum outro lugar. Ela estava muito assustada.

Balancei a cabeça.

– Antes que eu diga qualquer outra coisa – Caleb falou –, você precisa saber que ela amava você. Ela amava você mais que tudo, e teria feito qualquer coisa por você, inclusive deixar que acreditasse que ela não tinha medo para que você continuasse a depender dela. Ela não queria que eu contasse nada disso para você... mas você precisa saber. Você merece saber. Isso vai ajudá-la a entender.

Eu não sabia ao certo como me sentir quando finalmente estava prestes a descobrir o que queria quando voltei a Winter Harbor. – Do que Justine tinha tanto medo? – finalmente perguntei.

Ele olhou para Simon, que concordou com a cabeça. – No dia em que você sofreu o acidente... você se lembra por que entrou no mar?

– Ela me desafiou – assim como meu corpo estava agindo por conta própria, as palavras saíram antes que eu pudesse pensar em dizê-las em voz alta.

– Justine desafiou você – ele repetiu, como se quisesse que eu pensasse realmente sobre isso.

– O acidente foi culpa *minha* – eu disse rapidamente, com o coração disparado. – Foi uma brincadeira. Ela estava brincando, nunca achou que eu fosse entrar.

– Ela pode ter dito isso de brincadeira, mas parte dela não estava brincando.

Tentei me levantar, mas os braços de Simon me puxaram de volta. – Você não sabe o que está falando. Justine cuidou de mim. Ela me protegeu. Ela nunca teria me empurrado para uma situação perigosa.

– Vanessa – Caleb disse delicadamente –, o que estou dizendo foi ela que me contou.

Seus olhos estavam fixos em mim, e lembrei que ela o amava. Nos meses, e possivelmente anos, que levaram à sua morte, ela lhe confiou segredos mais do que a qualquer outra pessoa. – Continue.

Caleb baixou os olhos e respirou fundo. – Justine amava você, mas ela também tinha muito, muito ciúme de você.

Mordi a boca para não protestar. Ele era a segunda pessoa que dizia que Justine tinha inveja de mim e, se eu devia acreditar em alguém, esse alguém era ele. Além disso, era mais fácil aceitar essa notícia sabendo o que eu sabia agora sobre quem... o que... eu realmente era.

– A vida inteira, todo mundo queria conhecer você. Parentes, vizinhos, professores, colegas de classe. Você não percebia nada disso, e foi por isso que ela nunca comentou nada com você, mas isso a deixava maluca. Para lidar com o problema, ela fazia o que podia para chamar atenção. Praticava esportes, se associou a milhares de clubes, tirava as melhores notas, tentava ser amiga de todo mundo. Quando tinha idade suficiente, namorou um monte de caras.

Ergui os olhos para ele e franzi a testa.

– Sim, eu sabia sobre eles. E eu sabia por quê. Eu não me importava com isso. Eu sei que ela não sentia por eles o que sentia por mim. Mas eu me preocupava com ela. Eu detestava saber que ela achava que tinha de chegar a esses extremos só para se sentir... importante.

Justine não precisava beijar mil caras nem saltar de paraquedas para ser importante. Ela simplesmente *era*.

– Ela fez o que fez não para que você se sentisse mal, mas para ela se sentir melhor. Como eu disse, ela teria feito qualquer coisa por você. Ela nunca quis magoá-la.

– Então em que parte ela não estava brincando no dia do acidente? – perguntei.

Ele fez uma pausa. – Você se lembra de quem foi a ideia de fazer um piquenique na praia?

– Não – respondi honestamente, – não me lembro muito bem daquele dia – acrescentei, de modo não tão honesto.

– Segundo Justine, ela queria ir ao cinema. Você queria fazer um piquenique. Assim que você sugeriu o passeio, sua mãe preparou alguns lanches e seu pai separou jogos de tabuleiro. E, quando Justine insistiu no filme, eles a ignoraram.

– Se fizeram isso, não foi tratamento preferencial – eu disse. – Justine sempre foi muito mais próxima de nossa mãe do que eu... e meu pai também era louco por ela.

– Seja como for, ela não ficou feliz com a situação. Ela sabia que a culpa não era sua, mas ficou ressentida. Quando ela desafiou você a entrar na água, sabia como podia ser perigoso... por isso ela não se perdoou quando você aceitou o desafio e desapareceu.

– Mas eu voltei – insisti, como se ainda pudesse convencê-la de que a culpa não era dela. – Fui puxada para baixo, mas ficou tudo bem.

– Vanessa... você ficou debaixo d'água por 34 minutos antes de mergulhadores acharem você.

Eu me inclinei para trás.

– Foi um milagre você ter saído viva dessa.

Aquela era uma forma de colocar as coisas.

– Ficou na cabeça dela – Caleb continuou – o fato de você quase ter se afogado por causa de um momento de fraqueza da parte dela. Seu comportamento extrovertido, aventureiro, protetor, de fazer mais do que o esperado, ficou a mil. Ela ainda fazia isso para chamar atenção, que precisava mais do que nunca depois do acidente, mas também para ser a melhor irmã, filha, aluna e amiga que poderia ser. Ela sempre se culpou por quase tirar você de todo mundo que a amava.

Tentei imaginar Justine fazendo tudo o que fez por culpa e para agradar outras pessoas. – E, então, quando chegou a hora de fazer inscrição para as faculdades...?

– Dartmouth – ele disse. – Harvard, Yale, Brown. Todas as melhores faculdades, tudo pela sua mãe.

– E a redação? – perguntei.

– Ela não conseguiu fazer. Depois de se esforçar tanto por tanto tempo para impressionar as pessoas, ela não fazia ideia de quem era ou do que queria fazer.

Inclinei a cabeça e olhei para ele. – Com uma exceção? – imaginei.

O olhar dele foi parar na água.

– Ela queria estar com você – não foi uma pergunta.

Ele fez que sim com a cabeça e ergueu os olhos. – E eu queria estar com ela, mais do que qualquer coisa.

Não tentei me afastar quando Simon segurou a minha mão.

– Mas é difícil acabar com velhos hábitos, e ela sabia que sua mãe teria ficado brava se ela simplesmente dissesse que adiaria a ida para a faculdade para ficar com um cara de Winter Harbor.

– Justine tinha sorte de ter você, Caleb.

– Eu não sei... mas eu estava tentando ser melhor. Eu não queria perdê-la, por isso fazia o que podia para deixar sua mãe feliz. Troquei o Monty pelo Lighthouse – ele disse, olhando para Simon – para poder ganhar mais e ficar ao lado de executivos, em vez de pescadores. Essa talvez tenha sido uma das coisas mais difíceis que já fiz. Foi tão difícil que eu não consegui nem falar pessoalmente com o Monty. Eu sabia que ele tentaria me fazer mudar de ideia, e eu não queria que ele fizesse isso – ele fez uma pausa antes de continuar. – Finalmente, quando as aulas voltaram, comecei a estudar mais e até me inscrevi em algumas faculdades, o que eu nunca tive a intenção de fazer.

– E o almoço com o pessoal do Lighthouse? – Simon perguntou. – Mark disse que você se reuniu com eles para tentar impedir que invadissem a cidade.

– Isso foi antes de eu começar a trabalhar lá, quando ainda pensava que Justine e eu poderíamos viver juntos aqui um dia. Você sabe que eu adoro este lugar. Eu estava lutando para manter as coisas como eram – ele suspirou. – Enfim, com a formatura se aproximando, ela começou a considerar outras opções.

– Opções? – repeti.

– Para setembro. Justine tinha de ir a algum lugar, e é óbvio que ela não iria para a faculdade. Ela pensou na Califórnia, Washington, Oregon, Vancouver. Ela achou que precisávamos ir para longe, para que não pudesse pegar o carro e simplesmente voltar para Boston sempre que se sentisse culpada.

– Então colocar milhares de quilômetros entre nós era mais fácil do que simplesmente dizer a verdade sobre você e a faculdade? – perguntei.

Ele olhou para mim como se eu devesse entender. – Ela estava aterrorizada.

Eu *deveria* entender. Eu estava acostumada a sentir medo assim. Eu sabia que provavelmente não havia monstros escondidos no escuro quando ia dormir, mas isso não me impedia de ter medo de que eles atacassem assim que as luzes se apagassem. E a fuga justificava a crença de Justine de que a melhor maneira de lidar com seu medo de alguma coisa era fingir que essa coisa não estava acontecendo. Ela não podia ter medo de nos decepcionar se simplesmente fingisse que nós não existíamos mais.

– Ela me fez prometer que não contaria a ninguém – ele disse. – Ela achou que as pessoas pensariam que éramos loucos ou que estávamos fazendo a coisa errada, e ela não queria ouvir isso. Ela não queria que nada nos fizesse mudar de ideia.

– Mas, se Justine tinha um plano – eu disse, avançando algumas semanas –, por que saltou dos penhascos de Chione no meio da noite?

– No começo, eu não sabia – Caleb respondeu. – Ela ficou muito exaltada depois daquele jantar, quando sua mãe ficou falando sobre faculdade e responsabilidade, e ela descobriu que outras pessoas sabiam de mim.

Fiquei contente ao ver que a chuva ainda caía quando meu rosto começou a queimar. Não é de admirar que ela tenha ficado tão nervosa; depois de passar tantos anos tentando me proteger, eu revelei seu maior segredo.

– A gente voltou para Boston primeiro. Ela achou que podíamos simplesmente ficar lá por um tempo até decidirmos para onde ir em seguida.

Isso explicava a toalha de praia que encontrei escondida atrás da porta do quarto dela no dia do funeral.

– Mas, assim que chegamos lá, ela quis dar meia-volta e voltar para Winter Harbor. Ela não queria, ou não podia, explicar por que, mas estava obcecada. Já era tarde, e sugeri que fôssemos embora na manhã seguinte, mas ela insistiu em ir naquela noite – ele ficou olhando a água bater no fundo dos barcos. – Então fomos embora. E, quando a gente chegou aqui, ela quis ir direto para os penhascos de Chione – ele olhou para mim. – Eu não entendi na hora. Pensei que ela só estivesse tentando provar o que disse ou que quisesse botar para fora um pouco da raiva acumulada. Mas agora eu entendo.

Segui seu olhar para Simon. – O quê?

Simon se moveu um pouco para ficar de frente para mim. – Você lembra aquele dia, quando Justine e Caleb saltaram e Justine cortou a perna?

Fiz que sim com a cabeça.

– De acordo com o diário de Zara, a água aos pés dos penhascos de Chione é, basicamente, a toca do leão. Não é como essa água aqui, ou até mesmo a água do mar. Está cheia delas, é onde elas se encontram, nadam, dão à luz e vivem, em alguns casos. É para onde atraem suas vítimas. É onde controlam o tempo. E, quando Justine cortou a perna, quer elas tenham feito isso de propósito ou ela tenha batido em uma pedra por acidente, a água entrou em sua corrente sanguínea...

– E já era tarde demais – concluí.

– Elas chamaram Justine de volta – disse Simon. – De alguma forma, já que a água estava debaixo da pele dela, elas a tinham.

– Foi por isso que ela pulou – Caleb disse delicadamente. – Não foi porque queria se vingar de você ou de sua família, mas porque não teve escolha.

E ali estava a minha resposta. Era tudo o que eu queria saber.

Desviei o olhar para a nossa casa. Todas as janelas de frente para o lago estavam escuras. Parecia tão vazia, solitária.

– Temos boas notícias – Caleb disse hesitante, depois de um minuto.

Virei assim que ele tirou um frasquinho de metal da mochila de Simon. Ele girou a tampa e uma fina nuvem de vapor saiu girando em direção ao céu. Ele trocou olhares com Simon antes de colocar o frasco na beirada do barco, incliná-lo e despejar um fio de líquido claro na água.

Agarrei-me a Simon quando o barco balançou forte e depois parou. A chuva continuava a cair no lago, fazendo pequenas ondas rolarem em direção à praia. Mas nossos barcos não se mexeram. Meus pés, que descansavam no fino chão de madeira, ficaram mais frios. Prendendo a respiração e mantendo os braços de Simon em torno de mim, inclinei-me para frente e fiquei olhando para a beirada do barco.

– Gelo – expirei, e minha respiração formou uma pequena nuvem branca. Segundos antes, nossos barcos batiam um no outro enquanto balançavam na água. Naquele instante, uma sólida mancha branca os mantinha parados no lugar.

– Temos de vencê-las no terreno delas – Simon disse com a voz firme. – A gente tem que fazer o que nem a Mãe Natureza pode fazer no meio do inverno.

Virei-me para ele, já sabendo o que estava por vir.

– Temos de congelar Winter Harbor.

23

– "O CORPO DE JONATHAN MARSH, de 17 anos, e o de Mark Hamilton, de 16, foram encontrados no píer sul de Beacon Beach. Até agora, doze pessoas morreram desde que uma série de repentinas e estranhas tempestades começou a atingir Winter Harbor, há quatro semanas." – Caleb abaixou o jornal e olhou pela janela.

– Sinto muito, Cal – disse Simon, após uma pausa. – Você fez o que podia.

– Pense em todas as vidas que salvou – eu disse. Meus olhos se encheram de lágrimas por ambos os garotos... e por Paige. – O fato de Zara ter se focado em você a manteve afastada de qualquer outro alvo por semanas.

Caleb não disse nada. Olhei para o relógio e depois para Simon. O sol ainda brilhava, mas era só questão de tempo até que as nuvens o cobrissem.

– Você não precisa fazer isso – Simon disse. – Podemos pensar em outro jeito.

– Não tem outro jeito – disse Caleb. Depois de um minuto, jogou o *Herald* no banco e saiu do carro.

– Ei – Simon disse enquanto eu tentava abrir a porta. – Você está bem? Olhei para a mão dele em meu braço. Que diferença faria uma mentira a mais naquela hora? – Vou ficar.

Corremos atrás de Caleb, que já subia correndo a escada da varanda das Marchand. Meu peito estava apertado, mesmo sabendo que Raina e Zara não estavam ali. Esperamos do outro lado da rua do Betty até que elas chegassem, e então corremos para a casa delas.

Lá dentro, as cortinas ainda estavam esticadas nas janelas. Os castiçais paralelos à escada estavam apagados. A única luz vinha de um feixe luminoso através da porta da frente. Fui instigada pelo ar, que estava carregado e úmido, mas apenas de água do mar e não de algo podre.

Guiei-os pela sala. Simon segurou minha mão quando começamos a subir a escada, mas fingi não notar o gesto e apertei o passo. Aquele provavelmente seria o último dia que passaríamos juntos. Eu não queria deixar as coisas mais difíceis do que já estavam.

– Por aqui – eu disse, seguindo em direção ao quarto de Paige, no fim do corredor. Parei do lado de fora da porta para ouvir.

Silêncio.

Balancei a cabeça diante da súbita imagem de Paige tremendo na banheira e abri a porta.

Uau! – Caleb exclamou.

– Você tem certeza de que este é o quarto certo? – Simon perguntou.

Virei-me lentamente ao entrar. As coisas de Paige, cama, roupas, livros e porta-retratos, haviam sumido. As paredes estavam pintadas de rosa. As cortinas brancas haviam sido substituídas por outras de tons rosados.

No meio do quarto, debaixo de um móbile de estrelas-do-mar de pelúcia, havia um pequeno berço.

Dessa vez, deixei que Simon pegasse minha mão, pois de outra forma eu não teria conseguido me mover.

– Ela provavelmente só mudou de quarto – Caleb disse ao voltar para o corredor. – Lembre-se de que ela não faz parte do plano de hoje à noite.

Isso de acordo com o diário de Zara. Mas o último registro tinha sido de três dias atrás, no dia em que eu havia roubado o diário na reunião da Câmara de Comércio. E se os planos tivessem mudado? Havia uma pessoa que poderia saber.

Em pé em frente à porta do quarto de Betty, segurei a respiração e levantei a mão.

– Pode entrar, Vanessa.

Olhei para Simon e, em seguida, abri a porta.

Da última vez em que eu a vira, ela estava deitada na cama, ofegante. Eu não sabia o que esperar e fiquei aliviada ao ver que ela não só estava viva, mas vestida e sentada.

– Estava esperando por vocês – ela disse, sentada na poltrona. Ela atravessou o quarto, desviando facilmente da mesinha e da cadeira.

– Você sabe o que está acontecendo? – perguntei delicadamente.

– Eu não sabia – disse Betty, em pé diante de nós. – Agora eu sei. Raina tentou esconder de mim por um tempo. Ela era muito cuidadosa com o que pensava quando eu estava mais forte e cuidou para que eu ficasse sem saber. Mas ela relaxou quando enfraqueci, achando que eu não podia escutá-la. Felizmente, com sua ajuda, recuperei as forças o suficiente para ouvir.

– O que você ouviu? – Simon perguntou.

– Muito do que vocês já sabem. Que vão matar hoje à noite, que não vão parar a menos que sejam impedidas... e que vocês precisam de mim.

– Como você...? – a voz de Caleb sumiu.

– Vou fazer o que quer que vocês precisem que eu faça – Betty disse.

– Tem certeza de que está forte o bastante? – perguntei. – Da última vez que a vi, você...

– Estou mais forte agora. E vou ficar ainda mais na água.

Olhei para Simon. Ele olhou para mim preocupado. Era evidente que a condição física de Betty era pior do que ele tinha imaginado.

– Eu não preciso enxergar – ela disse, fixando os olhos sombrios em Caleb. – Meus outros sentidos tornam a visão desnecessária.

– Eu não falei nada – ele disse rapidamente. Seu rosto corou quando ele olhou para nós para confirmar.

– Betty – eu disse ao vê-la ir em direção à porta –, você sabe onde está Paige? Queríamos levá-la junto, mas ela não está no quarto.

Ela parou na porta, de costas para nós. – Ela está muito doente. Essa gravidez pode matá-la se não cuidarmos dela.

༄༅

– *L'épuration du sang* – Betty disse enquanto voltávamos para a cidade.

– O que é isso? – perguntei.

– Purificação de sangue – Caleb traduziu, olhando para Betty, que estava sentada ao lado dele no banco de trás, esperando uma explicação.

– A habilidade de uma sereia existe desde o nascimento, mas permanece adormecida durante toda a primeira parte de sua vida. Quando amadurece e é capaz de ter filhos, ela é levada para baixo da superfície para a purificação. Durante esse processo, a água em cada uma de suas células humanas é substituída por água do mar, o que faz com que nadar e se banhar na água salgada, bem como bebê-la, seja necessário. Raina, Zara e eu secaríamos até a morte se não fizéssemos isso constantemente.

– Era isso que estava acontecendo com você há alguns dias? – perguntei

– Sim. Por dois anos, Raina me deu água do mar apenas o suficiente para sobreviver um dia após o outro. Eu estava fisicamente debilitada, o que limitava e às vezes confundia minhas capacidades sensoriais. Funcionou tão bem que eu mal percebi que estava muito desidratada até você me ajudar. Desde então, passei a ouvir os pensamentos delas.

Senti os olhos de Simon em mim. Eu tinha contado a ele sobre minha ida à casa das Marchand para falar com Paige e meu encontro acidental com Betty... mas não havia contado tudo o que descobri.

– Por que Raina faria isso? – Caleb perguntou.

– Minha filha sempre ficou intrigada com seu poder. Ela sabia que eu tinha mudado minha vida para proteger a vida dos outros, mas ainda assim tinha curiosidade. Eu achava que era porque ela nunca tinha visto como isso poderia ser devastador... mas, agora que ela sabe, não sei mais o que pensar – ela fez uma pausa. – De qualquer forma, quando sofri o acidente, Raina se aproveitou de meu estado físico alterado e me manteve fraca para que ela pudesse explorar seus poderes sem minha interferência.

– E Paige? – perguntei. – Ela não nada todos os dias e está bem.

– Sereias não precisam se reabastecer sempre antes da purificação. A purificação de Zara aconteceu logo depois do meu acidente. Raina queria se focar nela para ensiná-la a usar a beleza, que é reforçada após a purificação, e ajudá-la a desenvolver seu poder antes de fazer o mesmo com Paige. O processo de Paige aconteceria neste verão... mas, infelizmente, ela engravidou antes. É por isso que ela está sofrendo. Seu corpo não está totalmente preparado para dar ao bebê o que ele precisa. Por isso está tão doente.

– Estamos chegando – disse Caleb de repente, escorregando no assento e colocando os fones de ouvido.

Senti a presença de Zara, mas tentei não demonstrar. – Zara tem uma fixação por Caleb – expliquei para Betty enquanto o carro virava em uma estrada estreita paralela à rua principal. – Ela foi atrás dele, mas ele...

– Amava Justine – Betty disse com a voz suave. – Eu sei.

Paramos atrás de uma fileira de árvores perto do estacionamento do Chowder House. Distantes vários metros de nós, Louis e outros funcionários serviam sopa para um grande número de pessoas em torno do balcão.

– Paige está lá dentro – Betty disse com a cabeça inclinada para o restaurante. – Ela está sozinha e não sabe o que as duas pretendem fazer.

Ela vai fazer perguntas, mas vocês devem mostrar as provas para ela. Digam o que eu disse a vocês. E, se precisarem, falem para ela sobre Jonathan.

– Você deveria vir conosco, Betty – disse Caleb. – Paige acreditaria na avó, não?

– Não posso – disse Betty. – Elas não sabem que estou aqui porque não podem me ouvir. Acham que ainda estou no quarto, fraca demais para me mover. Se me virem ou se a atenção se voltar para mim, elas vão saber que algo está errado.

– Estamos certos de que ela está pronta para isso? – Caleb perguntou quando começamos a atravessar o estacionamento.

– A essa altura, não temos muita escolha – Simon disse. – Beaker disse que a solução precisa ser detonada no centro de sua manipulação atmosférica para obter reatividade máxima. Quem mais você conhece que pode nadar mais de um quilômetro debaixo d'água sem ter de sair para pegar ar?

Ele conhecia pelo menos uma outra pessoa, mas eu não disse isso em voz alta.

Continuamos caminhando e passamos os cinquenta minutos seguintes evitando as Marchand e vagando pelas ruas esquisitas com outros visitantes. Todo ano, o Festival do Esplendor do Norte atraía vendedores de toda a Nova Inglaterra, que vendiam tudo o que se possa imaginar feito de maneira artesanal, comidas, móveis, joias, colchas. As pessoas compravam e comiam o dia todo e, à noite, havia música ao vivo e um espetáculo de fogos de artifício sobre a água. A melhor parte vinha logo depois do pôr do sol. Como uma homenagem ao início da temporada de pesca em Winter Harbor, todas as luzes, de lojas e restaurantes ao longo da rua principal e dos barcos no mar, se apagavam ao mesmo tempo e eram substituídas por centenas de velas e lanternas. Aquele brilho suave aquecia a cidade toda e fazia com que o porto parecesse uma noite estrelada.

– Eu preciso ir – Caleb disse quando chegamos ao píer. O céu estava cinzento com o crepúsculo, e as nuvens mais espessas e carregadas conforme se estendiam até tocar a água no horizonte. – Vou segui-la. Estou com o celular caso precise de vocês ou precisem de mim.

Quanto mais tempo passava com Caleb, mais eu entendia por que Justine sentia algo tão forte por ele. Meu coração se doeu por eles ao vê-lo se preparando para ir. Ele parecia tão centrado, tão determinado, tão feliz por ser capaz de fazer pelo menos aquele pequeno gesto em vingança por tudo o que haviam feito com Justine e ele. Eu queria que minha mãe estivesse ali para vê-lo, mesmo ela tendo dificuldade para se deixar impressionar.

– O mergulho de Betty será às 11h50 – disse Simon. – Então Zara deve aparecer...

– Às 11h40 – Caleb concluiu. Ele colocou os fones de ouvido e aumentou tanto o volume do iPod que eu podia ouvir a música a um metro de distância.

Agarrei a mão dele ao vê-lo se afastar e o puxei para um abraço apertado. – Obrigada – sussurrei com o rosto em seu ombro. – Obrigada por fazer isso e por estar perto quando ela precisava de você e...

– Tudo bem – ele disse, retribuindo o abraço. – Quando a gente ama alguém como eu amava sua irmã, não há nada que a gente não faria.

Sua irmã. Eu o vi desaparecer em meio à multidão sem olhar para trás enquanto essas palavras ecoavam na minha cabeça.

– Ele vai ficar bem, não vai? – perguntei enquanto o via ir.

– Não conseguiríamos impedi-lo mesmo que tentássemos – disse Simon.

Concordei com a cabeça, sem saber ao certo se aquilo era verdade, mas sabendo que era tarde demais para pensar no assunto. Acima de nós, o céu estava mudando de cinza para preto, e as primeiras gotas começavam a cair.

– Ele está certo, sabe.

Eu não sentia a chuva fina no rosto quando me virei para Simon.

– Quando a gente ama alguém tanto assim – disse ele, colocando os braços em volta da minha cintura e me puxando carinhosamente para ele –, faz qualquer coisa para manter esse alguém seguro. Faz tudo para ter certeza de que essa pessoa está feliz.

Olhei para baixo quando ele aproximou o rosto do meu. Aquilo era errado. Aquilo estava errado, e só estava fazendo com que o inevitável ficasse ainda mais difícil.

– Vanessa – ele sussurrou, seu hálito quente em meus lábios –, aconteça o que acontecer essa noite, eu quero que você saiba... Eu preciso que você saiba que eu...

– Desculpe – eu disse, me afastando. Peguei o celular no bolso da minha calça, aliviada porque o toque havia sido mais alto que a palpitação em meu peito. Grata pela interrupção antes que Simon dissesse alguma coisa da qual se arrependesse mais tarde, atendi a chamada sem ver quem estava me ligando.

– Vanessa? Graças a Deus!

– Pai?! Oi – fechei os olhos ao ouvir o som de sua voz. Não conversávamos desde que o vi com Charlotte no *scrapbook* de Raina.

– Está tudo bem por aí? Sua mãe estava preocupada com você na última vez em que nos falamos, e ela também não parecia muito bem... Acabei ficando preocupado com vocês duas.

– Está tudo bem – eu disse, esperando que minha voz não denunciasse minha amarga confusão. – Ainda estamos nos ajustando... mas estamos bem.

Ele hesitou. – Sinto muito por não ter sido mais atencioso. Deveria ter sido, mas queria dar mais espaço a vocês. Eu queria que vocês tivessem um tempo para se curar.

– Eu agradeço – eu disse, me afastando de Simon. Estava tão escuro que não acho que ele tenha visto meu rosto corado, mas queria evitar perguntas, apenas por precaução. – Eu estou meio ocupada agora. A gente pode conversar depois?

– Claro! Nós nos falamos amanhã. Vou pegar um trem e devo estar aí amanhã na hora do almoço.

Tentei imaginar onde eu estaria, como seria a vida, amanhã à hora do almoço, mas não consegui. – Ótimo, boa viagem.

– Ah, Vanessa... – ele acrescentou rapidamente – Eu amo você. Por favor, não se esqueça disso.

Lágrimas caíram quando pisquei, desejando poder dizer o mesmo.

– Vejo você logo.

Eu esperava sentir mágoa, confusão e até raiva quando conversasse com o Paizão depois de saber o que eu sabia naquele momento. Mas não esperava que esses sentimentos fossem esmagados por um ainda maior: tristeza.

– Precisamos ir – Simon disse delicadamente depois que eu desliguei o telefone.

Concordei com a cabeça e peguei a mão dele. Segurei com força enquanto passávamos por grupos de crianças e famílias. No fim das contas, eu teria de deixar isso para trás, mas ainda não estava pronta.

Só o fato de estar perto de Simon já me acalmava, e logo me concentrei novamente na tarefa que tinha de realizar. Quando chegamos ao Betty, Louis e a maioria do pessoal estavam ocupados servindo sopa e lanches para uma longa fila de clientes. Eles não perceberam quando Simon e eu passamos atrás do balcão e entramos pela porta de trás do restaurante.

Encontramos Paige no salão. Ela estava sentada em uma cadeira, de frente para as janelas. Estava de costas para nós e, quando chegamos até ela, vi que seus olhos estavam fechados.

– Paige? – eu disse calmamente.

Ela abriu os olhos e endireitou-se na cadeira, segurando a barriga com as mãos – Vanessa? O que está fazendo aqui?

Tentei não demonstrar preocupação. Mesmo naquela luz fraca pude ver que seus olhos estavam salpicados de branco, sua pele brilhava com o suor e as mãos tremiam. Quando a vi na banheira, ela não parecia bem, mas ainda estava deslumbrante. Já naquele momento, apenas dois dias depois, ela parecia estar prestes a desmaiar de exaustão pelo esforço de tentar se manter acordada.

– Faz tempo que não a vejo nem ouço falar de você – eu disse. – Queria ter certeza de que está tudo bem.

– Eu sei, sinto muito – ela disse, olhando para trás, em direção à entrada. – Os últimos dias foram difíceis.

Olhei para Simon. Ele fez um sinal com a cabeça. Soltei a mão dele e me sentei na cadeira vazia ao lado dela. – Como você está se sentindo?

Ela se recostou na cadeira e esboçou um sorriso trêmulo. – Péssima.

Fiz uma pausa, não querendo fazer minha próxima pergunta. – Jonathan tem aparecido para vê-la?

– Não nos últimos dias – ela respondeu, olhando para baixo. – Raina disse a ele que eu não estava muito bem para falar ao telefone nem para recebê-lo.

Ela não sabia de nada. – Paige – eu disse delicadamente –, há quanto tempo você está grávida?

Ela tentou sorrir. – Cinco semanas. E eu sei, estou enorme. Raina disse que é por causa de toda a água salgada que estou bebendo. Ela também ficou assim...

– Quando estava grávida? – olhei para a barriga dela, redonda como um melão. – Você já foi ao médico?

– Não. Raina nos teve em casa com a ajuda de Betty, e eu vou ter meu bebê em casa também, com a ajuda dela.

– Mas você está grávida de cinco semanas e parece que são cinco meses! Você não acha estranho sua mãe não ter levado você ao médico para ver se está tudo bem?

– Um pouco – ela admitiu. – Eu iria se pudesse, mas Raina e Zara têm me mantido em uma verdadeira prisão domiciliar. E eu estou tão cansada. Não consigo nem descer a escada sozinha para usar o telefone.

Fiquei tentada a levá-la à força ao hospital imediatamente, mas me obriguei a ficar sentada. – Você poderia, por favor, dar uma olhada nisso?

Sua mão tremia quando ela pegou os papéis que puxei da bolsa. – O que é isso? – perguntou, passando lentamente as páginas com fotografias e artigos de jornal.

– Xavier Cooper, Max Hawkins, John Martinson – eu recitava os nomes conforme ela passava pelas fotografias de cada um deles.

Ela olhou para mim. – Os ex de Zara.

– Não exatamente – eu disse, puxando outra pilha de papéis.

Ela pegou e folheou as fotos e os artigos sobre os homens no *scrapbook* de Raina. – Não conheço nenhuma dessas pessoas.

– Não, mas sua mãe conhece. São amigos dela.

Enquanto ela continuava a folhear, olhei através das janelas da frente. A chuva caía mais rápido, e as pessoas se amontoavam sob casacos e guarda-chuvas. Algumas já estavam começando a correr de volta para os carros, provavelmente nervosas por estar perto do mar com o tempo cada vez pior.

– Paige – eu disse, voltando-me para ela –, sei que é difícil ouvir isso, e você com certeza já tem problemas suficientes com os quais se preocupar... mas vai ter muito mais se eu não contar tudo agora. Nós todos teremos.

Pela janela de frente para o porto, eu podia ver o céu ficando escuro e a água se agitando. Pequenas gotas douradas iam e vinham como vaga-lumes em uma jarra de vidro enquanto os barcos se aproximavam das docas.

A respiração dela estava cada vez mais acelerada. – Seja lá o que você tiver para me contar, me conte de uma vez. A Z vai estar de volta a qualquer momento.

– Paige... Zara não vai voltar. Ela está com Caleb Carmichael.

– O quê? – ela sacudiu a cabeça. – Mas ela me disse que...

– Um monte de coisas que Raina e Zara contam para você não é verdade, e tem mais um monte que elas não contam.

O primeiro relâmpago desceu do céu. Ela agarrou a barriga e se encolheu.

— Depois que Betty se acidentou — eu disse, falando rapidamente —, sua mãe a manteve trancada, porque não queria que ela se recuperasse. Não totalmente. Ela queria manter Betty fraca para que sua avó não pudesse impedi-la.

— Impedi-la? — ela segurou a barriga e se encolheu. — Do quê?

— De Xavier Cooper, Max Hawkins, Alex Smith.

Ela abriu a boca para protestar.

— Você disse que Zara começou a "namorar" há dois anos — eu disse rapidamente. — O acidente de Betty foi há dois anos. Eu aposto que o acidente aconteceu primeiro.

Ela fechou a boca sem discordar.

— Elas tiveram de esperar Betty estar fora de cena. Depois do acidente, quando ela já não era forte o suficiente para cuidar de si mesma, as duas poderiam mantê-la sob controle e finalmente fazer o que... nasceram... para fazer.

— O que elas nasceram para fazer? Tipo, cuidar de um restaurante e atender turistas? Porque é isso que elas fazem.

— Elas também fazem com que os homens as amem. Ou, pelo menos, que *pensem* que amam.

— Vanessa — ela disse, suspirando profundamente —, eu sei que a Z tinha um monte de namorados, mas ela é linda. É claro que os homens a amam!

— Isso não tem a ver só com a aparência dela. Tem a ver com o que ela é. Tem a ver com o que vocês são — fiz uma pausa. — Tem a ver com o que você é.

Ela olhou para mim. — Vou procurar a Raina — ela disse, começando a se levantar.

— Elas são sereias — eu disse, levantando a voz. — Como aquelas sobre as quais lemos na escola, só que de verdade. Elas entram na mente de seus alvos, até que eles não consigam pensar direito, e então os arrastam para o mar para matá-los. Foi isso que aconteceu com todos os namorados da Zara... Eles não deixaram Winter Harbor simplesmente porque estavam com o coração partido. Foi isso que aconteceu com todos os homens que morreram neste verão. E é isso que vai acontecer de novo hoje à noite, se não fizermos nada.

– Vanessa, a Z pode ser má, mas isso não faz dela uma...

– Parece loucura, insano na verdade, mas pense nisso – olhei para trás no momento em que um trovão sacudiu os vasos de vidro nas mesas. – Antes do acidente, Betty saía para nadar todos os dias por horas. Raina vai para a água várias vezes ao dia. Nos últimos dois anos, Zara sai para nadar cada vez mais. Vocês todas tomam banho em água salgada.

– Você foi à nossa casa. É velha e está praticamente dentro do mar. É exatamente assim que os encanamentos antigos funcionam.

Eu me inclinei em direção a ela. – Nas últimas semanas, sempre que você estava se sentindo mal, Raina fazia você beber água do mar, e isso ajudava, não é? Você se sentia melhor depois disso?

Ela hesitou, depois concordou com a cabeça.

– Há um processo pelo qual as sereias passam em determinado momento da vida, normalmente quando atingem a idade fértil. Isso aconteceu tarde com Zara por causa de Betty.

– E eu? – ela perguntou, baixando os olhos para a barriga.

– Você ficou grávida – eu disse –, e seu corpo ainda não está completamente pronto para isso. É por isso que você está doente.

Ela olhou para mim, em seguida em direção ao porto.

Escolhi cuidadosamente as palavras seguintes. – Há mais uma coisa que você precisa saber.

Seus olhos manchados de branco encontraram os meus, então caíram no jornal que eu segurava em direção a ela. – Jonathan? – ela sussurrou, lendo a manchete.

— Sinto muito, Paige — eu disse delicadamente.

— Não pode ser! — ela disse com a voz mais alta, mais firme. — Não é ele! Esse não é o meu Jonathan!

Fiz uma pausa. — Sim, é ele. Raina sabia como era forte seu sentimento por ele e não queria que isso ficasse no caminho de...

— Vanessa, pare com isso! — ela exclamou com a voz falha. Empurrou o jornal para longe e apertou a barriga. — Pare com isso, por favor! Não consigo ouvir mais nada.

Meu coração disparou ao ouvi-la chorar baixinho. Olhei para Simon, que fez um sinal com a cabeça. Ciente de que tínhamos de continuar com aquilo, eu me inclinei para frente, coloquei minha mão sobre a dela e tentei novamente. — Eu sinto muito, Paige, de verdade. Sei que é difícil acreditar, mas é tudo verdade. Entre Betty e o diário de Zara...

— Diário de Zara? — seus olhos brilharam quando ela virou a cabeça em minha direção. — O que você está fazendo...

— Paige, Justine Sands era minha irmã.

Seu queixo caiu. Ela sabia do que eu estava falando.

— Ela morreu porque mergulhou no lugar errado na hora errada. Ela morreu porque as sereias, no fim das contas, a arrastaram para o fundo. Então, sim, eu li o diário de Zara para tentar descobrir mais — eu o tirei da bolsa e o segurei em sua direção. — Minha irmã não chegou a me dizer tudo o que gostaria de dizer... e agora ela já não pode mais fazer isso. Tudo o que sua irmã *deveria* ter lhe dito, e teria, se realmente se importasse com você, está aqui.

Ela pegou o livro. Estava mais grosso do que da última vez que ela o vira, porque agora tinha páginas traduzidas por Caleb.

Ela havia começado a virar a capa quando a sala ficou escura.

Virei-me na direção de Simon, mas não podia vê-lo. Eu não conseguia enxergar nada. Nos outros anos, isso acontecia porque as luzes da cidade eram substituídas por luzes de velas e lanternas. Mas, dessa vez, o céu permaneceu escuro.

– Está tudo bem – ele sussurrou, colocando as mãos em meus ombros. – Eu estou aqui.

Chuva e vento sacudiam as vidraças das janelas que nos cercavam. A janela atrás de Paige estourou quando um grande pedaço de gelo a atingiu.

A chuva estava virando granizo. E nós estávamos correndo contra o tempo.

Procurei meu celular. Meus dedos tremiam, e o celular escorregou duas vezes antes que eu finalmente o pegasse e abrisse.

Isso clareou o ambiente o bastante para que eu pudesse ver Paige em frente às janelas que davam para o porto, completamente parada.

Fiquei em pé ao lado dela sem dizer nada.

Raios cortavam a escuridão como fogos de artifício. Feixes prateados de luz dividiam o céu em negras e altas colunas. Ao contrário dos raios, os feixes prateados não vinham de trás das nuvens.

Vinham da água.

As colunas cintilantes começaram a tomar forma. Ao sentir o calor do corpo de Simon próximo a mim, fiquei mais calma do que deveria estar ao ver silhuetas femininas emergirem e mais feixes de luz cruzarem a superfície irregular do porto. Havia oito delas. Pelas luzes que ficavam cada vez mais brilhantes debaixo da água, mais delas viriam.

Christabel.

Minha respiração ficou ofegante. A voz em minha cabeça não era de Justine.

– Christabel.

Paige virou a cabeça em minha direção. – O que você disse?

Olhei para ela. – Christabel.

Seu rosto estava branco. – Eu não contei a ninguém o nome do meu bebê, a ninguém mesmo.

– Não foi preciso – dei-lhe um sorriso triste. – Betty ouviu seus pensamentos.

24

Meia hora depois, estávamos dirigindo nas montanhas nos arredores da cidade.

Olhei para Simon. Ele se inclinava tanto em direção ao para-brisa que seu queixo passava do volante, quase encostando no velocímetro. O Volvo estava a mais de cem quilômetros por hora e vibrava muito por causa do esforço. – Talvez devêssemos ir um pouco mais devagar – sugeri. – A visibilidade está péssima e a pista está escorregadia.

– Está tudo sob controle – disse Simon. – É como dirigir no inverno.

– Só que com a diferença de que é *verão* – Paige nos lembrou do banco traseiro. – A gente está no meio do verão e está chovendo granizo.

Olhei por entre os bancos. Paige parecia não conseguir inspirar e expirar rápido o suficiente. Entre os suspiros, Betty levava uma garrafa de água do mar aos lábios trêmulos da neta.

– Eu não entendo – Paige ofegou levemente depois de um tempo. – Por que agora? Se tudo o que vocês estão dizendo é verdade, por que isso está acontecendo agora? Por que não há um ano, dois ou há cinco anos?

Enquanto o carro seguia seu caminho, Betty contava a Paige tudo o que já tinha nos contado. Mas Paige fez uma pergunta que não tivemos a chance de fazer, e eu aguardava ansiosamente a resposta de Betty.

– O coração de sua mãe é mais frio que o da maioria – disse Betty, acariciando a testa de Paige –, mas não é imune à ternura. Ela estava no restaurante a primeira vez que Paul Carsons apareceu ali e foi imediatamente fisgada por ele.

– Paul Carsons? – Paige perguntou. – O primeiro homem que morreu? O que aconteceu?

– Ele não correspondeu aos sentimentos dela. Ele era casado e tinha filhos pequenos. Ele se sentia atraído por ela, pois homem nenhum em que ela põe os olhos consegue evitar isso, mas ele amava mais a família – Betty virou-se para o banco da frente. – Desculpe a sinceridade, mas acho que não há outra forma de dizer.

– Dizer o quê? – Paige respirou.

Betty voltou-se para Paige e esfregou levemente a barriga da jovem, como se estivesse acalmando a turbulência ali dentro.

– Quando Raina viu que Carsons jamais seria dela, garantiu que ele não seria de mais ninguém.

Paige gemeu, mas era difícil dizer se foi pelo que ouvia de Betty ou pela dor física que aumentava. – Mas e os outros? Depois dele, por que mais homens tiveram de morrer?

– Assim como o coração de sua mãe não está imune à ternura, também não está imune ao que se segue depois de ser partido. Ela ficou magoada. E com raiva. Ela queria ensinar a outros homens como Paul Carsons, bonitos, ricos e bem-sucedidos, uma lição que jamais esqueceriam.

Desviei o olhar do retrovisor ao ver Betty beijar a bochecha de Paige e a abraçar. Eu não conseguia deixar de pensar em quem me acalmaria se eu ficasse assustada ou confusa depois de amanhã.

– Então, o que estamos fazendo? – Paige choramingou depois de alguns minutos. – Como vamos pará-las?

Betty olhou para mim e eu para Simon. Ele não respondeu nada, por isso abri a mochila que estava no assoalho, aos meus pés.

Os olhos de Paige se arregalaram ao ver o recipiente metálico.

— É uma combinação muito potente de gelo seco, nitrogênio líquido e catalisadores químicos — eu disse. — É como uma bomba de inverno. Um dos professores de Simon fez experiências com um protótipo semelhante como parte de sua pesquisa sobre mudanças climáticas e, quando Simon explicou o que estava acontecendo e pediu ajuda, o dr. Beakman preparou isso aqui. De acordo com seus cálculos, quando Simon ativá-la no lugar certo... Winter Harbor vai congelar pela primeira vez, paralisando qualquer coisa, ou pessoa, sob a superfície da água.

Ela olhou para mim. — Mas Raina e Zara vão...?

Eu ia começar a explicar por que era necessário que ambas estivessem na água quando a bomba explodisse. Mas na mesma hora ela voltou para trás e seus ombros bateram forte contra o assento.

Peguei outra garrafa plástica com água do mar de dentro da mochila e a entreguei a Betty. Paige já havia tomado cinco. A água parecia aliviar a dor, mas esse alívio durava pouco tempo, entre uma garrafa e outra. Tínhamos pensado que dez garrafas seriam suficientes até que tudo se resolvesse e então pudéssemos levá-la ao hospital, mas restavam apenas cinco. Se continuasse nesse ritmo, teríamos de chegar ao oceano o mais rápido possível, para mantê-la hidratada e viva.

— Está tudo bem — eu disse ao notar que Simon havia tirado o pé do acelerador. — Você está certo... precisamos ir o mais rápido possível. Não diminua a velocidade.

— Não estou diminuindo.

Segui seus olhos até o velocímetro. O ponteiro estava despencando mesmo com ele pisando no acelerador e o motor roncando.

— É o granizo — ele disse. — Está caindo tão rápido que está enchendo a estrada. Os pneus estão sem tração.

Meu coração disparou quando vi a queda do ponteiro de sessenta para trinta quilômetros por hora até chegar ao zero.

A menos de três quilômetros da trilha que levava ao topo dos penhascos de Chione, o Volvo deu um último grito antes de parar. Simon conseguiu levá-lo até o acostamento.

– Podemos ir a pé? – perguntei.

Ele não respondeu, porque era óbvio que não podíamos ir a pé, já passava das onze da noite. Subir mais de dois quilômetros de estrada íngreme a pé levaria pelo menos meia hora se o clima ajudasse. E depois de chegarmos à trilha, ainda teríamos de caminhar pela montanha.

– E Caleb? – perguntei. – O Subaru tem tração nas quatro rodas. Talvez ele possa deixá-la por alguns minutos e...

Ele pegou o celular que estava em um dos porta-copos do carro e discou. Após alguns segundos, desligou. – Não atende.

– Oliver? Beaker?

Ele tentou os dois, mas sem sucesso.

– Ah, não! Ah, meu Deus... – Paige se jogou contra o assento.

Como qualquer velhote com boa saúde, ele se cansa, principalmente nas subidas.

– Posso tentar? – perguntei de repente, meu estômago se contorcendo com a voz do Paizão na cabeça. – Tentar dirigir?

– Por quê? – Simon perguntou. – O granizo está caindo mais rápido agora. Não tem como...

– Tenho uma ideia. Algo que meu pai me falou sobre o carro antes de sair de Boston. Pode não funcionar, mas vale a pena tentar.

Simon olhou para mim. Sua expressão era um misto de confusão, frustração e preocupação. Pensei que ele pudesse se opor, mas logo depois abriu a porta. Pulei do meu banco para o dele assim que ele abriu a porta do lado do passageiro. Esperei que ele colocasse o cinto de segurança e então liguei o carro e avancei.

– Para trás – Paige suspirou. – Estamos indo para trás.

Pisei no freio. O carro derrapou até parar.

– Vanessa – Simon disse timidamente –, tem certeza que...

Pisei no acelerador uma vez e o carro avançou, os pneus esmagando a camada de gelo que cobria a estrada. Quase imediatamente, o carro começou a se mover para trás.

Ele vai levá-los aonde vocês precisam ir...

Apertei as mãos no volante e resisti ao impulso de pisar no freio. Deixei que o carro se movesse por alguns segundos, e em seguida pisei de novo no acelerador, só que mais leve dessa vez. Os pneus derraparam um pouco antes de se moverem para frente. Assim que perdemos velocidade, pisei novamente no acelerador. Já na direção certa, os pneus rolaram por certa distância. Toda vez que começavam a perder velocidade, eu pisava no acelerador.

E foi assim, metro após metro, com a voz do meu pai em minha cabeça me tranquilizando, que conseguimos chegar até a trilha para os penhascos de Chione.

– Paige, querida, você tem de esperar por nós aqui – disse Betty, assim que estacionamos.

– Esperar por vocês? – Paige ofegou. – O que você quer dizer com isso? Aonde você vai?

– Elas estão reunidas no fundo do mar – Betty explicou delicadamente. – O dispositivo não vai afundar rápido até lá sozinho. Alguém precisa levá-lo. Eu queria que você viesse conosco e esperasse com Simon na beira da água, mas sua condição está pior do que eu temia. Você vai ficar bem, mas precisa ficar no carro e continuar se hidratando. Vou voltar para buscá-la assim que puder, prometo.

– Vovó... – a voz de Paige parecia severa enquanto ela respirava rapidamente. – Você não está falando sério. Eu tenho de lembrá-la que você não *enxerga*? Como vai encontrá-las?

Quando Betty falou baixinho perto do ouvido de Paige, olhei para Simon. Ele olhou pelo para-brisa cheio de gelo, com a mandíbula apertada e os lábios bem pressionados.

– Não quero que você vá – ele disse um instante depois.

Senti um aperto no peito. Ele se referia a esta noite, mas logo pensei no dia seguinte. – Concordamos que alguém deveria ir com a Betty. Caleb está com Zara, e você tem de monitorar as condições da base.

– Eu sei que é o que a gente decidiu... mas, Vanessa, se alguma coisa acontecer com você...

– Aqui – pus a mão no bolso do casaco e tirei um pequeno gravador.

Ele olhou para mim, depois para o gravador.

– É do meu pai. Eu o achei na casa do lago e gravei minha voz repetindo seu nome umas mil vezes. Eu pensei que não seria ruim ter... só por precaução.

Ele franziu a testa, mas pegou.

Não conversamos novamente. Ele juntou nossas coisas enquanto eu cobria Paige com um cobertor, colocava as garrafas de água salgada em um lugar fácil de alcançar e nos despedíamos. Começamos a subir a trilha em silêncio e, conforme subíamos, os únicos sons eram de nossos pés pisando na terra e do granizo batendo nas folhas e galhos acima de nós.

Vinte minutos depois de deixarmos a estrada principal, chegamos à bifurcação. Eu queria continuar com Betty rumo ao topo do penhasco e, ao virar para a esquerda, acenar para Simon por cima do ombro enquanto ele virava para a direita e seguia para a água, mas não consegui. Meu cérebro continuou, mas meus pés pararam e, atrás de mim, Simon parou também.

– Vou descansar as pernas – Betty disse baixinho, apertando minha mão. Ela estava andando na nossa frente como se a noite fosse dia, e seus olhos e músculos estavam bem. Eu sabia que ela havia parado naquele momento não porque precisava, mas porque achou que eu e Simon precisávamos.

Ela parou em uma pedra a alguns metros de distância, e eu fiquei esperando que Simon dissesse alguma coisa. Como ele não disse, virei-me em direção a ele. Meu peito se aqueceu ao vê-lo ali, tremendo no casaco de lã da Bates e olhando para mim, como se fosse tudo o que pudesse fazer para não me envolver em seus braços e assim tentar me proteger do vento e do frio, da chuva e do granizo, do passado e do futuro.

– Assim que estiver pronta.

Meus olhos marejaram imediatamente.

– Quando você estiver pronta, ou se nunca estiver, tudo bem.

Fiz que sim com a cabeça, as lágrimas quentes descongelavam minha pele conforme escorriam por meu rosto. Foi o que ele disse da última vez que estivemos no alto do penhasco juntos, quando eu não consegui pular dali como os outros. Mesmo agora, depois de tudo, se eu escolhesse dar meia-volta em vez de continuar, ele me apoiaria.

De repente tive vontade de dizer a ele o que havia descoberto sobre o Paizão, minha mãe e eu. Queria dizer a ele que eu não me importava, que aquilo não tinha importância, porque o que eu sentia não tinha nada a ver com poder, controle ou ego. Tinha tudo a ver com ele e comigo. E a maneira como ele me ajudou a encarar a escuridão não como algo a temer, mas como algo que fazia com que a luz fosse muito mais brilhante.

Mas ele falou antes que eu pudesse encontrar as palavras certas.

– Eu amo você, Vanessa. Estarei esperando por você.

Meus olhos estavam fixos nos dele. Andei até ele e inclinei o rosto tão perto do dele que podia sentir seu hálito quente em meus lábios. – Tenha cuidado – sussurrei.

Eu queria beijá-lo, sentir o conforto de seus lábios contra os meus, mas resisti. Apenas peguei a mochila quando ele a entregou a mim e continuei a trilha.

Nos primeiros minutos, eu podia ouvir o granizo que cobria o outro caminho sendo triturado pelos passos dele. Mas o som desapareceu quando a distância entre nós aumentou. Logo Betty e eu estávamos completamente sozinhas, no meio do mato, no meio da noite. Meu único consolo era que eu não tinha de me preocupar com monstros ou fantasmas vindo atrás de nós, esperando o momento certo para nos arrancar da trilha.

Porque eu sabia onde os monstros estavam. E nós estávamos indo em direção a eles.

25

Pude senti-la antes mesmo de vê-la. Naquele momento eu entendi por que parecia que minha cabeça explodiria em um milhão de pedaços toda vez que ela estava por perto. Era porque, de alguma forma, Zara Marchand e eu estávamos conectadas.

Desliguei a lanterna antes de chegar ao começo da trilha, mas mesmo assim eu podia vê-la com Caleb na luz prateada que irradiava da água abaixo. Eles estavam um de frente para o outro à beira do penhasco. Ela usava apenas um longo vestido de verão vermelho, que estava encharcado e agarrado à sua pele. Com os longos cabelos escuros estendidos sobre as costas, ela olhava para ele com veneração.

Ela disse alguma coisa, e ele sorriu. Ela tremia e ele esfregava as mãos nos braços nus dela para aquecê-la, assim como fizera tantas vezes com Justine. Ele a puxou contra seu corpo, pôs os braços em volta da cintura dela e baixou o rosto nos cabelos de Zara enquanto ela descansava a cabeça em seu peito. Pareciam um casal qualquer, tão consumidos um pelo outro a ponto de se desligar do mundo ao redor.

O plano era convencê-la de que finalmente ele correspondia a seus sentimentos para que ela fosse até o topo dos penhascos quando ele pedisse, e parecia estar funcionando. Eu só esperava que Caleb não tivesse se desligado do mundo no processo.

Olhei para o relógio. Onze e trinta e seis. Faltavam quatro minutos.

– Ela não pode ouvir a gente – Betty sussurrou a meu lado. – Ela não sabe que estamos aqui.

Minha cabeça latejava enquanto eu os observava, mas a dor era diferente, menos intensa. Eu não tinha certeza, mas achava que era porque, daquela vez, estávamos ali intencionalmente. Nós éramos os perseguidores.

Onze e trinta e oito.

Eles estavam a alguns centímetros de distância da beirada agora.

Parei de respirar quando Zara se virou e olhou para a trilha. A luz prateada que irradiava da água não iluminava a árvore atrás da qual estávamos escondidas... mas seus olhos pareciam ter encontrado os meus.

– Está tudo bem, Zara.

Baixei a cabeça nas sombras quando Betty avançou para o penhasco. Zara olhou para Caleb, depois se virou. – Vó? O que você está fazendo? Pensei que estivesse...

– Fraca demais para andar? – o vestido de verão branco se enroscou em torno do tornozelo de Betty quando ela se aventurou um pouco mais em direção a eles. – Eu estava.

Zara se afastava conforme Betty se aproximava.

– Você o ama, não é?

Zara parou. Atrás dela, Caleb ficou paralisado olhando para as duas. Olhei para o relógio. Onze e trinta e nove.

– Ele também a ama.

Minha cabeça latejou mais rápido quando Betty olhou para Caleb.

– Não ama, Caleb? Você faria qualquer coisa por Zara, não faria?

Os olhos dele dispararam em direção à trilha. Será que ele podia me ver? Precisava da minha ajuda? Ou estava apenas esperando que eu não ficasse chateada quando ele dissesse aquilo que Betty gostaria que ele dissesse?

– Eu... – sua voz sumiu quando ele se aproximou de Zara. – Você sabe que eu...

Meu coração foi parar na garganta. Ele não podia fazer aquilo. Ele não podia dizer aquelas três palavras para ninguém a não ser para Justine.

– Está tudo bem – disse Betty, improvisando rapidamente alguma coisa enquanto Zara olhava para Caleb e a mágoa entorpecia a luz de seus olhos. – Você ainda pode amá-lo. Não precisa machucá-lo.

Zara abriu a boca como se fosse discordar, mas a fechou sem dizer uma única palavra.

– Você não tem de viver a vida de Raina – Betty estava a apenas alguns centímetros dela. – Você pode viver e amar sem ferir ninguém.

– Eu sinto muito, vovó – Zara disse com a voz vacilante. – Eu amo você... e sinto muito.

Prendi a respiração conforme Betty andava em direção a eles. Então, saí correndo da trilha quando percebi o que estava prestes a acontecer.

Mas era tarde demais. Betty se atirou em Zara quando ela se lançou em direção a Caleb... e Zara pulou do penhasco, levando a avó consigo.

– Vanessa! – Caleb gritou quando me aproximei dele. Seu corpo inteiro tremia enquanto ele olhava para a beira do penhasco. – Sinto muito, eu não podia dizer aquilo. Eu queria dizer porque sabia que era o que ela queria ouvir, mas...

– Tudo bem – larguei a mochila no chão e comecei a tirar a blusa Não tem por que se desculpar.

– Mas era para a Betty levar o dispositivo, e agora é tarde demais. Como é que a gente vai... – ele parou. – O que você está fazendo?

Tirei o moletom e chutei os tênis para fora dos pés. Abaixei a calça e tirei a camiseta. Abri a mochila e peguei a bomba.

– Vanessa, pare! Você não pode fazer isso!

– Caleb. você ouviu o Simon e o dr. Beakman. A bomba precisa explodir no centro da atividade atmosférica, e ela não vai chegar lá sozinha. Alguém tem de levá-la.

– Certo. Alguém com habilidades muito estranhas e sobrenaturais.

Não respondi nada enquanto prendia as tiras grossas da bomba nos ombros e o cinto em volta da cintura.

– Vanessa – ele disse, andando em minha direção –, eu vou. Vou levar a bomba até onde der, depois a solto. É o melhor que podemos fazer agora.

– Caleb, não me leve a mal, mas você não vai durar dez segundos nessas ondas.

– E o que faz você pensar que vai?

Olhei para ele. – Trinta e quatro minutos.

Ele começou a protestar, mas continuei antes que ele conseguisse dizer mais alguma coisa.

– Dois anos atrás, eu fiquei debaixo d'água por 34 minutos e fiquei bem.

– Mas...

– Eu tenho de fazer isso, Caleb – disse com a voz firme. – Depois de tudo o que ela fez por mim, eu tenho ao menos de tentar.

Ele balançou a cabeça, mas não disse mais nada.

– Paige está no carro – eu disse, dando-lhe um rápido abraço. – Ela está muito doente e precisa ir a um hospital. Você pode...

– Claro – ele me apertou com força antes de ir. – Por favor, tome cuidado.

Eu o vi ir embora; em seguida, fui para a ponta da rocha. A luz estava tão forte que eu não conseguia ver a base lá embaixo.

Simon não parece diferente neste verão? Mais velho? Mais bonito?

A névoa salgada que vinha das rochas quinze metros abaixo alcançava meu rosto; fechei os olhos e vi Justine. Não fingi que ela estava ali comigo, sussurrando palavras encorajadoras. Não fingi nada. Eu apenas a vi do jeito que eu me lembrava dela: construindo uma fortaleza de travesseiros e bichos de pelúcia em volta de mim na cama quando éramos pequenas. Tomando gemada com conhaque e se encolhendo debaixo do edredom na escada nos fundos de casa. Pescando no barco vermelho. Pulando do penhasco. Vi seu sorriso, seus olhos azuis. Eu simplesmente a vi, minha Justine, como sempre a conheci.

Sentindo-me estranhamente calma, como se cada momento desses últimos dois anos estivesse me preparando para este, respirei fundo... e saltei.

Bati na água. Ondas me golpeavam e correntezas cruzavam meus ouvidos como trens. A luz abaixo e acima de mim estava forte, tornando impossível saber para que lado ir. Meus braços e minhas pernas batiam na água, e parei de me mover apenas quando percebi que estava segurando a respiração e que meus pulmões ameaçavam explodir. A correnteza formava redemoinhos, arrastando-me de um lado para o outro. Depois de quase um minuto, eu não tinha me movido mais que alguns metros e meus pulmões estavam prestes a desistir.

Era a hora.

A pressão em meu peito subiu para a garganta. Minha boca se encheu de ar, empurrando meus lábios até que se abrissem, liberando pequenas bolhas de ar. A água correu para dentro de meu nariz, fazendo meu rosto inteiro queimar. Minha garganta se apertou, tentando automaticamente manter o ar nos pulmões.

Vi a superfície ficar cada vez mais distante. Pensei na minha mãe, no Paizão e em Justine. Pensei em Caleb e em Paige. Pensei em Betty, Raina e Zara. Pensei em Simon e esperava que ele continuasse a acreditar que o que sentia por mim era real, e que guardasse aquilo com ele independentemente do que acontecesse.

Relaxei os lábios. A água vertia de minha boca, e meu corpo se agitava com força. Pressionei as mãos em meu peito ardente e rezei para que a morte chegasse, para que a escuridão ou a luz fizesse a dor parar e levasse tudo para longe de mim. Porque era demais; estava durando muito tempo. Eu só queria que acabasse, que *tudo* aquilo acabasse.

E então finalmente aconteceu. Meus pulmões cederam. Logo, o interior de meu corpo estava mais frio que o exterior. A dor desapareceu.

Abri os olhos e olhei para baixo. Meu peito ainda subia e descia. E, debaixo da palma das minhas mãos, meu coração ainda batia.

Eu ainda estava viva… e, como dois anos atrás, estava respirando debaixo da água.

Olhei para o relógio. Dez para a meia-noite.

Mergulhei mais fundo, para longe da superfície. As correntes ainda me puxavam, mas meus braços e pernas agora cortavam a água facilmente. Meus músculos pareciam mais fortes, meu corpo parecia recarregado. Aquilo era tão fácil quanto um passeio no parque, e a única coisa que tornava o mergulho fisicamente desafiador era a luz, que me cercava e brilhava cada vez mais forte à medida que eu ia para o fundo. Fechar os olhos não fazia diferença.

Eu estava começando a me preocupar, porque não saberia se tinha chegado ao fundo até que minhas mãos tocassem a areia… quando a água começou a mudar ao meu redor. Parecia mais fina, como se se afastasse suavemente de mim… até que parou de se mexer. Eu parei também e meu corpo ficou imóvel. Era como se eu flutuasse sobre a calma superfície do lago Kantaka. Tentei abrir os olhos para entender, mas imediatamente os fechei e girei.

Eu havia alcançado algum tipo de barreira. A luz branca brilhava bem embaixo de mim e estava concentrada no que parecia ser uma longa e espessa parede. Olhar para ela era como olhar diretamente para o sol.

Com os olhos fechados, respirei fundo e estendi os braços em direção à luz. Abri os olhos quando meus dedos tocaram a parede; era como se eu tivesse segurado um relâmpago com as mãos. A energia era estimulante e paralisante ao mesmo tempo, e eu não podia fazer nada a não ser ficar ali, impotente, enquanto a luz me puxava para dentro.

Eu deveria ter ficado apavorada. Deveria ter lutado, esperneado e tentado fazer o caminho de volta. E eu provavelmente teria feito isso, se não fosse por Simon. Ele estava em toda parte. Agachando-se ao meu lado no alto do penhasco. Remando em minha direção. Em pé na praia, esperando que eu pulasse das pedras. Segurando-me no colo no chão da cozinha. E me abraçando, me beijando, me tocando. Eu podia senti-lo como se ele estivesse ali, e era tão bom, quase tão bom quanto de verdade. E se o fim significava ficar suspensa na luz entre esses dois mundos, então tudo bem. Eu ficaria bem.

Finalmente, a luz foi se apagando. A água ainda estava iluminada, mas a luz era fraca e eu podia ver ao redor. Eu tinha deixado a parede e agora flutuava em direção ao chão de areia, onde dezenas de silhuetas cintilantes se reuniam em um círculo. Um aglomerado alto de rochas delimitava o círculo, e rapidamente mudei de direção e me lancei para trás de uma delas.

Quando tive certeza de que não podiam me ver, puxei a bomba das costas. Quando a água chegasse a zero grau, Simon pressionaria um botão lá do *Barbara Ann* que faria a bomba vibrar. Ela ainda não tinha tremido, mas eu queria dar uma olhada no termômetro externo para checar a temperatura. Sabíamos qual era a programação delas, e a nossa tinha de coincidir.

Gelei ao encontrar apenas água atrás de mim.

A bomba não estava mais ali. Devia ter caído ou ficado de fora quando passei pela barreira iluminada.

Tentando não entrar em pânico, olhei para o relógio. Onze e cinquenta e quatro. Eu tinha seis minutos para encontrar e ativar a bomba e nadar um quilômetro e meio até a superfície.

Procurei pelo chão, reconhecendo Betty e Zara em pé no círculo, como se tivessem o tempo todo planejado participar daquilo. As sereias pareciam esperar algo; seus olhos brilhantes estavam voltados para a parede de luz.

Homens. Elas estavam esperando pelas próximas vítimas.

Uma nota aguda soou de fora do círculo. Começou baixinho, mas foi ficando mais alta, como se alguém por ali estivesse girando o botão de volume. Meu coração disparou ao ver uma sereia sozinha aparecer. Eu não podia ver o rosto dela, mas a reconheci de imediato.

Raina. Sua boca estava fechada, mas ela emitia uma nota aguda e constante que fez com que as sereias baixassem os olhos e a água ao redor se agitasse.

As sereias começaram a cantar sem abrir a boca. As notas suaves se misturaram em uma agradável e reconfortante harmonia.

Olhei para o relógio. Onze e cinquenta e seis.

Esperei até que todas se concentrassem no centro do círculo e, em seguida, disparei para a pedra mais próxima. Meus olhos percorreram as torres de rochas à procura de um objeto metálico em algum buraco ou fenda escura que estivesse refletindo luz.

Nada. A única luz vinha da parede acima do círculo e do próprio círculo.

Lá, Nessa...

Meus olhos se arregalaram com o som da voz de Justine.

Olhe para cima...

Elas também podiam ouvi-la, pois pararam de cantar assim que ela falou.

Disparei como um tiro para trás da rocha. A bomba foi deslizando pela parede, e Raina já se movia em direção a ela. Eu chutava e batia na água o mais rápido que meus braços e pernas permitiam. Uma das sereias me viu e lançou um alarme estridente que golpeou minha cabeça como um machado. A dor era um milhão de vezes pior do que qualquer outra que eu já tinha sentido perto de Zara. Minhas pernas imediatamente congelaram e eu tive de parar de nadar para segurar a cabeça. Tentei chutar, mas o alarme ficou mais alto e a dor ainda mais intensa quando outra sereia se juntou àquela. Consegui erguer os olhos quando comecei a afundar, e vi Raina se aproximando da bomba no momento em que o brilho da luz começou a mudar.

Elas estavam vindo. Elas estavam chegando, e eu não conseguia nem me mover.

O barulho aumentou. Cheguei ao círculo de cabeça para baixo, mal percebendo que a luz estava escurecendo.

No momento em que caí na areia, tudo ficou completamente escuro.

As luzes se apagaram e os monstros estavam vindo.

Tentei me reerguer quando algo rapidamente agarrou minha mão. Fui erguida do chão e subi em espiral pela água. Nós nos movíamos tão rápido que eu não fazia ideia da direção para a qual estávamos indo. Mas não me debati nem tentei me afastar. Não adiantaria. Eu só esperava que Justine falasse comigo e me ajudasse.

Fique aqui.

Minha cabeça girava enquanto meus pés permaneciam parados. As sereias pararam de emitir aquele ruído e agora estavam cantando. Um brilho suave vinha do círculo enquanto seus olhos brilhavam como luzes noturnas. Cintilava o suficiente para que eu pudesse me ver no alto de uma rocha bem acima do círculo, e mais sereias vindo de cima para baixo, arrastando homens confusamente felizes de *shorts* e camiseta.

Aqueles homens estavam a mais de um quilômetro da superfície, mas não estavam mortos – ainda.

De repente a água girou ao meu redor. Meus braços se ergueram, e um peso passou por eles antes de parar sobre meus ombros e costas.

Tentei ver o rosto da sereia diante de mim, mas, ao contrário das outras, seus olhos prateados eram opacos. Não pude perceber nada até que outra veio rapidamente em nossa direção; seus olhos cortavam a água como as luzes de um farol cortam o céu noturno.

Meus olhos se arregalaram conforme a luz daquela sereia ficava cada vez mais forte. Era Zara. Ela parecia diferente, triste e não irritada, apavorada e não ameaçadora, mas ainda era ela.

Assim que olhei para cima, ela sumiu. Voou em direção à sereia perto de mim e depois rumo ao círculo. A luz brilhante se deslocou no momento em que a segunda sereia se lançou atrás dela.

Pus as mãos para trás ao sentir que algo tinha vibrado em minhas costas.

A bomba. Zara me trouxera a bomba de inverno. Beakman disse que o painel de controle preso à sua lateral vibraria assim que a água estivesse suficientemente fria para que Simon a detonasse.

Olhei para o círculo e vi as sereias absortas pelos homens que afundavam. Meu coração se desfez ao ver aqueles homens abraçarem as mulheres que os tinham trazido ali.

A bomba vibrou mais uma vez. Fechei os olhos, imaginei Simon nos esperando em algum lugar na superfície... e peguei impulso na rocha.

Fiquei bem acima do círculo e nadei para seu centro. Quando estava bem acima dos homens, alcancei o objeto atrás de mim. Meus dedos se atrapalharam um pouco antes de finalmente encontrarem a trava que soltaria a bomba de minhas costas. O sorriso dos homens ficava cada vez maior conforme as sereias continuavam a cantar para eles, e imaginei o rosto deles congelado daquele jeito, do mesmo modo que as outras vítimas haviam sido encontradas, mas por um motivo muito diferente.

Cante, Vanessa...

Reagi de imediato, como se tivesse sido espetada. Ao olhar para baixo, vi todas as sereias focadas em um homem... todas, menos uma.

Você tem de cantar...

Betty. As outras não pareciam ouvi-la nem perceber que ela me observava flutuando acima delas, mas sua voz era clara em minha cabeça.

O que ela queria dizer com cantar? O quê? Como? O que isso faria agora além de atrair atenção indesejada?

Você ainda pode salvá-los...

E então eu ouvi. Uma nota suave aumentando e, em seguida, explodindo em um milhão de notas menores. Algumas fortes, outras suaves. Algumas curtas, outras longas. Altas e baixas. Saíam das rochas, rebatiam na areia e envolviam a todos que estavam ali. Pareciam saídas de várias fontes diferentes, uma sinfonia inteira de sereias... mas apenas uma estava cantando.

Eu.

E, assim que os homens, livres da influência delas, dispararam para cima e as sereias vieram como abelhas em minha direção, apertei o botão que congelaria toda Winter Harbor pela primeira vez.

A luz prateada irradiou para cima. Nadei para fora da luz e depois para cima. A bomba foi flutuando para algum lugar lá embaixo, mas eu não olhei para ver onde ela pararia. Eu não olhei para ver se as sereias ainda me perseguiam.

Mais tarde, depois de termos sido resgatadas e levadas ao hospital, eu tentaria dizer a Simon como era aquela sensação. Tentaria explicar como o canto ficou cada vez mais alto antes de desaparecer. Eu tentaria lhe dizer como o gelo se alastrou como um incêndio e como consegui ouvir o som da água se cristalizando. Eu tentaria contar a ele que nadei o mais rápido que pude, até que o gelo alcançou minhas pernas e eu não pude mais nadar.

Mas, naquele momento, depois que a bomba explodiu e uma gélida nuvem prateada se formou em nossa direção, eu só soube de uma coisa: eu estava sorrindo. Winter Harbor estava congelando em pleno verão... mas eu estava sorrindo.

26

– Não tenha medo – meu pai disse, segurando as mãos da minha mãe.
– Eu não estou com medo.
– Você está tremendo.
– Claro que estou tremendo. Estou prestes a quebrar um braço, uma perna, as costas, o pescoço, a...
– Meu amor.
Ela parou de reclamar no momento em que lhe abriu um sorriso.
– Você é meu amorzinho.
Desviei o olhar quando ele se inclinou para beijá-la pela quarta vez desde que haviam pisado no gelo. Fazia uma semana que eu tinha saído do hospital e estava me recuperando na casa do lago e, quando não estavam me vigiando, me servindo chá ou me trazendo mais um cobertor, estavam se abraçando, se beijando ou sorrindo um para o outro. Perder Justine os tinha separado, mas perder Justine e *quase* me perder tinha aparentemente reacendido algo entre eles que eu nem me lembrava de já ter visto. Era muito bom... mas eu também não sabia ao certo como me sentir em relação àquilo naquele momento.

– Peguei você – meu pai disse, levando as mãos à cintura dela. – Eu não vou soltá-la.

– Vanessa – mamãe chamou por cima do ombro –, vou gritar assim que afundar, mas se por algum motivo o salva-vidas não me ouvir...

– Eu mando o trenó de emergência – eu disse.

– Você vai ficar bem, mocinha? – meu pai perguntou. – Vai gritar se precisar de alguma coisa?

Fiz que sim com a cabeça, embora não houvesse nada de que eu precisasse. Simon já estava descendo do píer e vindo em minha direção.

Fiquei vendo os dois se afastarem deslizando sobre o gelo. Meu pai estava firme, mas os tornozelos da minha mãe ficavam moles como macarrão dentro dos patins. Eu estava feliz em ver o salva-vidas por perto mesmo depois que aquilo ali tinha congelado. Ele estava em seu posto observando o gelo, apesar de agora usar calças de moletom, casaco, luvas e uma touca de pelinhos em vez de bermuda e camiseta de Winter Harbor.

Ele não era o único com roupas de inverno. Havia duas semanas que não aparecia uma única nuvem no céu, desde o dia em que saltei dos penhascos de Chione, e mesmo assim a temperatura ainda não tinha saído do zero. A bomba química de Simon, combinada com a manipulação atmosférica das sereias, finalmente fizera jus ao nome Winter Harbor, mesmo no meio do verão. O ar aos poucos estava se aquecendo, mas Simon disse que provavelmente o gelo não derreteria até o início do outono. Assim, enquanto moradores e visitantes de outras cidades da costa de Maine continuavam com natação e canoagem, todos em Winter Harbor tiravam o pó dos acessórios de inverno para brincar no gelo.

Eu ainda não tinha feito isso e não sei se faria, mas era gostoso ficar ali sentada vendo as pessoas patinando, jogando hóquei e tentando, sem sucesso, pescar no gelo. E, pessoalmente, eu achava que, se o gelo no porto não derretesse e a cidade ficasse presa para sempre naquele inverno, não seria lá tão ruim. O que quer que tivesse ficado congelado abaixo da superfície jamais estaria vivo, mesmo quando o gelo desaparecesse, mas aquela camada grossa e impenetrável de água sólida ainda me dava certo conforto toda vez que eu olhava para ela.

– Sei que você já passou por um monte de coisas, e eu não quero apavorar você – disse Simon, sentado ao meu lado no banco –, mas acho que sua mãe está sorrindo.

Eu ri. – Mais um exemplo do impossível que de repente se torna possível. Ela também está aproveitando o verão em vez de trabalhar.

Ele estendeu um lanche embrulhado em papel-alumínio e um copo descartável. – Em comemoração ao seu primeiro dia ao ar livre: ovos, queijo e salsicha no pão e o recém-famoso chocolate quente da Harbor Homefries. Eu achei que ainda estava um pouco frio para a vitamina de melancia com goiaba.

– Perfeito – eu disse, pegando o lanche. – Obrigada.

Comemos em silêncio por alguns minutos. Diferente da primeira vez em que tomamos café da manhã juntos naquele verão, no Subaru, quando ainda procurávamos por Caleb, aquele silêncio não era desconfortável. Depois de termos passado por tanta coisa juntos, sermos capazes de ficar apenas sentados em silêncio era muito prazeroso.

– Estive no hospital hoje de manhã – ele finalmente disse.

Fiz um sinal com a cabeça. Ele visitava as vítimas todos os dias e me mantinha informada das novidades todas as noites, quando me visitava na casa do lago.

– Os homens estão se recuperando bem. Ainda estão dormindo muito, mas os médicos disseram que conversam bastante quando estão acordados.

Olhei para ele. – E ainda não disseram nada sobre o que aconteceu?

Ele fez que não com a cabeça. – Aparentemente não se lembram. Os médicos culpam o tempo maluco, como fazem com todo mundo.

Virei-me para o porto. – Você não acha que essa explicação é um pouco simplista demais?

– Acho mais fácil culpar o tempo do que levantar mais perguntas para as quais eles não têm resposta.

– E ninguém acha estranho que, depois de semanas de chuva ininterrupta e trovoadas, o céu tenha ficado limpo de vez?

– As chuvas pararam do mesmo modo repentino como começaram. Cientistas e meteorologistas estão aceitando isso como um acidente natural inexplicável. Talvez, depois de um tempo, decidam procurar mais a fundo por respostas.

– Talvez quando Simon Carmichael, garoto gênio, chamar a atenção deles? – sorri para ele.

– Acho que vou deixar os tubos de ensaio de lado por enquanto. Talvez eu até mude para teatro, ou inglês, ou algum ramo fora da ciência quando voltar para a Bates.

Ergui as sobrancelhas. Nem por um segundo aquilo me convenceu.

– De qualquer forma – continuou ele, calmo –, eles tiveram muita sorte. Os médicos estimam que eles ficaram debaixo da água por apenas dois minutos antes de o porto congelar. Ainda vão precisar de acompanhamento por um período, mas estão se recuperando cada dia mais

– É uma boa notícia.

Fiquei surpresa ao saber que todos os homens que foram atraídos para o círculo de sereias na água haviam sido encontrados no gelo, não muito distantes da superfície. Quando o capitão Monty começou a escavar, encontrou três deles antes de me encontrar. Disse que nós estávamos em profundidades diferentes, mas que nossos sorrisos congelados eram idênticos.

Fui a primeira a ser liberada do hospital. Os médicos e as enfermeiras me chamavam de "paciente-milagre", pois, embora todos tivéssemos suportado os mesmos desafios físicos, minha recuperação fora muito mais rápida. Nem Simon podia explicar.

Eu podia. Mas ainda não devia.

– Paige também está bem – ele disse. – Ainda está arrasada com a perda de Jonathan e do bebê, mas está melhorando.

Meu estômago se contorceu ao pensar em Paige. Ainda não havíamos nos falado desde aquela noite, então eu não sabia como ela estava realmente. Simon disse que os médicos fizeram o que podiam, mas nenhum deles, com toda sua formação acadêmica, teria imaginado que a única maneira de manter o bebê vivo era mergulhar seu corpinho em água salgada. E todo o estresse no corpo de Paige fez sua vítima; ela estava inconsciente quando Caleb entrou às pressas com ela na sala de emergência.

– E a Betty, como ela está? – perguntei depois de alguns minutos.

– Ela diz que nunca se sentiu tão forte nos últimos anos. Ela não sai do lado de Paige, e Oliver está com ela a maior parte do tempo.

– Fico feliz por terem uns aos outros. Paige vai precisar deles.

Ele concordou com a cabeça e olhou para mim. – Eu ainda não sei como você conseguiu.

Eu me concentrei no vapor subindo do chocolate quente.

– Quer dizer, você fez aquilo sem roupa de mergulho ou cilindro de oxigênio... e o fato de ser capaz de saltar dos penhascos depois de tudo o que aconteceu e de tudo o que sabia...

Prendi a respiração e esperei que ele ligasse as coisas, do mesmo jeito que eu sempre fiz quando ele trouxe o assunto à tona nas últimas duas semanas. Lógica e cientificamente, eu não teria sobrevivido. Mas ou as emoções dele estavam obscurecendo a razão ou meu poder sobre ele era forte o suficiente para mantê-lo no escuro, pois ele não havia se tocado ainda. E eu ficava cada dia mais aliviada por isso.

– Eu tive de saltar – falei, como sempre falava. – Felizmente, deixar a bomba cair por conta própria no fundo do mar foi mais eficaz do que a gente pensou. E Betty disse a você que pôde ouvir a cristalização da água antes que as outras sereias percebessem o que estava acontecendo, então ela imediatamente começou a nadar para a superfície. Tivemos sorte, só isso.

Como ele não disse nada, olhei para o porto. Tinha tanto medo de que ele soubesse a verdade que eu nem havia pensado numa resposta para quando ele descobrisse.

— Como você está se sentindo hoje? — ele perguntou baixinho.

— Ótima — respondi com a voz muito alegre. — Estou fora de casa, e isso é uma coisa boa, não é?

Ele esperou que eu dissesse algo mais.

— Fico cansada — acrescentei —, durmo mais do que gostaria, meu peito dói tanto que, às vezes, tenho dificuldade de respirar e acordo com dor de cabeça. Mas cada dia é mais fácil que o anterior.

Ele olhou para o porto. Ao ver meus pais indo de um lado para o outro sobre o gelo a muitos metros de distância, ele se aproximou de mim no banco.

Minha respiração ficou presa na garganta. Era o mais perto de mim que ele havia chegado desde a bifurcação na trilha que levava aos penhascos de Chione. Meus músculos pediam para estar ainda mais perto. Eu queria colocar os braços em volta dele, beijá-lo e sentir seu corpo quente contra o meu. Desde que abri os olhos pela primeira vez na cama o hospital, fiquei imaginando como seria bom senti-lo assim perto de mim. Mas eu *não podia* ficar tão perto. Não era certo.

— Vanessa... eu ainda estou aqui. Sei que as coisas estão estranhas agora, mas preciso que você saiba que ainda estou aqui. E quero estar com você, quando você estiver pronta.

Eu me virei para ele. — Ou nunca, se eu nunca estiver pronta?

Ele fez uma pausa. — Se você achar que é melhor assim, tudo bem. Mas não é isso que eu quero.

Estudei a expressão em seu rosto. Não era o que eu queria. Queria poder fingir que sim, mas só sugerir aquilo em voz alta já era uma luta

Para minha surpresa, finalmente conseguir saltar dos penhascos e tornar aquilo real não me fez deixar de ter medo de imediato. Eu ainda estava fingindo que as coisas não eram como realmente eram, talvez mais do que nunca. Eu ainda não tinha trazido à tona a questão de Charlotte Bleu com o meu pai, e estava fingindo que ele ainda era o meu Paizão querido, que não fazia nada de errado. Estava fingindo que a minha mãe era minha mãe verdadeira. Estava fingindo que nossa família ficaria bem, mesmo que tivéssemos perdido Justine. Estava fingindo que ficar sentada naquele banco com Simon era perfeitamente aceitável e, por fim, quando estivéssemos realmente sozinhos e juntos, e não apenas a sós em um banco público com meus pais a alguns metros dali, eu fingiria que aquilo era aceitável também. Eu estava fingindo que ainda era eu. Estava fingindo que ainda era a chata Vanessa Sands de sempre, em vez de aceitar quem, e o quê, eu realmente era.

Porque depois de saltar dos penhascos de Chione e enfrentar meu maior medo, eu ainda estava apavorada. Meu corpo não era o mesmo desde aquela noite, e eu tinha medo daquilo de que ele precisaria para funcionar. Eu estava com medo do que Simon e eu tínhamos feito três semanas atrás e o que isso poderia significar agora.

Acima de tudo, eu estava com medo de perdê-lo se ele soubesse a verdade.

Coloquei a xícara de chocolate quente no banco entre nós, a mão no bolso do casaco e tirei dele um saquinho de pó branco.

– Suplemento de vitamina – eu disse, fingindo por mais alguns minutos enquanto observava o sal cair no chocolate quente como chuva em um porto sem gelo. – Isso me ajuda a respirar.

Impresso no Brasil pelo
Sistema Cameron da Divisão Gráfica da
DISTRIBUIDORA RECORD DE SERVIÇOS DE IMPRENSA S.A.
Rua Argentina 171 – Rio de Janeiro, RJ – 20921-380 – Tel.: 2585-2000